Tammy Song

Delias Erbe

Tammy Song
Delias Erbe

Adult K-Pop Romance

Impressum

Bibliografische Information der Deutschen Nationalbibliothek:
Die Deutsche Nationalbibliothek verzeichnet diese Publikation in der Deutschen
Nationalbibliografie; detaillierte bibliografische Daten sind im Internet über
http://dnb.dnb.de abrufbar.

Herstellung und Verlag: BoD – Books on Demand, Norderstedt

ISBN: 978-3-7597-5126-3

Inhaltsverzeichnis

Kapitel 1	Seite	9
Kapitel 2	Seite	16
Kapitel 3	Seite	31
Kapitel 4	Seite	42
Kapitel 5	Seite	54
Kapitel 6	Seite	68
Kapitel 7	Seite	77
Kapitel 8	Seite	80
Kapitel 9	Seite	88
Kapitel 10	Seite	99
Kapitel 11	Seite	109
Kapitel 12	Seite	115
Kapitel 13	Seite	125
Kapitel 14	Seite	137
Kapitel 15	Seite	144
Kapitel 16	Seite	152
Kapitel 17	Seite	159
Kapitel 18	Seite	170
Kapitel 19	Seite	185
Kapitel 20	Seite	196

Vorwort

Dieser Roman ist ein Werk der Fiktion. Alle hier dargestellten Personen, Orte und Ereignisse sind frei erfunden. Einige Elemente wurden von realen Ereignissen und Personen inspiriert, jedoch im Kontext der Geschichte abgeändert.

Der Roman richtet sich an eine erwachsene Leserschaft, da er explizite sexuelle Darstellungen enthält. Wer jedoch bereit ist, sich mit der Hauptprotagonistin auf eine (erotische) Reise für Erwachsene zu begeben, ist herzlich eingeladen, die verborgene Welt des K-Pop mit ihr zu erkunden.

Ich wünsche euch viel Spaß beim Lesen!

Sehr viel Spaß!

Eure Tammy

"There are no boundaries or limits

when it comes to love"

by Onew (SHINee)

(Es gibt es keine Grenzen oder Einschränkungen, wenn es um Liebe geht)

Kapitel 1

Delia sah auf ihre Armbanduhr und stellte fest, dass ihr Zug mittlerweile mehr als 30 Minuten Verspätung hatte. Glücklicherweise würde sie in Kürze an ihrem Zielbahnhof ankommen. Sie hatte ihren nächsten Termin erst am Abend und daher noch viel Zeit, aber die ältere Dame neben ihr seufzte in diesem Augenblick laut auf und prüfte zum wiederholten Mal ihre Armbanduhr.

"Das war es wohl leider mit meinem Anschlusszug, denn er ist vor wenigen Minuten ohne mich losgefahren. Hoffentlich wartet mein Sohn mit meinem Enkel nicht bereits auf dem Bahnhof auf mich." Sie seufzte wieder laut auf. "Sie werden sich wohl noch ein wenig länger gedulden müssen, aber das kennen sie von meinen Reisen bereits. Es ist heutzutage selten geworden, dass man mal wirklich pünktlich am Reiseziel ankommt."

Mitleidig sah Delia die Frau an. Sie hatten sich auf ihrer gemeinsamen Fahrt sehr gut miteinander unterhalten und sie wusste von ihrer Mitreisenden, dass sie seit längerer Zeit mal wieder ihre Familie besuchte. Als der Zug endlich zum Stehen kam, standen beide Frauen auf und verabschiedeten sich voneinander. Sie würden sich nie wieder in ihrem Leben begegnen, aber dieser kurze Moment als gemeinsame Reisende war sehr nett für sie beide gewesen.

"Ich wünsche Ihnen eine angenehme Weiterfahrt. Nun werde ich erst einmal versuchen, zu meinem Hotel zu gelangen."

Delia nickte noch einmal zum Abschied und dann wuchtete sie ihren Koffer aus dem Gepäcknetz und zog ihn durch den schmalen Gang zu den anderen Reisenden, die den Zug verlassen wollten.

Dieses Wochenende würde anstrengend werden, dachte Delia, während sie wartete, damit sie endlich aussteigen konnte. Warum hatte sie den Auftrag von ihrem Chef auch angenommen? Vermutlich, weil er ihr keine Möglichkeit gelassen hatte, sich davon befreien zu lassen und ihre berufliche Zukunft auf dem Spiel stand. Bereits am heutigen Abend wurde das erste Treffen mit einem als schwierig bekannten chinesischen Kunden durchgeführt. Sie kannte ihn bislang nur aus den

Erzählungen ihrer Kollegen im Büro und der Recherche ihres Teams. Gemeinsam hatten sie herausgefunden, dass die Meetings viel Fingerspitzengefühl im Umgang mit ihm erfordern würden, wenn sie es sich mit dem asiatischen Mann nicht verscherzen und den Auftrag für ihre Firma an Land ziehen wollten.

Der wohlhabende und einflussreiche Investor aus Shanghai galt als sehr anspruchsvoll, fordernd und schwierig. Dazu sei er Frauen gegenüber herablassend und in seinen eigenen Traditionen des Patriarchats gefangen – so sagte zumindest die Recherche ihres Teams. Allerdings wäre er auch ein liebevoller, nachgiebiger, alleinerziehender Vater, der seine Teenagertochter allein großgezogen hatte und wie eine Prinzessin behandelte.

Delia hoffte, dass ihre Vorbereitung und Recherchen für das Treffen ausreichen würden. Akribisch hatte sie sogar einige wenige Sätze in ihrer Muttersprache vorbereitet und hoffte, dass sie damit punkten könnte.

Plötzlich wurde sie von einem vorbei eilenden Reisenden leicht angerempelt und erinnerte sich wieder, wo sie war. Vorerst galt es, zu ihrem Hotel zu kommen und das schien nicht so einfach zu sein wie zuvor gedacht.

Suchend stand sie auf dem Gleis und schaute sich ein wenig verloren um. Der Bahnhof war ein Sackbahnhof und überall standen Reisende, die auf ihre Anschlusszüge warteten und ihr den Weg und den Blick auf die Wegweiser Tafeln versperrten. Die junge Frau betrachtete die Gesichter der Menschen und überlegte, ob sie jemanden nach dem Weg fragen sollte. In welche Richtung sollte sie sich wenden, um zu ihrem Ziel zu gelangen? Schnell verwarf sie den Gedanken wieder. Jemand Fremden anzusprechen kam für sie nicht in Frage. Nicht umsonst hatte sie einige Tage zuvor versucht, alles bis ins kleinste Detail auszuarbeiten und vorzubereiten, damit ihr hier vor Ort keine Pannen unterliefen und sie vielleicht sogar jemand Unbekannten fragen musste.

Pannen, dachte sie, das war das Letzte, was sie gebrauchen konnte. Ihre letzte Chance, um ihren Job zu behalten, hatte sie an diesem Wochenende und das ausgerechnet mit dem wohl schwierigsten Kunden des Unternehmens – und dem wichtigsten. Als ihr Chef in ihrem letzten Meeting wissen wollte, wer sich für die Dienstreise an einem Wochenende bereit erklären würde, war sie nach kurzem Zögern die Einzige von zehn Mitarbeitern, die sich hierfür freiwillig meldete.

Nachdem ihr Team ihr letztes Projekt mit Pauken und Trompeten in den Sand gesetzt hatte, musste sie als Teamleitung die Verantwortung übernehmen.

Wo musste sie noch gleich hin? Zum vermutlich tausendsten Mal zog sie ihren sorgfältig ausgearbeiteten Reiseplan aus der Tasche und schaute drauf. Suchend blickte sie sich um, bis sie den Ausgang fand und zog ihren Koffer durch die Menschenmenge am Bahnsteig, nicht ohne sich ständig für kleinere Kollisionen bei ihren Mitmenschen zu entschuldigen. Endlich hatte sie den Ausgang des Bahnhofs gefunden und stand auf dem Vorplatz, wo sie erneut versuchte, sich zu orientieren.

Da ihre Aufgabe alles andere als einfach werden würde, hatte ihr Chef für diese Mission ein großzügiges Budget zur Verfügung gestellt. Man hatte ihr zwei Nächte in einem teuren Hotel reserviert, allerdings nicht ohne Hintergedanken. Ihr Kunde wohnte mitsamt seiner minderjährigen Tochter ebenfalls in dieser Unterkunft. Delia seufzte leise, als sie an ihre eigentliche Aufgabe dachte. Dieses Wochenende würde sehr anstrengend werden. Da war sie sich sicher und doch würde es ganz anders werden, als sie es sich hätte vorstellen können.

Sie schaute auf ihr Handy und stellte fest, dass ihr Abteilungsleiter vermutlich in diesem Moment auf dem Flughafen gelandet sein würde. Er wohnte ebenfalls in dem Hotel und würde die wichtigen Verhandlungen mit dem Kunden selbst übernehmen - und natürlich auch die Lorbeeren von ihrem Geschäftsführer dafür ernten. Delia hatte das Projekt zusammen mit ihrem Team über Monate vorbereitet und ihrem Abteilungsleiter im letzten Meeting ausführlich präsentiert. Sie wusste, dass sie und ihre Kollegen gute Vorarbeit geleistet hatten, aber sie wusste auch, dass sie hierfür nicht gelobt werden würden. Allerdings war sie auch froh, dass sie nicht direkt mit dem Chinesen verhandeln musste. Ihre Aufgabe an diesem Wochenende war eher die eines Babysitters. Das lag ihr vermutlich auch nicht, aber ihr blieb keine andere Wahl, wenn sie ihren Job und vor allem ihr Team retten wollte.

Seufzend ging sie auf eine der vielen Taxen auf dem Vorplatz zu und beugte sich zu dem offenen Beifahrerfenster hinunter.

"Fahren Sie mich bitte in das Hotel Stadtpalais", erklärte sie dem Fahrer, der sofort als er die Destination ihrer Fahrt hörte, aus dem Wagen sprang und ihr zuvorkommend die Tür zum Rücksitz öffnete. Das Ziel versprach ein großzügiges Trinkgeld, hoffte er wahrscheinlich, und Delia, die diesen Wunsch durchaus verstehen konnte, war bereit, ihm das zu geben.

Die Fahrt vom Bahnhof zum Hotel war kurz und verwundert stellte sie fest, dass der Fahrer plötzlich vor ihrem Ziel in einem kleinen Stau stand. Das Hotel lag zentral in der geschäftigen Stadt und war über eine Einbahnstraße zu erreichen, doch dieser Weg wurde gerade von einigen Dutzend Personen auf der schmalen Straße blockiert. Neugierig sah sie aus dem Fenster und konnte die Rücken vieler Menschen, zumeist junger Mädchen sehen, die vor dem Hotel standen und einen Halbkreis um den Haupteingang gebildet hatten. Ganz offensichtlich schienen sie auf jemanden zu warten.

"Ah, wie ärgerlich", flüsterte Delia, die sich nichts anderes wünschte, als sich in ihr Zimmer zurückzuziehen, um vor dem Treffen mit ihrem Kunden noch ein wenig Ruhe zu finden.

Nach weiteren fünf Minuten, ohne dass das Fahrzeug auch nur einen Zentimeter vorangekommen wäre, bat sie den Fahrer, sie aussteigen zu lassen. Dieser grummelte eine etwas unwillige Antwort, stellte dann jedoch den Motor ab und stieg aus, um seinem Fahrgast den Koffer aus dem Kofferraum zu reichen. Delia bezahlte ihn großzügig und sah zu, wie er versuchte in der Menge, die jetzt immer größer wurde, sein Taxi zu wenden.

Langsam ging sie in Richtung des Hotels, wobei sie die wartenden Menschen immer wieder leise darum bat, sie vorbeizulassen. Mehrmals wurde ihr der Koffer an ihre Beine geschoben und sie war sich sicher, dass sie einige blaue Flecke davon erhalten würde. Endlich hatte sie sich soweit durch die Menge gedrängt, dass sie die Portiers des Hotels sehen konnte.

Ein dicker flauschiger roter Teppich und ein kleines Pult waren vor den Stufen aufgebaut, die zum 5*Hotel hinaufführten. Davor standen neben zwei distinguiert aussehenden Männern in einer Art Butler-Uniform mit Zylinder noch weitere kräftige Männer in schwarzen Anzügen. Alle schienen die Menge vor sich fest im Auge zu haben und bewachten den Haupteingang des Hotels gewissenhaft.

Fast schon verzweifelt gab Delia einem der wichtig aussehenden Männer ein winkendes Zeichen. Endlich schienen sie zu verstehen, dass ein anreisender Gast versuchte, durch die Menge der Wartenden zu ihnen zu gelangen und setzten sich sofort in Bewegung, um ihr behilflich zu sein.

Delia versuchte weiterhin, durchgelassen zu werden und gerade als sie dachte, es geschafft zu haben, wurde sie von einem besonders lauten und aufgeregten jungen Mädchen in den Rücken geboxt und fiel beinahe der Länge nach auf den Gehweg. Zum Glück konnte sie sich im letzten Moment auffangen und war froh, als einer der Portiers des Hotels plötzlich neben ihr auftauchte und ihr freundlich seinen Arm anbot, um sie ins Hotel zu geleiten. Dankbar nahm sie die Hilfe an und überreichte dem Angestellten etwas beschämt ihren kleinen billigen Koffer, den sie am Vortag noch schnell für die Reise gekauft hatte. Als wäre das Gepäckstück tausende von Euro wert, trug er es vorsichtig und behielt den Gast umsichtig im Auge.

"Boa, die Alte hat das gut. Die kann da reingehen."

Delia zuckte zusammen, als sie die neidischen, aber vermutlich nicht böse gemeinten Worte hinter sich hörte. Wahrscheinlich war es in diesem Moment ein Vorteil, dass sie tatsächlich einige Jahre älter war als die meisten der hier vor dem Hotel wartenden Mädchen. Entschlossen sich nicht anmerken zu lassen, dass sie es ebenfalls nicht gewohnt war in Luxus Hotels zu logieren, straffte sie ihre Schultern in ihrem günstigen, aber hoffentlich teuer aussehenden Reisekostüm und ließ sich von dem Portier die Treppe hoch und ins Innere des Hotels führen.

Nachdem sie die vielleicht zehn Stufen zum Eingang über den Teppich hochgestiegen waren, wurde sie von der gediegenen und teuren Atmosphäre der Lobby eingefangen. Erstaunt nahm sie zur Kenntnis, dass der Eingangsbereich viel kleiner war, als sie erwartet hatte. Ein langer Gang ließ den Blick frei bis zum anderen Ende des Flurs. Ein diskretes Hinweisschild zeigte an, das dort sowohl die Hausbar als auch die Bankettsäle untergebracht waren. Auf der rechten Seite, hinter mächtigen weißen Säulen, war die Hotelrezeption, an die sie sich nun wandte.

Delia stellte ihren kleinen Koffer, den sie nun wieder selbständig hinter sich herzog, neben sich und wartete, bis einer der Empfang Plätze für sie frei wurde. Während sie dort stand, hörte sie plötzlich leise Klavierklänge und neugierig blickte sie sich um. Leider konnte sie den Spieler nicht ausmachen, denn wie es schien, kam die Musik aus dem Bereich, wo die Bar zu finden war. Ihr Blick schweifte während des Wartens weiter durch das Foyer und unter gesenkten Lidern betrachtete sie die Gäste, die sich mit ihr zusammen an der Rezeption aufhielten.

Sie stellte fest, dass auffällig viele Asiaten unter den Gästen waren. Überwiegend schienen sie noch sehr jung zu sein und Delia betrachtete sie fasziniert. Die hübschen jungen Männer und Frauen, die alle viel jünger als sie selbst zu sein schienen, standen artig in kleinen Grüppchen, getrennt nach Geschlechtern von zwei bis vier Personen zusammen. Delia bemerkte jedoch, wie die Blicke zwischen den Gruppen hin und her wanderten und das eine oder andere versteckte Lächeln oder Zwinkern zwischen ihnen ausgetauscht wurde. Obwohl sich die jungen Menschen sehr zurückhaltend benahmen, konnte man deutlich das Interesse aneinander erkennen. Delia überlegte, ob es sich bei den jungen Gästen vielleicht um Studenten handelte, die einen Europatrip unternahmen. Allerdings musste die Universität schon sehr exklusiv sein, denn eine Übernachtung in diesem Hotel war unglaublich teuer.

"Guten Tag und herzlich Willkommen im Stadtpalais"

Delia schreckte aus ihrer heimlichen Beobachtung auf und trat an den Rezeptionspult. Hinter dem Tresen standen Mitarbeiter und Mitarbeiterinnen, die allesamt adrett in klassischen Anzügen und Kostümen auf ihre Gäste warteten und auch sie mit einem professionellen Lächeln begrüßten.

Gerade als sie ihre Reservierung bei der jungen Hotelangestellten vorlegen wollte, wurde es vor dem Hotel plötzlich sehr laut. Die Jubelrufe und Sprechchöre von den vielen Menschen auf der Straße drangen sogar bis in den Eingangsbereich des Hotels hinauf. Interessiert sah Delia sich um und versuchte zu erkennen, wer diese Begeisterung wohl verursacht haben könnte. Zu ihrem Glück schien auch die Rezeptionistin in diesem Moment ihre Professionalität abgelegt zu haben und starrte ebenfalls mit einem neugierigen Blick in Richtung des Eingangs und schien auf den oder vielleicht auch auf mehrere Neuankömmlinge zu warten.

Bereits nach einem kurzen Moment konnten sie tatsächlich die Person sehen, die vermutlich für diesen Aufruhr gesorgt hatte. Es war ein großer junger Mann, der sein Gesicht mit einer schwarzen Maske über Mund und Nase verdeckte und dazu noch eine Mütze auf dem Kopf trug, die er bis zu seinen dunklen Augenbrauen heruntergezogen hatte. Seine Augen waren in seinem Gesicht das Einzige, was erkennbar war und er sah in diesem Moment hoch. Mit einem schnellen Blick scannte der Mann den Eingangsbereich und streifte dabei auch Delia. Dabei stellte sie fest, dass er offensichtlich wie die anderen Gäste ebenfalls aus einem asiatischen Land kam.

Delia betrachtete die anderen Asiaten im Eingangsbereich und stellte fest, dass sie wohl ebenfalls auf die Ankunft des jungen Mannes gewartet hatten. Aufgeregt stupsten sie sich gegenseitig an und versuchten möglichst unauffällig näher zum Eingangsbereich zu gelangen, um den Neuankömmling besser betrachten zu können. Jedes Mal, wenn er an einem ihrer Grüppchen vorbeiging, verbeugten sich die jungen Leute höflich vor ihm, was von ihm selbst mit einem freundlichen Kopfnicken erwidert wurde.

Zusammen mit dem Prominenten betraten etwa zehn weitere Personen das Foyer des Hotels und jeder einzelne von ihnen sah in Delias Augen wichtig aus. Allerdings umgab den maskierten Mann eine Aura, die ihn als den Hauptdarsteller dieser Ankunft auszeichnete und der auch als einziger alle Blicke auf sich zog. Seine Entourage trug Koffer und Ausrüstungsgegenstände, große Aktentaschen, Laptops, Fotoapparate und verschiedene Kosmetikkoffer in Übergröße in die Eingangshalle hinein und verschwanden nach und nach in den Aufzügen oder auf der Treppe. Der junge Star war währenddessen bei zwei jungen Männern stehen geblieben und wechselte mit ihnen ein paar Worte in einer ihr fremden Sprache.

Er stand nun etwas näher an der Rezeption und neugierig versuchte Delia zu erkennen, wer diese von den jungen Fans lautstark begrüßte und erwartete Person wohl sein mochte. Da sein Gesicht durch die Maske verdeckt war, konnte sie nichts außer seinen schönen großen, leicht schräg stehenden dunklen Augen erkennen. Dieses half ihr allerdings auch nicht weiter, da sie keine Ahnung hatte, wer er wohl sein könnte, selbst wenn er die Maske abgenommen hätte.

War er vielleicht ein berühmter asiatischer Schauspieler? Oder ein Fußballstar? Sie hatte gehört, dass internationale Mannschaften gerne in diesem Hotel wohnten. Neugierig versuchte sie noch einmal, den Mann näher zu betrachten, doch es blieb bei ihrer Ahnungslosigkeit. Sie hatte ihn noch nie zuvor gesehen und wusste deshalb auch nicht, warum er so stürmisch von Fans begrüßt worden war.

Etwas enttäuscht, dass sie diese Personen nicht kannte und so auch nicht sagen konnte, welchen Prominenten sie die Ehre hatte gesehen zu haben, drehte sie sich wieder zurück zu der Hotelangestellten, um den Vorgang des Check In zu beenden - bis sie die leuchtenden Augen der jungen Frau sah. Die Angestellte war in etwa Mitte zwanzig und somit gut fünf Jahre jünger als Delia selbst. Sie betrachtete die hübsche junge Frau und folgte ihrem Blick, wie sie den jungen Asiaten begehrlich ansah und leise dabei seufzte. Geführt von einem Mitglied seiner Entourage wurde der junge Mann gerade Richtung Aufzüge geleitet und verschwand in einem von ihnen, ohne auch nur ansatzweise die verliebten Blicke der Rezeptionistin wahrgenommen zu haben. Delia seufzte ebenfalls und betrachtete die junge Hotelmitarbeiterin vor sich.

"Ich denke, Sie wissen, wer das ist?" fragte sie lächelnd und brachte somit die Aufmerksamkeit wieder zurück auf sich selbst.

Bedauernd wandte die Rezeptionistin ihre Augen von dem mittlerweile leeren Foyer ab und schenkte ihre Aufmerksamkeit nun ihrem Gast mit einem professionell freundlichen Lächeln.

Kapitel 2

Delia schob ihren Koffer zu den Aufzügen und stieg in die kleine Kabine ein. Auf der 2. Etage verließ sie den Lift und stand in einem von riesigen Decken Fenstern erhellten Treppenhaus. Schnell blickte sie noch einmal auf ihre Zimmerkarte und las wiederholt ihre Nummer, die auf der Pappschachtel stand, in der ihre Karte steckte. Suchend schaute sie sich um, bis sie die diskreten Metallschilder an den Wänden sah und wandte sich dann nach rechts.

Ein dicker, flauschiger und teuer aussehender Teppich lag auf dem Gang und staunend lief Delia dort entlang und betrachtete die Zimmernummern neben den Eingangstüren, bis sie endlich vor ihrer eigenen stand. Die Tür mit ihrer Karte öffnend, trat sie ein und sah sich neugierig um. Es war das erste Mal, dass sie in einem solch teuren Hotel übernachtete und sie war gespannt, was dieses Hotel von anderen unterschied.

Das Zimmer war genauso luxuriös, wie sie es sich vorgestellt hatte. Die 25 Quadratmeter des Raumes waren optimal aufgeteilt. Edle Möbel, gediegene Eleganz, ein übergroßes bequem aussehendes Bett, diskrete Beleuchtung, die direkt beim Eintreten anging und ein angenehmer Duft machten das Zimmer sofort behaglich. Interessiert betrachtete Delia die kleinsten Details der Einrichtung und stellte erfreut fest, dass auf einem kleinen Beistelltischchen ein Willkommensgruß in Form von drei Pralinen in einer teuer aussehenden Verpackung für sie bereit lagen. Vorsichtig steckte sie sich eine der handgefertigten Leckereien in den Mund und machte sich daran, ihr Zimmer weiter zu untersuchen.

Sie trat an das Fenster, um die Gardinen zurückzuziehen und die Aussicht zu prüfen. Etwas enttäuscht schloss sie diese sofort wieder, denn sie entdeckte leider nicht die Tower, die diese Stadt so berühmt machte, sondern hatte eine rückwärtige Sicht auf eine Baustelle und eine wenig ansehnliche Seitenstraße. Aber für den schönen Ausblick war das Hotel auch nicht berühmt, sondern für seine Pracht, die gute Lage und den hervorragenden Komfort.

Delia sah auf ihre Uhr und stellte fest, dass sie sich bereits in weniger als einer Stunde mit ihrem Chef und den Klienten treffen würde. Schnell packte sie ihre Kleidungsstücke aus und hing sie ordentlich in den Kleiderschrank. Anschließend ging sie in das Badezimmer und drehte die Dusche auf, um den Staub der Fahrt abzuspülen und genoss die teuren bereitgestellten Pflegemittel des Hotels. Nachdem sie sich abgetrocknet hatte, zog sie sich ihre zuvor bereitgelegte "Arbeitskleidung" an: einen engen schwarzen Bleistiftrock, eine schlichte, hoch aufgeschlossene weiße Bluse und einen hübschen Blazer. Zum Schluss schlüpfte sie in ihre flachen Schuhe und nahm ihre kleine Handtasche, die sie im Ausverkauf günstig erworben hatte. Für ein aufwendiges Make-Up war keine Zeit gewesen und abgesehen davon wusste Delia auch gar nicht, wie man ein wirkliches gutes Make Up auftragen musste. Eine Feuchtigkeitscreme. etwas Wimperntusche und ein Lipgloss mussten reichen.

Sie betrachtete nun das fertige Ergebnis im großen Spiegel des Eingangsbereichs und seufzte bei ihrem eigenen Anblick leise. Sie war so langweilig, dachte sie und beugte sich vor, um sich selbst tief in die Augen zu sehen. Ihre Haare waren in einem merkwürdigen Farbton, der irgendwo zwischen Blond und Braun lag. Ihre Haut war zwar rein und ohne Falten, aber in dem Licht des Zimmerspiegels wirkte sie in ihren Augen etwas fahl und müde. Ihre Augenfarbe war genau wie ihre Haarfarbe nichtssagend, irgendetwas zwischen blau und grau. Sie nahm ihre Brille und setzte sich diese wieder auf, so dass ihre Augen nun auch noch viel kleiner wirkten, als sie eigentlich waren. Sie hatte zwar ihre Kontaktlinsen mitgebracht, aber scheute sich immer wieder diese einzusetzen. Was wäre, wenn sich eine verschob, und sie konnte im entscheidenden Moment nicht richtig sehen? Ja, nickte sie sich noch einmal im Spiegel selbst zu, sie war der Inbegriff der braven Sekretärin. Sie wusste, dass ihr Chef ihre Aufmachung schätzte, weil sie so unscheinbar war und nicht von wesentlichen Dingen ablenkte.

Ihr Chef, Herr Asmuss, war der Abteilungsleiter einer großen Baumarktkette und sein Auftrag sollte es heute sein, den chinesischen Investor zu überzeugen, dass im deutschen Baugewerbe die Zukunft lag. Obwohl Delia und ihr Team alle Vorbereitungen für die geschäftliche Zusammenkunft getätigt hatten, wurde sie heute in die eigentliche Abwicklung nicht mit einbezogen. Das war Chefsache, hatte Herr Asmuss ihr erklärt und Delia wusste aus Erfahrung, dass sich die "Chefsache" in "Teamaufgabe" ändern würde, kämen die Verhandlungen wider Erwarten nicht zum erwünschten Ergebnis. Wie schon bei dem letzten Projekt, dachte Delia.

Ihre eigene Aufgabe bei diesem Treffen am Wochenende war es, die Tochter des eventuellen Investors bei Laune zu halten. Delias Team hatte herausgefunden, dass der Chinese seine verwöhnte Prinzessin über allem stellte, und dass sie vermutlich der Schlüssel zum Erfolg sein könnte. Aus diesem Grund war die Teamleiterin selbst die Dienstreise angetreten – auch wenn Delia keinerlei Kenntnisse von den Bedürfnissen einer 16-jährigen Teenagerin hatte, wollte sie sich dieser Aufgabe mit allem Elan stellen.

Vor dem Verlassen ihres sicheren Hotelzimmers straffte sie noch einmal die Schultern, packte ihre kleine Handtasche energisch, die sie wie ein Schild vor ihre Brust drückte und sprach sich selbst Mut zu. Es würde funktionieren – es musste funktionieren! Für das Team!

Wie sie beim Check In bereits entdeckt hatte, lag die Bar, in der sie sich treffen wollten, direkt hinter dem Eingangsbereich, nämlich dort, von wo Delia zuvor die sanften Piano-Klänge vernommen hatte. Der Raum davor war offen und man konnte von hier aus direkt zu den Bankettsälen gelangen. Hier stand ein wunderschöner weißer Flügel und ein junger Mann saß davor und spielte eine sanfte, eindringliche Melodie. Es war ein junger Asiate, dem fünf weitere, etwa gleichaltrige Männer, die kaum älter aussahen als Teenager, bei seinem Spiel zusahen. Sie unterhielten sich leise miteinander in einer für Delia zwar fremden, jedoch wunderschön klingenden Sprache und sahen kurz hoch, als Delia an ihnen vorbeiging. Zu ihrer Überraschung lächelte ihr einer der jungen Männer mit einem Zwinkern in den dunklen Augen zu und verlegen wandte Delia ihren Blick ab. Vermutlich glaubte er, sie wäre eine Kellnerin, dachte sie und sah an ihrem schwarz-weißen Kostüm hinunter.

Schüchtern ging sie an den hübschen Jungen vorbei und lief die drei Stufen hoch in den abgedunkelten Bereich der Bar.

Diese wirkte mit ihrer Einrichtung wie die Bibliothek oder der Salon eines edlen Hauses. Gediegene Ledersessel, samtbezogene Couches und niedrige Tischchen standen auf einem grauen Teppich mit goldenem Muster. Die Wand war mit einer teuer aussehenden hellen Tapete bespannt und Büchervitrinen standen überall an den Wänden und kostbar aussehende Bücher wurden durch diskretes Licht beleuchtet. Die Bar selbst bildete zwar den Blickpunkt des Raumes, war jedoch nur hüfthoch und ohne die Barhocker, wie sie zumeist woanders üblich waren. Ein Barkeeper war in diesem Moment damit beschäftigt, gekonnt einen Cocktail zu mixen, den er anschließend in bereitgestellte Gläser einschenkte.

Endlich bemerkte Delia ihren Vorgesetzten im Raum. Er saß zusammen mit zwei weiteren Personen, von denen einer männlich war und etwa dem geschätzten Alter des Investors entsprach und eine eindeutig weibliche, die vermutlich seine Tochter sein musste. Delia zauberte sich ein höflich freundliches Lächeln auf die Lippen, atmete noch einmal leise tief ein und trat an den Tisch der kleinen Runde. Herr Asmuss machte sich nicht die Mühe aufzustehen, als sie bei ihnen ankam, sondern nickte ihr lediglich zu, während der Investor sich höflich von seinem Sitz erhob und zu ihr umdrehte.

Er war etwa Ende vierzig Jahre alt und etwas kleiner als Delia, was keine Kunst war, da sie selbst recht groß war. Der Blick des Mannes glitt an ihr auf und ab und sie konnte sich dem Gefühl nicht erwehren, dass sie soeben gemessen, gewogen und als faul gewertet wurde. Scheinbar hatte der Mann etwas anderes erwartet und dennoch ließ er sich seine Enttäuschung nicht anmerken und begrüßte sie professionell mit einem zurückhaltenden, freundlichen und nichtssagenden Lächeln.

"Frau Baumann, Herrn Bo haben Sie sicherlich schon erkannt und diese junge Dame hier ist seine Tochter Ma Lin."

Ihr Chef zeigte nun auf ein junges Mädchen, das etwas über 16 Jahre alt war und gelangweilt in ihrem wahrscheinlich alkoholfreien Cocktail rührte, den der Barkeeper ihr vor Kurzem kredenzt hatte. Sie schien überhaupt keine Lust zu haben, zusammen mit ihnen hier in dieser Bar zu sein und sah nicht einmal hoch, als sie ihren Namen hörte. Scheinbar lag ihr Interesse eher bei der Pianomusik, denn sie ließ die jungen Männer, die noch immer gemeinsam am Flügel standen, nicht ein einziges Mal aus den Augen.

"Guten Tag Ma Lin. Ich freue mich, dass ich dich kennenlernen darf", sagte Delia nun in einwandfreiem Mandarin und bekam, wie nicht anders zu erwarten, sowohl einen überraschten Blick von ihrem Vater als auch von der Prinzessin selbst. Die so angesprochene rutschte in ihrem Stuhl etwas hoch und betrachtete die ältere Frau überheblich desinteressiert. Anstelle einer Begrüßung verzog sie abschätzend ihre Lippen und warf ihrem Vater einen genervten Blick zu, den dieser gekonnt ignorierte. Dann blickte sie zurück auf die immer noch vor der Gruppe stehende Delia.

"Tantchen, wenn du mit mir den Tag verbringen willst, dann muss ich dir was anderes anziehen. Du bist peinlich", erklärte ihr das Früchtchen arrogant auf Englisch, ohne mit der Wimper zu zucken. Delia wurde unmissverständlich von einer 16-jährigen gnadenlos unverhohlen mitgeteilt, dass das Aussehen von der doppelt so alten Frau ihren Ansprüchen nicht genügen würde.

"Daddy", forderte sie ihren Vater plötzlich auf und dieser reichte ihr, ohne mit der Wimper zu zucken, eine schwarze Karte, als hätte er nur darauf gewartet.

Auf dieser Kreditkarte war noch nicht einmal der Name der Bank gedruckt und selbst Delia wusste, dass sie vermutlich dazu verwendet werden könnte, um sich damit einen italienischen Sportwagen, ein Einfamilienhaus an der Cote d'Azur oder ein Flugzeug zu kaufen. Sie hatte kein Limit und diese kleine 16-jährige Schülerin bekam solch einen Schatz von Daddy vermutlich nicht zum ersten Mal in die Hand gedrückt.

Reich müsste man sein, dachte sich Delia und lächelte weiterhin, auch wenn ihr in der Zwischenzeit die Mundwinkel zu verkrampfen drohten. Zwei Tage, dachte sie plötzlich und machte sich damit Mut. In zwei Tagen war hoffentlich alles ausgestanden und ihre Kündigung würde nicht mehr zur Sprache kommen. Zwei Tage, dann würde sie wieder zurück in ihrer kleinen, schlicht eingerichteten Wohnung sein. Zurück, allein und frustriert, dass sie in ihrem Leben bislang nichts wirklich auf die Reihe gebracht hat. Zwei Tage …

Ihr Chef sprach mit Herrn Bo in einem jovialen, schmeichelnden Ton auf Englisch und machte keinerlei Anstalten, seiner Untergebenen einen Platz an ihrem Tisch anzubieten. Abwartend stand Delia weiterhin neben ihnen und kam sich verloren vor. Ihre Prinzessin hatte sich wieder zurück auf ihren Stuhl gelümmelt und schlürfte ihren Cocktail und beobachtete weiterhin die Jungs am Piano, die hin und wieder einen ebenfalls diskret interessierten Blick zurückwarfen.

Während Herr Asmuss laut über einen vermeintlichen Witz des Investors lachte und sich auf die Oberschenkel schlug, wollte Delia innerlich sterben. Wie peinlich er sein konnte, dachte sie und schämte sich. Ihr Chef war alles andere als fein und hatte auch in ihren Augen schlechte Umgangsformen. Allerdings war er wohl in seinem beruflichen Bereich ein Genie und hatte bislang noch jeden Vertrag zum Vorteil der Firma zum Abschluss gebracht. Bis auf den letzten, für dessen Versagen er Delia und ihr Team zu Unrecht verantwortlich gemacht hatte. Irritiert sah sie nun jedoch, dass die grobe Art des Deutschen bei dem Chinesen erstaunlicherweise gut ankam. Herr Bo lächelte sogar das eine oder andere Mal und schien sich an der Grobheit von Herrn Asmuss nicht sehr zu stören.

Delia blinzelte, als sie ein Gähnen unterdrückte und trat unauffällig von einem Fuß auf den anderen, da sie weiterhin wie ein unansehnlicher Kleiderständer neben der illustren Gesellschaft am Tisch stand und ignoriert wurde. Ihr Blick schweifte durch die noch leere Bar, denn es war gerade mal früher Nachmittag und viele

Gäste waren wahrscheinlich noch außer Haus, als ihr Blick an einem jungen Paar in einer Ecke hängen blieb. Ganz offensichtlich waren sie sehr verliebt, denn der junge Mann hatte die Hände seiner Liebsten ganz kitschig mit seinen eigenen umschlossen und sah seiner Angebeteten verliebt in die Augen.

Delia konnte nicht hören, worüber die beiden redeten, aber die Worte des jungen Mannes schienen der hübschen Frau sehr zu gefallen, denn ihre Wangen röteten sich charmant. Delia versuchte sich vorzustellen wie es wohl wäre, wenn sie nicht hier neben ihrem Vorgesetzten stehend warten würde und selbst ein Rendezvous hätte. Die Örtlichkeit war ideal, aber leider gab es in ihrem Leben niemand, der für eine solche Beziehung in Frage kam und auch keinen Mann, der sich romantisch für sie interessierte.

Endlich kam Leben in die am Tisch sitzenden Personen, als Herr Bo seine mittlerweile nörgelnde Tochter bat, mit Delia gemeinsam ein wenig einkaufen zu gehen. Als hätte das Mädchen nur auf den Startschuss gewartet, schnellte sie aus ihrem Sessel und grinste plötzlich über das ganze Gesicht.

"Danke Daddy" hauchte sie mit einem Kuss auf seine väterliche Wange und wollte schon aus der Bar laufen, als ihr wieder einfiel, dass die steife Sekretärin auch noch da war. Unwillig drehte sie sich um und winkte Delia herrisch zu, ihr zu folgen. Diese verabschiedete sich höflich von den beiden Männern, die sie nach wie vor ignorierten und folgte dem jungen Mädchen.

Gemeinsam verließ das ungleiche Paar die Bar und ging zum Hoteleingang. Delia betrachtete nachdenklich die Rückansicht des Teenagers. Ma Lin strahlte selbst von hinten Selbstbewusstsein und Arroganz aus. Vermutlich war das so, wenn man mit der überbordenden Liebe und Kreditkarte eines reichen Vaters aufwuchs. Delia wusste aus ihren Recherchen, dass Ma Lins Mutter kurz nach ihrer Geburt verstorben war und sie als Halbwaise aufgewachsen war. Natürlich hatte sie wohl Nannys und Erzieherinnen, aber Ma Lin schien ein willensstarkes Persönchen zu sein, das ihren eigenen Kopf hatte und es ihren Aufpassern und Lehrern wohl ziemlich schwer machte.

Nicht wirklich überrascht stellte Delia jetzt fest, dass die verwöhnte Tochter bereits von ihrem eigenen Chauffeur im Foyer erwartet wurde. Genervt drehte sich das junge Mädchen zu der Älteren um und forderte sie mit einer unmissverständlichen Bewegung auf, ihr schneller zu folgen. Offensichtlich konnte sie es gar nicht erwarten, so schnell wie möglich shoppen zu gehen. Sich beeilend, folgte Delia dem Fahrer und ihrer jungen Chefin für die nächsten zwei Tage die Treppe hinunter auf die Straße. Die Menschenmenge hatte sich in der Zwischenzeit in etwa halbiert und war wesentlich ruhiger geworden als noch bei ihrer Ankunft. Stumm lief Delia nun hinter dem Mädchen her, bis diese plötzlich stehen blieb und die Leute um sich herum mit einem angewiderten Gesichtsausdruck betrachtete.

"Die sind so nervig. Machen solch einen Krach. Oh, ich finde sie schrecklich", beschwerte sie sich und schüttelte heftig ihren hübschen Kopf. Neugierig trat Delia näher zu ihr.

"Auf wen warten die Leute denn eigentlich?" wollte sie nun wissen und betrachtete die zumeist jungen Mädchen, die Spruchbänder in die Höhe hielten und auf denen in asiatischen Schriftzeichen jemand willkommen geheißen wurde.

"Ach, das ist einer von denen, die morgen beim Festival auftreten."

Immer noch die jungen Menschen betrachtend, lief Delia hinter ihrer Prinzessin her.

"Welches Festival?" wollte sie nun wissen und zögerte kurz, als Ma Lin in den Wagen einstieg. Sie wusste nicht, ob sie sich neben den Fahrer oder neben das Mädchen setzen sollte. Ma Lin winkte ihr jedoch energisch zu und deutete auf den Rücksitz.

"Hier findet dieses Wochenende ein Festival mit koreanischen Popstars statt. Wusstest du das nicht, Tantchen? Wir beide fahren dort morgen zusammen hin. Daddy hat mir natürlich die besten Karten gekauft. VVIP, und ein privates Meet und Greet mit 3Bute. Sonst wäre ich an diesem Wochenende selbstverständlich nicht hierher nach Deutschland geflogen. Das ist das Mindeste, was er mir anbieten musste."

Ma Lin sah noch einmal mit einem Stirnrunzeln zu den wartenden Fans auf der Straße, die vermutlich hofften, noch einen weiteren Blick auf ihren Star werfen zu können, sollte er irgendwann das Hotel noch einmal verlassen. Delia betrachtete die hübsche Schülerin und fragte sich, wovon sie wohl sprach.

“Also ist das ein Popkonzert?” wollte sie nun bestätigt haben und es war ihr beinahe peinlich, als die 16-jährige ihre Augen verdrehte und genervt schnaufte.

“Ja, Tantchen. Du bist ja sowas von nicht im Trend. Deshalb musst du auch dringend etwas anderes zum Anziehen bekommen. So geht es auf keinen Fall.”

Sie deutete auf die schlichte, aber effiziente Kleidung, die Delia trug und schüttelte angewidert den Kopf. Der jungen Chinesin war das Einkaufen in fremden Ländern und Städten ganz offensichtlich nicht fremd, denn zielgerichtet fuhr ihr Fahrer zu einem Luxuskaufhaus, wo sie bereits in der Tiefgarage von ausgesuchten Verkäufern erwartet wurden. Ma Lin schlenderte als Rich Kid durch die Einkaufsmeile voller französischer und italienischer High End Label und suchte gezielt Luxusartikel aus, die sie noch nicht einmal näher vor dem Kauf begutachtete. Ein Fingerzeig des jungen Mädchens und eine persönliche Verkaufsassistentin legte den begehrten Gegenstand zu den anderen Dingen, die Ma Lin bereits ausgesucht hatte, und in die wartenden Hände eines weiteren Mitarbeiters. Wenn es so weitergehen würde, müsste in Kürze ein weiterer Mann als Träger aushelfen, dachte Delia.

Sie folgte dem Kind und staunte, als sie während des Einkaufs heimlich versuchte, die schwindelerregenden Summen zusammenzuzählen, die dieses Mädchen in einer Stunde für Konsumgüter ausgab. Ihr Vater musste sehr reich sein, dachte die Sekretärin und schaute ein wenig neidisch dabei zu, wie das junge Mädchen eine Luxustasche zu ihren Einkäufen hinzufügte. Mit dem Preis für die Tasche könnte manch einer den Lebensunterhalt für ein paar Monate bestreiten, stellte sie fest. Endlich schien Ma Lin genug zu haben und drehte sich zu ihrer Begleitung um.

“Ich werde dir etwas aussuchen, was du morgen tragen musst”, erklärte sie, das Einverständnis ihrer Begleitung voraussetzend und packte Delias Handgelenk.

Sie zog die Ältere hinter sich her und diese versuchte vergeblich, sich aus dem Griff des jungen Mädchens zu befreien. Endlich standen sie in einer Abteilung, die sportliche, junge, aber dennoch sehr teure Kleidung für Teenager und Twens verkaufte.

“Hier, probiere das an.” Ihr Ton ließ keine Widerworte zu.

Ma Ling nahm einen Bügel von einer Kleiderstange, auf dem ein schlichtes weißes T-Shirt hing. Einzig ein französischer Mädchenname war quer über die Brust gedruckt. Delia fiel das Preisschild ins Auge und ihr verschlug es bei dem hohen dreistelligen Betrag beinahe die Sprache. Wer gab so viel Geld für ein einfaches Shirt aus? Anschließend ging Ma Lin zielorientiert zu einer weiteren Kleiderstange und stöberte bei den Jeans nach einer, die ihr zusagte und nach einem prüfenden Blick auf Delias Taille zog sie eine von ihnen heraus und drückte sie ihr in die Hand.

"Die müsste passen", erklärte Delias neue 16 jährige Stylistin bestimmt.

Das überteuerte T-Shirt und die Designer-Jeans in den Händen haltend, betrachtete sie die Preisschilder und verzog die Lippen zu einem gequälten Lächeln. Delia hatte sich insgeheim erhofft, dass sie vielleicht eine schöne und praktische Bluse erhalten würde, aber als sie nun das T-Shirt und die Jeans sah, war sie enttäuscht. Auch wenn beide Kleidungsstücke mehr kosteten, als sie in einem halben Monat in ihrer Firma verdiente, entsprach es dennoch so gar nicht dem Geschmack der konservativen Frau. Dieses sollte sie anziehen? Ma Lin hatte von Delias Enttäuschung nichts mitbekommen und schob die Ältere nun zu einer Umkleidekabine. Sie selbst setzte sich direkt auf einen bequemen Sessel davor, um das Ergebnis ihrer Kleiderwahl an dem Menschen zu prüfen und zu begutachten.

Etwas beschämt zog sich Delia ihren billigen schmalen Rock und die einfache Bluse aus und schlüpfte in das T-Shirt und die Hose. Es stellte sich heraus, dass Ma Lin einen guten Blick für ihre Größe gehabt hatte, denn die Kleidung passte Delia wie angegossen. Das T-Shirt war allerdings viel kürzer, als sie es jemals gewagt hätte zu tragen und wenn sie ihre Arme etwas hoch nahm, dann konnte man sogar ihren flachen nackten Bauch sehen. Beschämt zupfte sie an der Länge des Shirts, allerdings musste sie feststellen, dass es auf der gleichen Höhe blieb, ohne auszudehnen und nachzugeben.

Die Jeans war in Delias Augen ebenfalls ein Fall für sich. Sie war nicht sehr hoch geschnitten, aber saß perfekt an Taille und Po und betonte Delias tatsächlich vorhandene Kurven sehr vorteilhaft. Dennoch fühlte sie sich in dieser Hose nicht altersgemäß gekleidet. Sie konnte sich nicht daran erinnern, wann sie zuletzt eine Jeanshose getragen hatte. Offensichtlich konnte Ma Lin nicht weiter vor der Kabine warten, denn mit einem Mal wurde der Vorhang zur Seite gerissen und die junge Chinesin stand mit großen Augen davor und betrachtete ihre Begleitung. Aufgeregt klatschte sie in ihre Hände.

"Tantchen, du siehst jetzt so viel besser aus. Ich wusste, dass dir das steht. Jetzt machen wir noch was mit deinen Haaren und dem Make-Up und dann kannst du mit mir morgen zum Festival gehen."

Überhaupt nicht bescheiden beglückwünschte sich das Mädchen zu ihrer eigenen Wahl und Delia wollte gerade den Vorhang schließen, als sie von der Jüngeren aufgehalten wurde.

"Das behältst du gleich an. Dann hält man dich für meine ältere Schwester und nicht mehr für meine Großtante", sagte sie bestimmt und Delia starrte entsetzt an sich herunter.

So sollte sie heute auf die Straße gehen? Zwei Tage, klang es wieder in ihren Ohren und als Ma Lin nun der Verkäuferin befahl, die Kleidung der Sekretärin einzupacken, schloss sie kurz ihre Augen und wappnete sich für den Rest des Tages.

Ma Lin war so begeistert von dem Outfit, das sie ihrer Begleiterin gekauft hatte, dass sie noch zwei weitere aussuchte und diese für sie einpacken ließ. Hierbei hatte die Sekretärin keinerlei Mitspracherecht und lief ergeben hinter dem freudigen Mädchen her, das ganz in ihrem Element zu sein schien. Vielleicht war das so ein kleine-Mädchen-Ding? Einer Puppe suchte man auch gerne etwas zum Anziehen und freute sich, wenn sie anschließend hübsch aussah. Vermutlich war Delia für die kleine verwöhnte Chinesin so etwas wie eine übergroße Anziehpuppe, da sie auch keine Widerworte gab und alles mit sich machen ließ. Im Hinausgehen griff Ma Lin noch nach einem trendigen Paar Sneaker, die ebenfalls in Delias Augen völlig überteuert waren, und legte sie zu den Einkäufen ihrer neuen Freundin. Nach der Shoppingtour im Luxuskaufhaus zog Ma Lin ihre Begleitung zu einem Edel-Friseur und beide Frauen saßen nun nebeneinander auf den bequemen Stühlen und ließen sich verschönern.

Die junge Chinesin hatte auch darauf bestanden, die Frisur für Delia auszusuchen, wieder ohne ihr eine Chance für ein Veto zu geben. Nach mehr als zwei Stunden betrachteten beide Frauen das Ergebnis der Veränderung im Spiegel und waren beide gleichermaßen sprachlos. Der Friseur, der wirklich sein Handwerk verstand und selbstverständlich auch seinen gepfefferten Preis dafür nahm, hatte Delias lange Haare etwas gekürzt, in Form geschnitten und ihr helle Strähnen verpasst. Die gesamte Frisur und das dezente Make-up ließen sie tatsächlich wesentlich jünger als ihre 31 Jahre erscheinen.

Sie fühlte sich richtig gut und was noch viel schöner für sie war, Ma Lin war wider Erwarten eine wirklich nette Begleitung geworden. Die junge Chinesin war nach und nach von ihrem recht hohen Ross heruntergestiegen und hatte ebenfalls Spaß daran gefunden, mit der älteren Frau durch die Stadt zu ziehen. Das Ergebnis ihrer Tour war für beide eine Freude und so fuhren sie nach einem schönen, wenn auch etwas anstrengenden Einkaufstag zurück zum Hotel.

Ma Lin verabschiedete sich in der Eingangshalle von ihrer Begleitung und fuhr hinauf zu ihrer Suite, die sie zusammen mit ihrem Vater bewohnte. Delia blieb noch einen kleinen Moment mit ihren vielen Einkaufstaschen und Tüten im Foyer des Hotels stehen und sah dem jungen Mädchen nach. Auf ihrem Weg zum Fahrstuhl entdeckte sie plötzlich eine attraktive junge Frau in flippigen Klamotten und moderner Frisur. Gerade wollte sie sich diese Person einen Augenblick länger ansehen, als ihr auffiel, dass es ihr eigenes Spiegelbild war. Ja, dachte sie nun, dieses Wochenende war definitiv eine Überraschung.

In ihrem Zimmer betrachtete sie alle gekauften Kleidungsstücke und war froh, dass die junge Chinesin sie zu diesen Dingen gezwungen hatte. Erschöpft ließ sie sich auf ihr Bett fallen und wollte vor dem gemeinsamen Abendessen mit Herrn Asmuss und Herrn Bo noch ein wenig die Augen schließen.

Pünktlich um 20 Uhr klingelte ihr Wecker und Delia kämpfte sich mühevoll aus ihrem Bett. Ein weiterer Blick auf ihre Uhr sagte ihr, dass sie sich beeilen musste, wenn sie noch rechtzeitig zu ihrem gemeinsamen Geschäftsessen kommen wollte. Schnell stand sie auf und lief ins Bad, wo sie wieder die zehn Jahre jüngere Version ihres Ichs ansah, die ihr nicht wirklich vertraut vorkam. Kurz entschlossen ließ sie die neue Kleidung liegen und schlüpfte zurück in ihre Büroangestellte Tracht. Sie lächelte etwas gequält, denn sie hatte das getan, weil sie wusste, dass Herr Asmuss es nicht schätzen würde, wenn seine Untergebene zu viel Aufmerksamkeit von ihm selbst abzog. Als Delia im Restaurant erschien, saßen die anderen Gäste bereits am Tisch. Ma Lin bemerkte sie als erstes und zog einen enttäuschten

Schmollmund, als sie die ältere Frau wieder in ihrer langweiligen und unauffälligen Kleidung sah.

Das Abendessen war für alle beteiligten eine steife Sache, denn trotz des schönen Nachmittags, den Delia und das junge Mädchen zusammen gehabt hatten, schien sich die junge Chinesin in Gegenwart ihres Vaters wieder zurück in den bockigen Teenager zu verwandeln und schmollte während des gesamten Essens. Delia sah unauffällig auf ihre Armbanduhr und zählte die Minuten. Zwei Tage, flüsterte sie wieder in Gedanken. Zwei Tage und ich brauche nichts mehr zu befürchten.

Nach dem Essen verließen alle gemeinsam das Restaurant. Herr Asmuss verabschiedete sich von dem Investor und seiner Tochter und ließ Delia mit ihnen vor dem Hotel-Restaurant stehen. Nervös trat sie von einem Bein auf das andere und hoffte, dass sich auch Vater und Tochter von ihr verabschieden würden und sie sich auf ihr eigenes Zimmer zurückziehen könnte. Leider hatte Herr Bo eine andere Vorstellung zum Beenden des Abends und forderte sie auf, gemeinsam mit ihm und Ma Lin noch ein wenig die Stadt zu erkunden.

Ergeben gab Delia nach und betrachtete Vater und Tochter, die sich sehr unterschiedlich darauf zu freuen schienen. Herr Bo war hoch motiviert, sich in das Nachtleben der Metropole zu stürzen, während seine Ma Lin weiterhin beleidigt vor sich hin starrte und der älteren Frau keinerlei Beachtung mehr schenkte.

Als alle drei das Foyer des Hotels durchquerten, unterlief Delia ein Missgeschick. Unaufmerksam ging sie hinter dem chinesischen Vater-Tochter-Paar hinterher und beachtete ihre Umgebung nicht, da sie tief in Gedanken versunken war. Sie wusste nicht, was Herr Bo von ihr erwartete, denn während des Essens hatte er hin und wieder einige Andeutungen gemacht, die Delia als unangemessen ihr gegenüber empfunden hatte und die Herr Asmuss lediglich verlacht hatte, anstatt den Chinesen in seine Schranken zu weisen. Beim Verlassen des Restaurants hatte ihr Vorgesetzter ihr noch zugeraunt, sie solle es sich mit dem Investor nicht verscherzen. Delia war sich nicht sicher, was er mit seinen Worten gemeint hatte, aber dass er sie mit dem Mann und seiner Tochter allein ließ, war ihr überaus unangenehm und sie fühlte sich alles andere als wohl.

Aufgrund ihrer Versunkenheit in ihren Gedanken hatte sie nicht auf ihre Umgebung geachtet und erschrak, als sie plötzlich mit einem großen schlanken

Mann zusammenstieß, der sie durch seine geschickte und blitzschnelle Reaktion davon abhielt, unelegant auf dem Boden zu landen. Instinktiv hatte er sie aufgefangen und für einen kurzen Moment an seinen Körper gezogen. Erschrocken sah sie hoch und blickte in das Gesicht eines jungen Mannes, der ganz offensichtlich asiatischer Herkunft war.

Seine Augen hatten eine warme braune Farbe, seine Haut war nicht so hell, wie sie es bei Ma Lin und Herrn Bo gesehen hatte, dafür schien sie aber von innen zu leuchten und war absolut makellos. Seine Lippen waren sehr voll und sahen aus, als wenn sie ein Herz bildeten. Er war groß, auf jeden Fall einige Zentimeter größer als Delia selbst und hatte breite Schultern und lange, schlanke Beine. Die Hitze seines schlanken Körpers übertrug sich auf Delia und während sie den schönen Mann fasziniert betrachtete, spürte sie, wie sie über und über rot wurde.

"Das ist Liam!" hauchte Ma Lin leise, die zusammen mit Herrn Bo stehen geblieben war und Delias Beinahe-Unfall bemerkt hatte. Das junge Mädchen wurde rot, als sie dem jungen Mann direkt gegenüberstand, den sie offensichtlich erkannt hatte. Der soeben beim Namen genannte ließ Delia vorsichtig wieder los und trat ein paar Schritte von ihr zurück.

Verwirrt blickte Delia zu dem attraktiven Mann hoch und spürte, wie ihre Beine nicht nur wegen des Beinahe-Unfalls zu zittern begannen. Immer noch fühlte sie seine warme Hand, die ihren Sturz mit einem schnellen Griff an ihren Oberarm aufgehalten hatte, als würde sie immer noch dort liegen. Ihr Herz begann laut zu klopfen und ihr Atem wurde schneller. Himmel, dachte sie erstaunt, was war denn nur mit ihr los? Warum reagierte sie derart heftig auf einen wildfremden, wenn auch überaus attraktiven Mann?

Dieser sah die beiden Frauen kurz an, ehe er eine angedeutete Verbeugung machte und Delia in einer fremden Sprache ansprach. Ahnungslos, was die ihr fremdartig klingenden Worte bedeuten mochten, vermutete sie eine Entschuldigung in ihnen. Nervös lächelte Delia den hübschen Mann an und nickte freundlich, ohne zu wissen, ob ihre Vermutung richtig war.

Sein Blick streifte sie von Kopf bis Fuß und als er ihr wieder in die Augen sah, hatte er ein freundliches, wenn auch distanziertes Lächeln auf den Lippen. Nach einem weiteren höflichen Kopfnicken setzte der junge Mann seinen Weg fort, ohne noch einmal zu der erschütterten Delia zurückzublicken. Langsam beruhigte sich ihr Herzschlag wieder und sie starrte ihrem Beinahe-Unfallgegner hinterher, bis sich die Fahrstuhltüren hinter ihm schlossen und er nicht mehr zu sehen war.

Während des gesamten Abends ging Delia der hübsche Asiate nicht mehr aus dem Kopf. Der Arm, an dem er sie mit einer kurzen Berührung angefasst hatte, um ihren Sturz zu verhindern, prickelte immer noch an dieser Stelle. Als sie daran dachte, wie sich ihre Brüste an seinen Oberkörper gedrückt hatten, wurde sie wieder rot und wandte sich innerlich vor Verlegenheit. Unauffällig legte sie ihre Hand auf ihren Oberarm und stellte sich dabei vor, dass es die Berührung des Mannes wäre, und sie spürte sofort wieder die Hitze in ihrem Innern.

Seine Augen hatten sich in ihren Kopf gebrannt und sie malte es sich verträumt aus, wie es wohl gewesen wäre, wenn sie sich mit ihm hätte unterhalten können und er von ihr vielleicht als Frau angezogen worden wäre. Lächerlich, dachte sie gleich darauf wieder, da sie sich sicher war, was er in ihr gesehen hatte. Eine Frau in den mittleren Jahren, mit einer viel zu jugendlichen Frisur in langweiligen Klamotten, die hinter einem Geschäftsmann und seiner Tochter hinterherlief. Delia überlegte, wie alt der junge Mann wohl gewesen sein könnte und kam zu dem Schluss, dass er sicherlich jünger war als sie selbst.

Herr Bo sprach dem Alkohol in den verschiedenen Kneipen, in die er die beiden Frauen schleppte, reichlich zu und bereits nach weniger als zwei Stunden setzte ihn Delia zusammen mit seiner Tochter in ein Taxi und ließ ihn zurück zum Hotel fahren. Sie selbst hatte sich gegen ihre eigenen Vorsätze dazu entschieden, noch ein letztes Getränk in Ruhe in einer Bar zu nehmen.

Allein, ohne sich der Hände von Herrn Bo erwehren zu müssen, wollte sie einen letzten Cocktail genießen. Der Chinese hatte bei jeder sich bietenden Gelegenheit versucht, sie an sämtlichen für ihn erreichbaren Körperstellen zu berühren. Einmal streifte sein Arm wie unbeabsichtigt ihre Brust, dann lag seine Hand auf ihrem Oberschenkel und nur ihre schnelle Reaktion rettete ihn vor ihrer Ohrfeige, die sie bereit war, ihm zu verpassen, wenn seine Hand noch höher gerutscht wäre.

Ma Lin hatte sich während des Abends zurückgehalten und in einer Bar einen Flirt mit einem Kellner begonnen, so dass sie von dem Geschehen am Tisch keine Ahnung hatte oder das Verhalten ihres Vaters bewusst ignorierte. Als Herr Bo begann, ihr eindeutige Hinweise zu geben, dass er ihre sexuellen Dienste in der Nacht in Anspruch nehmen wollte, war ihr beinahe alles egal gewesen und sie hätte auch in Kauf genommen, ihren Job zu verlieren. Glücklicherweise konnte sie ihn dann doch abwimmeln und er war mit ihrem falschen Versprechen, ihn später in seiner Suite zu besuchen, beruhigt ins Taxi eingestiegen und zusammen mit Ma Lin verschwunden.

Erleichtert und allein ging Delia durch die nächtliche Straße, an der eine Bar neben der nächsten und Kneipe neben der Kneipe war. Die meisten waren zum größten Teil auch um diese Uhrzeit noch überaus gut besucht. Endlich fand sie eine Bar, die nicht zu voll zu sein schien, und ging hinein. An einem ruhigen Tisch in einer Ecke setzte sie sich und bestellte bei dem netten jungen Kellner einen Cocktail und sah sich die Menschen in dem Lokal an.

Es schien zumeist von jungen Leuten besucht zu werden und sie kam sich in diesem Moment ein wenig fehl am Platz vor. Sie war noch nie jemand gewesen, der gerne allein unter Menschen war und auch nicht wirklich oft die Gelegenheit hatte, wegzugehen. Hier, in dieser fremden Stadt und unter Gästen, die sie nicht kannte und deren Meinung ihr auch egal war, saß sie nun und trank allein Alkohol, der ihr sehr schnell zu Kopf stieg.

Nach ihrem dritten Getränk verließ Delia die Bar und bemerkte, dass sie mehr als nur angetrunken war. Der Bürgersteig vor ihren Füßen verschwamm und die wenigen Menschen um sie herum machten einen Bogen um die betrunkene Frau, die schwankend versuchte, ihren Weg zurück zum Hotel zu finden.

Kapitel 3

Liam betrachtete die Frau, mit der er soeben im Foyer zusammengestoßen war. Sie war hübsch, aber irgendwie auf den ersten Blick auch unscheinbar. Ihre schönen blauen Augen waren hinter einer großen Brille versteckt und blickten verträumt und unschuldig. Sie war schlank, aber hatte Kurven an genau den richtigen Stellen, wie er bei ihrem Zusammenprall bemerkt hatte. Er gab zu, dass er sie gerne aufgefangen hatte und der kurze Moment, in dem ihr Körper ihn berührte, war für ihn wie ein Stromschlag. Ihre Brüste hatten sich an ihn gedrückt und er konnte immer noch ihre Weichheit spüren. Ihr weiblicher Duft war ihm sensibel in die Nase gestiegen und er hatte überrascht festgestellt, dass er von dieser kurzen, ungeplanten Berührung erregt wurde.

Sofort hatte er sie wieder losgelassen und betrachtete ihre viel zu offensichtliche Unscheinbarkeit. Moderner gekleidet und mit etwas mehr Selbstbewusstsein wäre sie vermutlich eine Frau, nach der sich die Männer reihenweise umdrehen würden. Ihre Frisur war modern, aber ihre Kleidung war billig und entsprach den Sekretärinnen Chic der 90er Jahre. Dann wanderte sein Blick zu dem älteren Chinesen, der in geringem Abstand neben ihnen stand und sie beide argwöhnisch betrachtete. Der Blick des Mannes bohrte sich in Liams Augen und schien ihm zu sagen, er solle sich von der Frau fernhalten, da sie seine Beute wäre. Liam zog provozierend seinen Mund hoch. Dieser Mann wäre kein Gegner, würde er es darauf anlegen.

Scheinbar war sie zur Unterhaltung des Chinesen da und er war erstaunt, dass eine Frau mit ihrem Aussehen als Hostess arbeitete. Ihr fehlte es an Raffinesse, aber sie hatte irgendetwas an sich, das ihn genau wie den Chinesen ansprach. Vielleicht waren es ihre unschuldig blickenden Augen oder ihr Lächeln, das naiv und fast etwas kindlich wirkte? Ihre Ausstrahlung war niedlich und rein und das irritierte ihn im Zusammenhang mit ihrem sehr weiblich proportionierten sexy Körper.

Er räusperte sich kurz und nach einer Entschuldigung wandte er sich von der verwirrenden Frau ab und eilte Richtung Fahrstuhl, da man ihn in seiner Suite bereits erwartete. Im Aufzug bemühte er sich, seinen Körper wieder unter Kontrolle zu bringen und sich gedanklich auf das Interview vorzubereiten, das er gleich mit den hiesigen Reportern führen würde. Dennoch wanderten seine Gedanken unerwünscht immer wieder zu der Frau und er musste vor seiner Suite Tür noch einen Moment warten und tief durchatmen, ehe er den Raum gefahrlos mit einem strahlenden, professionellen Lächeln betreten konnte.

Nach dem Interview fuhr er zur Generalprobe zum Festival ins Stadion. Hiernach würde er zusammen mit seinem Manager und ein paar weiteren Crewmitgliedern und Tänzern etwas in dieser Stadt trinken gehen. Man kannte ihn hier nicht, da er in diesem Land noch kein Star war. In Korea war es da schon etwas anderes. Er war mehr als zehn Jahre im Musik-Business und hatte bereits so viele Erfolge allein und zusammen mit seiner Band zu verzeichnen, dass er schon lange nicht mehr in den Genuss eines abendlichen Kneipenbummels gekommen war. Zuhause bewegte er sich ständig unter den Augen der Öffentlichkeit und das war anstrengend. Heute war es endlich mal wieder so weit, dass er wie ein normaler junger Mann das Nachtleben genießen konnte, und er freute sich darauf, einfach nur mit ein paar Freunden entspannt trinken zu können.

Diese Kneipe war genauso gut wie die anderen davor, stellte er fest, als er sein Bier trank und sich in dem Laden umsah. Tatsächlich waren auf Grund des Festivals viele Asiaten in der Stadt und somit fiel er innerhalb seiner Freunde noch viel weniger auf, als er gedacht hatte. Nicht einmal ein einziger Fan hatte ihn erkannt und er hatte endlich einmal die Gelegenheit bekommen, wie ein ganz normaler junger Mann einen gemütlichen Abend in Gesellschaft zu verbringen. Joon, sein Manager, war mittlerweile etwas betrunken und auch Liam merkte, dass er nicht mehr ganz nüchtern war. Gerade, als er ihm vorschlagen wollte, dass sie wieder zurück zum Hotel fahren sollten, entdeckte er sie.

Da saß sie, die Frau aus dem Hotel. Allein in einer Ecke und vor sich einen Cocktail, an dem sie gedankenverloren schlürfte. Wo waren der Chinese und das chinesische Mädchen? War sie allein? Liam betrachtete die Frau, die scheinbar schon mehr getrunken hatte, als ihr guttat. Ihre ehemals sorgfältig frisierten Haare waren etwas zerzaust und ihr Make-Up ein wenig verwischt. Er kniff die Augen zusammen und betrachtete ihre Lippen, die sie beim Trinken aus dem Strohhalm so niedlich spitzte. Er spürte plötzlich, dass er ungewollt auf diese Frau stärker reagierte, als er sich hätte vorstellen können. Warum? Was hatte sie nur, das ihn so anmachte? Er schüttelte den Kopf und drehte sich von ihr weg. Sie war nicht sein Typ, war etwas älter als er selbst und sah nicht einmal besonders gut aus, dachte er und musste dennoch wieder zu ihr hinsehen.

Sie hatte ihr Getränk geleert und winkte mit einem etwas betrunken wirkenden Wedeln nach dem Kellner, der sofort an ihren Tisch kam, um zu kassieren. Liam sah, dass er sich einen großzügig bemessenen Schein einsteckte und keinerlei Anstalten machte, der Frau das ihr sicherlich zustehende Wechselgeld auszuzahlen. Sie stand nun mit wackeligen Beinen vom Tisch auf und Liam sah ihr nach, wie sie nun etwas unsicher schwankend auf die Straße hinaus ging.

"Los, wir gehen", forderte er Joon plötzlich entschlossen auf und zog seinen Freund und Manager mit sich mit. Schnell verabschiedeten sie sich von den anderen und Liam strebte dem Ausgang zu. Gerade konnte er noch beobachten, wie die Frau immer wieder vor Passanten ausweichend den ganz offensichtlich falschen Weg einschlug und entgegengesetzt ihres Hotels die Straße weiter hinauf ging. Plötzlich blieb sie stehen und betrachtete etwas, was an einer Wand hing.

Neugierig war Liam ihr gefolgt und sah, wie sie ein Plakat ansah, auf dem er als Headliner des Abends für das morgige Festival zu sehen war. Es war ein Foto seines Promotion-Shootings für seine letzte Single und zeigte ihn mit aufgeknöpftem Hemd in einer lasziven Pose. Er war stolz auf seinen trainierten Körper und seine Muskeln, aber als die Frau nun das Foto betrachtete, machte er sich plötzlich Gedanken, ob sie ihn attraktiv finden würde.

Sie trat näher an die Werbung heran und legte ihre Hand auf die Pappe. Sie schien etwas zu dem Bild zu sagen, das Liam aber auf Grund der Entfernung nicht verstehen konnte. Und wahrscheinlich auch deshalb nicht, weil er ihre Sprache nicht sprach. In diesem Moment beugte sich die Frau vor und gab seinem Papp-Ich einen Kuss auf den Mund, dann drehte sie sich kichernd um und lachte. Fasziniert betrachtete Liam sie und stellte fest, dass ihr Lachen, auch wenn es trunken und vermutlich etwas zu laut war, ihn dennoch so sehr reizte, dass er spontan auf sie zuging. Kurz bevor er vor ihr stehen blieb, drehte die Frau sich um und sah ihn an.

"Du bist aus dem Plakat gekommen! Ich habe dich wie einen Frosch geküsst und zum Leben erweckt. Du bist jetzt mein Prinz"

Liam hatte kein Wort verstanden, aber er sah, wie ihre Augen blitzten und sie mit einigen wackeligen Schritten auf ihn zukam. Joon, der alarmiert aus seinem betrunkenen Zustand erwachte und sofort die Beschützer und Bodyguard Rolle einnahm, wollte einschreiten und die Betrunkene aufhalten. Liam hielt ihn mit einer Bewegung zurück und verhinderte seine Einmischung. Der Star wartete gespannt, was diese verrückte Frau tun würde.

Delia sah ihren Traummann keine zwei Meter vor sich stehen und wankte auf ihn zu. Es war schließlich nicht verboten, ein Plakat zu küssen. Sie streckte ihre Hände aus und umfasste sein Gesicht mit beiden Händen und zog den attraktiven lebendig gewordenen Papp Kopf zu sich herunter. Lachend stellte sie sich auf ihre Zehenspitzen und gab ihm einen sanften Kuss direkt auf den Mund. Überraschenderweise waren die vermeintlichen Papier-Lippen warm und sehr nachgiebig. Vor allem, dachte sie verträumt, roch ihr Traummann so wahnsinnig gut, dass ihr schwindelig wurde.

Gerade als sie dachte, sie würde fallen, fingen sie starke Arme auf und legten sich um ihre Taille. Fest wurde sie eng an eine breite Brust gezogen und selig lächelnd sah sie zu dem Plakat Kopf hoch. Nun gehörte er ihr. Als sie ihm einen weiteren Kuss auf die vollen und warmen Lippen geben wollte, wurde sie enttäuscht. Eine energische und wütende Stimme begann mit ihr in einer fremden Sprache zu schimpfen. Grob wurde sie von ihrem Traummann getrennt, als die fremde Stimme sie an ihren Armen packte und von ihrem Papp Kopf gewaltsam fortzog. Sie setzte einen Schmollmund auf, wie sie ihn an diesem Abend zuvor schon bei Ma Lin gesehen hatte und sah den Störenfried strafend an.

Liam betrachtete die Frau, die Joon am Arm gepackt hatte und von ihm weg zerrte. Der Kuss von ihr hatte etwas so Unschuldiges gehabt, dass er es nicht glauben mochte. Sie war kein Teenager mehr, vermutlich älter als er selbst und dennoch hatte er bemerkt, dass sie ganz offensichtlich nicht viel Erfahrung im Küssen hatte. Als sie ihre Lippen auf seine drückte, begann sein Körper ohne Vorwarnung zu prickeln und er war so erstaunt, dass er nicht einmal den Gedanken hatte, sich gegen sie zur Wehr zu setzen. Im Gegenteil, er war enttäuscht, als Joon sie vor ihrem zweiten Kuss von ihm wegzog und er den warmen Körper dieser Frau nicht mehr an seinem eigenen spüren konnte. Schnell drehte er sich weg, da er sich nicht sicher war, ob man erkennen konnte, wie sehr ihm diese Nähe zu der merkwürdigen Frau erregte.

Immer noch schimpfend hatte Joon gefordert, die fremde Frau an Ort und Stelle stehen zu lassen, aber Liam überzeugte ihn, sie in ihrem Taxi mit zurück zum Hotel zu nehmen. Grummelnd und leise vor sich hin maulend, hatte der Manager darauf bestanden, im Wagen neben der Frau zu sitzen und ihn selbst gezwungen, neben dem Fahrer Platz zu nehmen. Liam kam das sehr entgegen, denn so bekam er nun die Gelegenheit, sich wieder zu kontrollieren und seinen Körper zu beruhigen.

Die Frau war ihm wieder ohne Vorwarnung unter die Haut gegangen. Eigentlich hatte sie rein optisch so gar nichts von den Mädchen, die er bislang gekannt hatte, und doch spürte er eine so immense Anziehungskraft von ihr ausgehend, wie von keiner anderen Frau zuvor.

Seine Ex-Freundinnen waren alle wunderschön, selbst erfolgreich im Showgeschäft tätig und waren das Rampenlicht gewohnt. Sie waren talentiert, selbstsicher und immer von perfekter Schönheit gewesen. Aber gerade das hatte ihn auf Dauer genervt. Es war anstrengend, wenn die Freundin am Tag nur ein einziges Salatblatt aß und stundenlang vorm Spiegel mit sich haderte, ob sie auch wirklich perfekt wäre. Ihre Leben unterlagen einer ständigen Beliebtheit Kontrolle und er hatte früher oder später von ihnen die Nase gestrichen voll gehabt und war froh, wenn sie sich einvernehmlich trennten.

Er zog mittlerweile kleine, unverbindliche Affären einer großen Beziehung vor. Diese waren viel entspannter und brachten weniger Stress mit sich. Gelegentliche Treffen, einvernehmlicher schneller Sex, keine Verpflichtungen, keine Öffentlichkeit. Vielleicht war er auch kein Typ für eine feste Beziehung. Auf jeden Fall war er zu jung für so etwas. Er wollte das Leben in allen Zügen genießen und als ihm jetzt wieder die schlafende Frau auf der Rückbank einfiel, war er sich sicher, dass sie ganz bestimmt eine komplett andere Einstellung zum Leben hatte als er.

Vor dem Hotel warteten jetzt keine Fans mehr, da es mittlerweile tiefe Nacht war. Die Betrunkene war im Taxi eingeschlafen und hatte sich ruhig verhalten. Als Joon sie vor dem Hotel weckte, schien sie wieder etwas nüchterner zu sein und war kooperativ. Sie stieg aus dem Mietwagen aus und folgte Joon und Liam in einem kleinen Abstand hinein in das Hotel. Vor dem Aufzug kramte sie in ihrer billigen Handtasche und zog ihre Zimmerkarte heraus. Verwirrt sah sie auf ihren Plastikschlüssel und drehte ihn in ihrer Hand hin und her. Dabei murmelte sie etwas in ihrer Sprache, das Liam nicht verstand. Nach einiger Zeit sah sie die beiden Männer an und der Ausdruck in den hübschen blauen Augen hinter der großen Brille war fragend und um Hilfe suchend.

"Ich weiß meine Zimmernummer nicht mehr", nuschelte sie und hielt die Karte anklagend hoch.

"Kannst du das bitte auf Englisch wiederholen?" Liam war gespannt, was sie zu sagen hatte. Delia sah die beiden Männer an und nickte.

"Ich glaube, ich bin auf der 2. Etage, aber ich weiß nicht mehr genau, welche Zimmernummer ich habe. Die steht hier nicht drauf." erklärte sie und Liam verstand nun ihr Problem.

Vorsichtig nahm er ihr die Karte aus den Händen und zeigte auf ihre Handtasche. Delia übergab diese an Liam, der ein kleines Schächtelchen, auf der ihre Zimmernummer notiert war, herauszog und ihr überreichte. Der Sänger sah, wie sie erleichtert aufatmete. Ganz offensichtlich war sie es nicht gewohnt, in solchen Hotels wie diesem zu logieren, dachte Liam. Aus irgendeinem Grund tröstete ihn das, denn dieser Umstand machte es fast schon unwahrscheinlich, dass sie eine Hostess war. Die professionellen Begleiterinnen waren zumeist nicht so naiv und unwissend und kannten sich in dieser Kategorie von Hotel gut aus.

Der Fahrstuhl hielt im 2. Stock und Delia wollte aussteigen, als sie plötzlich eine Hand auf ihrem Oberarm bemerkte, die sie zurückhielt.

"Ich bringe dich zu deinem Zimmer", erklärte Liam und nickte Joon kurz zu. Der Manager verdrehte die Augen und nickte.

"Mach keinen Scheiß, ja?" sagte er zu seinem Schützling auf koreanisch und deutete auf Delia, die in der offenen Aufzugtür wartete.

Liam schüttelte den Kopf, obwohl er sich nicht so sicher war, ob er das Wort halten würde und ging mit ihr zusammen zu ihrer Hoteltür. Die junge Frau lief vor ihm her und schien unsicher zu sein, was von ihr erwartet werden würde. Immer wieder drehte sie sich zu ihm um und blickte sofort wieder nach vorne, sobald ihre Augen Kontakt zueinander hatten. Endlich stand sie vor ihrer Zimmertür und hielt ihre Karte unsicher in ihren Händen.

"Ähm, danke fürs Nach-Hause-Bringen." begann sie und trat verlegen von einem Fuß auf den anderen.

Liam betrachtete sie, als sie unsicher vor ihm stand und konnte sich ein Lächeln nicht verkneifen. Ihre Erwartungen machten ihm die Entscheidung einfach. Als Delia sein sexy Lächeln sah, leckte sie sich nervös über ihre trockenen Lippen. Würde er jetzt von ihr erwarten, dass sie ihn noch mit in ihr Zimmer bat? Zaghaft räusperte sie sich. Der fremde Mann schien nur auf ihre unausgesprochene Aufforderung gewartet zu haben und trat einen Schritt dichter an sie heran, so dass sie nur wenige Zentimeter voneinander trennten, und sie die Hitze seines Körpers spüren konnte. Seine schönen dunklen Augen saugten sich an ihren Lippen fest und wie ein hypnotisiertes Kaninchen konnte Delia seinem Blick nicht ausweichen.

Als er sich langsam zu ihr hinunter beugte, machte sie einen kleinen Schritt zurück, konnte aber keinen wirklichen Abstand zu ihm gewinnen, da sie von ihrer geschlossenen Zimmertür aufgehalten wurde. Der Fremde kam ihr immer näher und fixierte dabei ihre Augen, in denen er ein unsicheres, aber aufgeregtes Flackern entdecken konnte. Er sah, dass ihr Atem immer schneller wurde und lächelte. Langsam beugte er seinen Kopf und gab ihr die letzte Gelegenheit auszuweichen, ehe er seine Lippen vorsichtig auf ihre legte.

Bei ihrem ersten Kuss hatte sie die Initiative ergriffen und als sie jetzt seine heißen, weichen Lippen auf ihren eigenen spürte, erstarrte sie im ersten Moment. Vorsichtig strich der Fremde mit seinem Mund über ihren und sie sog seinen Atem ein. Er schmeckte ein wenig nach Bier und überrascht öffnete sie den Mund, als sie plötzlich etwas Warmes, Raues an ihren Lippen bemerkte. Seine Zunge strich vorsichtig und um Einlass bittend über ihren Mund und mit einem kleinen Stöhnen erlaubte sie ihm den Zugang und öffnete ihn leicht. Sofort nahm seine Zunge willig das Angebot an. Blitze schossen durch ihren Körper bei der intimen Berührung und sie spürte, wie ihr Atem immer schneller wurde.

Wie durch einen Nebel hörte sie, wie ihr eigenes Stöhnen von ihm nun leise an ihrem Mund wiederholt wurde und sein tiefes Brummen schoss einen weiteren Schauer durch ihren Körper. Bislang hatte der Fremde sie lediglich mit seinem Mund berührt und sie wünschte sich beinahe schon verzweifelt, dass er weitere Schritte gehen würde und wartete ungeduldig. Seine Hände ruhten an der noch immer geschlossenen Zimmertür neben ihrem Kopf und er machte keine Anstalten sie zu berühren.

Sie hielt die Schlüsselkarte in ihren verkrampften Händen vor ihrer Brust, eingekeilt zwischen der Tür und seinem breiten Brustkorb. Wortlos tastete er während des Kusses nach der Karte und entwand sie ihren willenlosen Fingern. Plötzlich spürte sie, wie die Tür hinter ihr nachgab und ehe sie stolpern konnte, legte der Fremde ihr einen Arm in den Rücken und schob sie sanft, aber nachdrücklich mit seinem Körper in ihr Zimmer. Ohne den erotischen Kuss zu unterbrechen, stieß er mit seinem Fuß die Tür zu und dirigierte sie immer weiter in das Zimmer hinein.

Delia war nicht in der Lage, etwas zu denken. Ihr gesamter Körper und Geist hatten sich der Führung und dem Willen des schönen Mannes unterworfen, der sie nun sanft, aber bestimmt weiter in ihr Zimmer leitete. Seine Lippen hatten sich nicht ein einziges Mal von ihrem Mund gelöst und ihre Zungen fochten einen aufregenden erotischen Kampf miteinander aus.

Mit einem Mal spürte sie, wie ihre Kniekehlen die Kante des Bettes berührten und gab dem sanften Druck nach. Unter der Führung seiner Arme glitt sie rückwärts auf die Decke und zog ihn mit sich. Er kam der Länge nach halb auf ihr zum Liegen und schob sanft ein Knie zwischen ihre Beine. Ihr braver Rock rutschte dabei nach oben und sie spürte sein Bein plötzlich an einer Stelle, die vor Erwartung bereits feucht war. Delia hob ihre Hände und legte sie in seine dunklen, fast schon schwarzen Haare und zog ein wenig daran. Allerdings versuchte sie, ihn nicht von sich wegzuschieben, sondern noch dichter an sich heranzuziehen. Stöhnend ließ der Mann kurz von ihr ab, um sich sein T-Shirt über den Kopf zu ziehen. Fasziniert betrachtete sie den Oberkörper des Mannes. Er war wunderschön. Seine breiten Schultern hatten ihm die Natur gegeben, aber was er mit dem Rest seines Körpers gemacht hatte, war sicherlich harte Arbeit gewesen.

Seine starken Brust- und Bauchmuskeln traten hervor, als er sich zur Seite beugte, um das T-Shirt ungeduldig zu Boden zu werfen. Ihr Blick senkte sich auf seinen Waschbrettbauch und weiter zu dem Ansatz seiner Jeans, der den Rest seines Körpers bedeckte. Sie musste schlucken, als sie sah, dass er bereits stark erregt war und mit einem Mal wurde ihr klar, dass sie im Begriff war, mit einem völligen Fremden einen One-Night-Stand zu haben. Sie war jedoch mehr als bereit, jetzt und genau in diesem Moment endlich ihre viel zu lange bewahrte Unschuld an diesen erotischen und sexy Mann zu verlieren.

Liam konnte der Frau nicht widerstehen und wollte auch nicht mehr. Sie war so anders als die, die er bislang kannte. Sie war naiv, wirkte so unschuldig und dennoch unglaublich sexy. Eigentlich hatte er geplant, sie zu ihrer Tür zu begleiten, sie erneut zu küssen und dann in seiner Suite zu verschwinden. Wie hätte er damit rechnen können, dass er bei ihr völlig den Verstand verlieren würde? Er betrachtete die Frau unter sich und hoffte, dass sie in diesem Moment keine Angst vor ihrer eigenen Courage bekommen würde. Bitte, flehte er innerlich, sag mir jetzt nicht, dass ich gehen soll.

Fragend verweilte er einen Moment über ihr und wartete, was sie tun würde. Als sie ihre Hände jedoch auf seine nackte Haut legte und vorsichtig seinen Bauch betastete, atmete er erleichtert auf. Mit zittrigen Fingern versuchte sie etwas ungeschickt, seine Hose zu öffnen. Ungeduldig schob er ihre Hände beiseite und übernahm den Job. Ehe sie jedoch dazu kam, ihn weiter zu betrachten, öffnete er mit geschickten und erfahrenen Fingern ihre Bluse und legte nun seinerseits ihren Körper frei. Scharf sog er die Luft ein, als er ihre vollen Brüste betrachtete, die in einem zwar passenden, aber nicht sehr erotischen BH eingeschlossen waren. Irgendwie hatte er diese biedere Unterwäsche bei ihr erwartet und unterdrückte ein Schmunzeln.

Kleine Küsse auf ihren Oberkörper verteilend beugte er sich nun über sie und atmete ihren warmen Duft tief ein. Ihre Haut war heiß und glatt und als er mit seinen Lippen bei ihren Brüsten ankam, bog sie in Erwartung ihren Oberkörper durch. Sie überließ sich komplett seiner Führung und er genoss es, ihren Körper zu erforschen. Sein Mund umspielte ihre Brustwarzen durch den braven Stoff und als er sah, wie sie genauso hart wurden, wie er selbst bereits war, entlockte ihm das ein leises Stöhnen der Genugtuung. Schnell öffnete er den Verschluss des störenden Stück Stoffes und befreite die Objekte seiner Begierde. Sie seufzte auf, als sie seine raue Zunge spürte, die jetzt zärtlich über ihre Brüste strich.

Delia verlor sich in seinen Berührungen. Er war zugleich zart und forsch und sie sprachen kein einziges Wort. Es war auch nicht nötig, denn sie wusste, dass sie ihn nicht verstehen würde, so wie er sie nicht verstand. Einzig ihre Körper sprachen die gleiche Sprache. Er brachte sie dazu, alles um sich herum zu vergessen und nur zu fühlen. Endlich war es so weit, und sie spürte, wie er sich langsam in sie hinein schob. Gleich würde er merken, dass er der erste Mann in ihrem schon fortgeschrittenen Leben war. Wäre er entsetzt? Ehe Delia weiterdenken konnte, verlor sie sich in dem unbeschreiblichen Gefühl, einem Mann so nah zu sein, wie es nur irgend möglich war.

Liam konnte es nicht glauben, als er auf die Barriere stieß, die er niemals erwartet hatte. Ungläubig sah er auf seine Geliebte hinab und verweilte schwer atmend dort, wo er gerade war. Unschlüssig, ob er weitermachen durfte oder aufhören sollte. Würde sie ihn jetzt den Rest verweigern, würde er hier und jetzt vor Sehnsucht sterben. Sie war so heiß und eng, so bereit für ihn. Plötzlich spürte er, wie sie ihre Hände auf sein Gesäß legte und ihm unmissverständlich zu verstehen gab, dass er nicht stoppen sollte. Aufstöhnend vergrub er sich in ihr und genoss das Gefühl, mit ihr eins zu sein. Vorsichtig bewegte er sich anfangs langsam und wurde dann immer schneller und tiefer. Dabei beobachtete er ihren Gesichtsausdruck, der zuerst Überraschung zeigte und dann immer leidenschaftlicher wurde. Die Zähne zusammenbeißend versuchte er sich zurückzuhalten, doch als sie begann, ihre Hüften ihm erst schüchtern und dann immer fordernder entgegenzustrecken, war es um ihn geschehen. Mit einem letzten tiefen Stoß entlud er sich in ihr.

Erschöpft lag er auf ihr und stützte sich mit seinen Armen ab, da er befürchtete, zu schwer für sie zu sein. Sein Brustkorb hob und senkte sich und langsam beruhigte sich sein Atem wieder. Ihre Augen waren weit geöffnet und sahen ihn an. Ihr Blick war verhangen und er wusste, dass sie für ihr erstes Mal nicht den Genuss empfinden konnte, den er ihr bereiten wollte. Sie sagte nichts und sah ihn an. Immer noch wortlos legte sie ihre Hand an seine schweißnasse Wange und strich ihm über das Gesicht. Trotz seiner Erfahrung hatte er in diesem Moment das Gefühl, dass er zum ersten Mal mit einer Frau geschlafen hatte, die wie für ihn gemacht schien.

"Danke" formten ihre Lippen wortlos und als er ihr Gesicht weiter betrachtete, war er plötzlich stolz, dass er der erste Mann in ihrem Leben gewesen war.

Sein Telefon vibrierte pausenlos und jetzt bemerkte er es zum ersten Mal. Mit einem Seufzer ließ er sich neben ihr auf das Bett sinken und angelte nach seiner Hose, in der das Handy steckte. Es war Joon, der ihn dringend aufforderte, auf sein Zimmer zurückzukommen. Bedauernd drehte er sich zu seiner Liebespartnerin um, die vertrauensvoll neben ihm eingeschlafen war.

Ihr Gesicht sah im Licht des Mondes, der durch das Zimmerfenster schien, ruhig und entspannt aus. Er betrachtete sie noch einen kleinen Moment und dachte, dass sie eigentlich alles andere als unscheinbar aussehen würde. Er fand sie in diesem Moment so schön, wie keine andere Frau zuvor. Bedauernd, dass er sie nun verlassen musste und wahrscheinlich nie wiedersehen würde, stieg er aus dem Bett und zog sich an. Ehe er leise das Zimmer verließ, drehte er sich noch einmal zu der Frau um und betrachtete sie.

"Leb wohl", dachte er und spürte plötzlich eine unerklärliche Sehnsucht in sich.

Kapitel 4

Delia erwachte am nächsten Morgen mit dem Wissen, dass sie etwas wirklich Unvorstellbares und Ungeheuerliches in der Nacht zuvor erlebt hatte. Ihr Körper sagte es ihr, denn er schmerzte an Stellen, die ihr zuvor noch niemals weh getan hatten. Ein kleines bisschen beschämt dachte sie an die vorherige Nacht zurück und als sie sich an die Dinge erinnerte, die der Fremde mit ihr angestellt hatte, errötete sie. Ihr Wecker im Handy klingelte und so stand sie endlich auf und sprang unter die Dusche.

Als sie sich beim Einseifen an den Stellen anfasste, die zuvor der Fremde auch berührt hatte, wurde sie ganz kribbelig und wünschte sich, dass sie die vergangene Nacht noch einmal wiederholen dürfte. Als ihr dieser Gedanke kam, schüttelte sie vehement den Kopf und rief sich wieder zur Ordnung. Endlich war sie keine Jungfrau mehr und das war gut so. Aber mit wem sie das Erlebte der Nacht wiederholen würde, das war fraglich. Vor ihr inneres Auge schlich sich das schöne Gesicht des Mannes, den sie wahrscheinlich niemals wiedersehen würde, und ein Bedauern machte sich in ihr breit.

Den Vormittag und das Mittagessen verbrachte Delia zusammen mit Herrn Asmuss und Herrn Bo, während Herr Bos Tochter Ma Lin wieder zum Shoppen gegangen war. Delia würde am späten Nachmittag mit ihr zusammen zu dem Festival in das Stadion der Metropole gehen. Als ihr einfiel, dass sie die Tochter des Chinesen zu dem Konzert begleiten sollte, wurde ihr ganz heiß. War nicht der

Fremde der Nacht auch einer von denen, die dort auftreten würden? Gehörte er zu den Tänzern oder war er ein Mitglied des Managements? Sie war sich sicher, dass sie sein Gesicht schon einmal gesehen hatte, aber sie konnte sich absolut nicht daran erinnern, wo das gewesen sein könnte.

Bevor sie am Nachmittag zu dem Festival fahren sollte, bestand Ma Lin darauf, dass Delia nur in den von ihr gekauften Kleidungsstücken mitkommen durfte. Pflichtschuldig kleidete sich die Ältere um und so stand sie nun in der teuren Jeans und dem viel zu kurzen T-Shirt in der Eingangshalle des Luxushotels und wartete auf die junge Chinesin. Ma Lin erschien mit einer halben Stunde Verspätung im Foyer und erstaunt betrachtete Delia das Outfit des jungen Mädchens. Sie trug einen super kurzen weißen Minirock, darüber ein bauchfreies T-Shirt, das eher knapp ihren kleinen Busen bedeckte, lange Kniestrümpfe und sehr hohe, merkwürdig aussehende Plateauschuhe, die die kleine Chinesin um zehn Zentimeter größer werden ließen. Ihre Haare hatte sie links und rechts neben ihren Kopf zu Zöpfen hochgebunden und geflochten. Alles in allem machte sie den Eindruck, als wäre sie einem Manga für Erwachsene entsprungen und nicht Papas wohlbehütete Prinzessin.

Herr Bo hatte seine Tochter begleitet und sah auch nicht besonders glücklich aus, als er sie nun betrachtete. Schulterzuckend verabschiedete sich die Teenagerin von ihrem Vater und stakste zu Delia, die am Ausgang auf sie wartete. Der Fahrer, der sie bereits am Vortag zu ihrer Shoppingtour gefahren hatte, würde sie heute auch zum Stadion bringen. Ma Lin versuchte auf ihren hohen Schuhen möglichst unfallfrei die Lobby zu durchqueren und Delia war erstaunt, wie gut ihr das gelang. Als sie auf Höhe der Sekretärin war, blieb sie kurz stehen und sah sie auf Augenhöhe an.

"Du siehst heute anders aus als gestern. Und damit meine ich nicht deine Klamotten, die dir viel besser stehen als dieses züchtige Office-Outfit." Scharfsinnig betrachtete Ma Lin ihre Begleitung und ein kleines Lächeln lag in ihren Mundwinkeln. "Bist du gestern noch gefickt worden?" fragte sie unverschämt und Delia verschlug es förmlich die Sprache. Ehe sie antworten konnte, grinste der Teenager nur und nickte. "Wusste ich's doch. Steht dir", meinte sie und ließ eine sprachlose und beschämte Delia zurück.

Eilig folgte sie dem Mädchen nach draußen vor das Luxushotel. Immer noch verwirrt über ihre eigenen Gefühle, die die frechen Worte des Teenagers bei ihr selbst ausgelöst hatten, stieg sie in den privaten Wagen ein, der direkt vor der Eingangstür auf die Frauen wartete. Erstaunt stellte Delia fest, dass vor dem Hotel wieder einige Menschen mit Spruchbändern standen und auf die Stars, die wohl in diesem Hotel wohnten, warteten. Vielleicht sogar auf ihren jungen Mann? Bei dem Gedanken an ihn schlug ihr Herz wieder höher.

Der Fahrer lenkte den Wagen außerhalb der Stadt und bereits in einem weiten Umkreis um das Stadion herum stockte der Verkehr. Delia sah aus dem Fenster und betrachtete die anderen Festival Gäste, die zu Fuß zum Stadion strömten. Viele von den jungen Menschen waren genau wie die junge Chinesin auffällig angezogen. Man konnte aber bei den meisten der zumeist weiblichen Gäste sehen, dass sie sich ganz offensichtlich viel Mühe mit der Auswahl ihrer Kleidung gegeben hatten. Über die Art Manga-Kleidung, die Ma Lin trug, bis hin zu einem Cocktailkleid mit auffälligen Pailletten konnte man fast alles sehen. Hauptsache bunt, auffallend, etwas sexy und einzigartig. Als Delia eine Bemerkung hierzu machte, nickte Ma Lin zustimmend und sah ebenfalls aus dem Fenster.

"Das ist der Grund, warum du auf keinen Fall mit deinem billigen Sekretärinnen-Look mitkommen konntest."

Das Mädchen schien nicht die Absicht zu haben, sie zu beleidigen, aber ihre unverblümte Art mit ihr zu sprechen, wunderte Delia immer wieder. Ergeben sah sie auf ihre Beine mit den trendy, super teuren Jeans. Wahrscheinlich hatte das junge Mädchen recht, dachte sie.

Der Fahrer fuhr mittlerweile im Schritttempo und musste mehrfach das Auto anhalten, um Festival-Besucher über die Straße gehen zu lassen. Endlich war er an ihrem Zielort angekommen und bog in einen abgesperrten Weg ein, deren Zufahrt nur durch eine vorherige Kontrolle des Sicherheitspersonals möglich gewesen war. Langsam fuhr der Chauffeur ihrer Limousine den Weg zum Stadion hinauf und lenkte ihn in das extra gekennzeichnete VIP-Parkhaus.

Ma Lin hatte zwischenzeitlich ein wenig von ihrer zuvor zur Schau getragenen Coolness abgelegt und wirkte etwas mehr wie ein Teenager, der sie dem Alter nach auch war. Gleich nachdem der Fahrer dem jungen Mädchen die Wagentür geöffnet hatte, sprang sie aus dem Fahrzeug und sah sich suchend um.

"Wir haben gleich das Meet und Greet." Ihre Augen leuchteten aufgeregt und sich zu ihrer Aufpasserin umdrehend, winkte sie die Ältere energisch näher. "Na los, ich will nicht zu spät kommen."

Ergeben lief Summer hinter dem Mädchen her, das bereits mit ihren zehn Zentimeter hohen Schuhen zu einem Mitarbeiter des Veranstalters stolzierte, der ein Schild mit ihrem Namen hochgehalten hatte. Ma Lin wurde respektvoll durch den asiatischen Mitarbeiter auf chinesisch begrüßt, ehe sie von ihm durch die unterirdischen Gänge des Stadions geführt wurden. Er hielt plötzlich vor einer markierten Tür an und öffnete sie nach einem energischen Klopfen für beide Frauen.

Ma Lin zog Delia am Arm, bis diese neben ihr stand und klammerte sich jetzt ganz offensichtlich aufgeregt an ihr fest. Scheinbar war das junge Mädchen trotz ihres ansonsten zur Schau gestellten Selbstbewusstseins nun doch etwas schüchtern und aufgeregt geworden, denn nun stand sie kurz davor, ihren Lieblingsstars persönlich gegenüber zu treten

Im Auto hatte sie der älteren Frau bereits erklärt, wen sie bei ihrem Meet und Greet treffen würde. Es war eine junge Boyband namens 3Bute aus Korea mit insgesamt acht Mitgliedern, die sie seit ihrem Debüt vor etwas über zwei Jahren zutiefst verehrte. Wie aus der Pistole geschossen, konnte sie sämtliche Namen der jungen Männer aufzählen und Delia hatte ihr fasziniert gelauscht. Tatsächlich hatte Ma Lin ihren vermögenden Vater sogar dazu gezwungen, ihr einen privaten Sprachlehrer für Koreanisch einzustellen und so lernte sie freiwillig mehrmals in der Woche die Sprache der Band Member, die sie so liebte. Heute sollte ihr Traum in Erfüllung gehen und sie würde die jungen Männer persönlich kennenlernen.

Normalerweise waren bei einem solchen Treffen mehrere Fans anwesend und teilten sich die Aufmerksamkeit der Stars, aber durch die Beziehungen, und Delia vermutete hauptsächlich durch das Geld des Vaters, konnte Ma Lin ihre Lieblinge allein treffen. Jetzt stand der Teenager neben ihrer Begleiterin und sah schüchtern von ihren hohen Schuhen auf die jungen Männer vor ihr. Diese hatten sich brav nach ihrem Eintreten in einer Reihe vor ihnen aufgestellt und strahlten beide

Frauen mit einem höflichen, breiten Lächeln auf ihren hübschen, sehr jungen Gesichtern an. Nach einem eingeübten Kommando eines der Mitglieder machten sie eine gemeinsame Verbeugung vor dem jungen Mädchen und der Frau. Delia betrachtete sie und stellte fest, dass sie vermutlich alle im gleichen Alter wie ihr Schützling waren. Zumindest wirkten sie auf den ersten Blick kaum älter als 20 Jahre und schienen beim Anblick ihres jugendlichen Fans genauso schüchtern zu sein wie die junge Chinesin selbst.

Delia nahm sanft die Hand von Ma Lin von ihrem Arm und zog das Mädchen vorsichtig in Richtung der Bandmitglieder. Endlich sprach der erste von den männlichen Teenagern und Ma Lin begann zu kichern. Das Eis schien gebrochen zu sein, denn die junge Chinesin löste sich von Delias Hand und ging nun zielstrebiger auf die jungen Männer zu, die sie höflich in ihre Mitte nahmen und mit ihrem Fan lachten, sprachen, Fotos machten und sie zur Verabschiedung sogar kurz in ihre Arme nahmen.

Delia hatte aus einer kleinen Distanz alles beobachtet und freute sich für Ma Lin, dass sie das Glück hatte, ihren Traum in so jungen Jahren schon verwirklicht zu bekommen. Das gesamte Treffen dauerte nicht länger als zehn Minuten und wurde von einem Mitarbeiter der Band mit vielen freundlichen Worten in Koreanisch beendet. Delia winkte den jungen Männern zum Abschied ebenfalls noch kurz zu und sah erstaunt, dass einer von ihnen ihr zuzwinkerte.

Nach dem Treffen schien es, als wäre Ma Lin wieder die Alte, denn sie ließ sich als Papas Prinzessin den Weg in ihre VVIP-Loge zeigen. Es war eine der Sprecherkabinen des Stadions, die normalerweise von den Fernsehreportern bei sportlichen Veranstaltungen genutzt wurden. Es gab in diesem Stadion auch private Logen, die allerdings für das heutige Festival nicht zur Verfügung standen. In der Kabine waren bequeme Ledersessel aufgestellt und man hatte sogar ein kleines Buffet mit Speisen und Getränken in einer Ecke aufgebaut. Interessiert sah sich Delia alles an und stellte fest, dass es sich wohl nicht um chinesisches Essen handelte, jedoch offensichtlich asiatisch war.

"Koreanisch" erklärte Ma Lin mit einem Wort und griff sich eine gefüllte Reisrolle, die ein wenig wie Sushi aussah. "Kimbab" sagte sie nun mit vollem Mund und es schien ihr zu schmecken. Mit spitzen Fingern griff sich Delia ebenfalls eine in Algen eingerollte halbe Reisrolle und schob sie sich in den Mund. Erstaunt riss sie ihre Augen auf. Es schmeckte wirklich vorzüglich.

Das Konzert würde in etwa einer Stunde beginnen und so setzte sie sich neben ihren Schützling in den Lederstuhl. Ma Lin betrachtete die Handy Fotos, die sie während ihres Meet- und Greet von ihr und den Bandmitgliedern gemacht hatte und lächelte selig.

"Ji-Hoo wohnt im gleichen Hotel wie wir", erwähnte sie und sah plötzlich zu ihr hinüber. "Ich treffe mich nach dem Konzert mit ihm." Überrascht schluckte Delia die Cola hinunter, die sie gerade im Mund hatte.

"Das hast du in dieser kurzen Begegnung mit ihm geklärt?" fragte die Ältere und war erstaunt, dass es Ma Lin möglich gewesen war, sich in so kurzer Zeit und in Anwesenheit der anderen Bandmitglieder und Management Mitarbeitern zu einem Date zu verabreden. Ma Lin nickte abwesend und sah wieder auf ihr Handy. Dann hob sie plötzlich ihren Kopf und grinste frech.

"Ich treffe ihn nicht zum ersten Mal", fügte sie an und jetzt war Delia wirklich baff.

"Wie geht das? Ich dachte, du hättest sie heute zum ersten Mal gesehen?" wunderte sie sich, aber Ma Lin schüttelte den Kopf.

"Ich kenne Ji-Hoo schon seit seiner Zeit als Trainee", erklärte sie etwas arrogant.

Delia wusste von Ma Lin, dass die Mitglieder von den Jungs- oder Mädchen Bands aus Korea eine Art Ausbildungzeit hatten. Diese beinhaltete üblicherweise Tanzen, Singen und auch Fremdsprachen. Alles notwendige Dinge für eine erfolgreiche Karriere im nationalen und internationalen Showbusiness. Natürlich war der junge Mann Ji-Hoo auch Auszubildender gewesen, aber woher kannte die Chinesin den K-Pop Sänger?

"Ji-Hoo ist Chinese und wir haben uns mal auf einer langweiligen Veranstaltung unserer Schulen getroffen. Seit einem Jahr sind wir zusammen. Aber Papa darf das nicht wissen. Er denkt, ich bin immer noch sein braves Mädchen. Und für die anderen spielen wir eben auch etwas vor."

Ma Lin kicherte und Delia sah schockiert auf die Teenagerin, die vor einem Jahr gerade mal 15 Jahre alt gewesen war.

"Hey, ist doch ganz normal. Außerdem Ji-Hoo ist richtig gut im Bett!" Ihr Grinsen wurde noch breiter und ihr schien es Spaß zu machen, Delia dieses Detail unter die Nase zu reiben, die sich nun auch beinahe vor Schreck an ihrer Cola verschluckte. "Sein Schwanz ist riesig und er weiß ihn gut zu nutzen. Ehrlich, er vögelt mir jedes Mal das Hirn aus dem Kopf." Delia quollen die Augen beinahe über und Entsetzen machte sich in ihr breit. Was war das für ein Früchtchen?

"Ma Lin, ehrlich, das sind Dinge, die ich auf gar keinen Fall von dir wissen möchte. Natürlich ist das dein Privatleben, aber du bist minderjährig und ich bin heute hier, weil dein Vater dich mir anvertraut hat. Wenn du dich mit deinem Freund treffen möchtest, dann mach das bitte dann, wenn ich nicht mehr für dich verantwortlich bin."

Delia war schockiert und wusste gar nicht, wie sie mit dieser Neuigkeit umgehen sollte. Plötzlich brach Ma Lin in lautes Gelächter aus.

"Mensch Delia, hast du das wirklich geglaubt?" kicherte sie und konnte sich gar nicht wieder beruhigen. Delia war verwirrt und wusste nicht, was sie dem Mädchen glauben sollte. "Wenn ich Ji-Hoo wirklich als Freund hätte, dann würde ich das allen erzählen. Er ist mein absoluter BIAS!" Sie wischte sich vorsichtig Lachtränen aus ihren Augen und erleichtert seufzte die Ältere auf. Das Mädchen hatte viel Fantasie und Delia hatte ihr jedes Wort geglaubt.

"Aber tatsächlich wohnt Ji-Hoo wirklich in unserem Hotel. Hast du ihn und seine anderen Member gestern nicht am Flügel gesehen, als ich mit Papa und euch in der langweiligen Bar sitzen musste? Vielleicht können wir ihn heute Abend doch noch sehen."

Delia erinnerte sich daran, dass eine Gruppe junger Männer am Vortag tatsächlich dort gewesen war und auch, dass Ma Lin ihre Augen nicht von ihnen wenden konnte.

"Haben deshalb die ganzen jungen Menschen die Spruchbänder vor dem Hotel hochgehalten und auf diese Gruppe gewartet?" Delia wartete gespannt auf die Antwort der Jüngeren.

"Nein, die haben auf Liam gehofft", meinte sie uninteressiert und Delias Herz klopfte bei seinem Namen plötzlich sehr schnell und sehr laut.

Mit einem Mal brandete ein ohrenbetäubendes Gekreische aus mehreren tausend Kehlen durch das Stadion. Die Show hatte begonnen. Nach einer markigen Ankündigung durch die Stadionlautsprecher erschien plötzlich eine einzelne Person auf der riesigen Bühne. Das Spotlicht war auf den Mann gerichtet, der von hier oben winzig klein wirkte und der nun das Publikum in seiner Muttersprache herzlich willkommen hieß. Beim Klang der Stimme richteten sich Delias Haare an ihren Unterarmen auf und ihr wurde heiß.

"Liam" hauchte sie und sah fasziniert auf die Bühne, wo riesige Leinwände den Auftritt des schönen Mannes in seinem Bühnenoutfit übertrugen. Selbstsicher stand er mit seinem Mikrofon vor tausenden von Menschen und lächelte strahlend ins riesige Publikum.

"Ach, mit dem hast du also letzte Nacht etwas gehabt?" fragte nun Ma Lin interessiert und Delia wurde plötzlich knallrot im Gesicht.

"Na, ich finde ihn ja zu alt. Obwohl er wirklich sexy ist", fügte sie mit Kennerblick hinzu.

Delias Augen saugten sich an der Gestalt des Stars fest, den tausende von Mädchenaugen in diesem Moment mehr oder minder gierig betrachteten. Sie hätte später nicht sagen können, wer nach der Begrüßung ihres nächtlichen Liebhabers auf der Bühne stand. Sie spürte nur, wie ihr Gesicht immer noch brannte und entschuldigte sich bei Ma Lin, die sie kaum zur Kenntnis nahm, da sie aus voller Kehle die Lieder der Band auf der Bühne mit sang und dabei einen leuchtenden Stock in ihrer Hand hin und her schwang.

Leise schloss Delia hinter sich die Tür der Sprecherkabine und atmete die Luft auf dem Gang ein. Suchend sah sie sich um und fand schließlich die Beschilderung zu den Toiletten. Sie hatte gewusst, dass der schöne Asiate etwas mit dem Festival zu tun hatte, aber ihr war nicht wirklich klar gewesen, dass er tatsächlich einer der Stars war, die heute Abend auftraten. Tief in Gedanken versunken ging Delia den Gang vor den Rängen entlang und suchte die Waschräume, wo sie sich ihr Gesicht ein wenig kühlen wollte. Ma Lin hatte ihr vor dem Eintritt in das Stadion eine in Plastik eingefasste Eintrittskarte ausgehändigt, die sie als VVIP-Gast auswies und sie beauftragt, diese gut sichtbar um ihren Hals zu hängen. So wäre es ihr möglich, auch in für andere Gäste verbotene Bereiche zu gelangen und sie würde von der Security mit ihrem "Sesam-öffne-dich-Pass" nicht aufgehalten werden.

Auf dem Gang vor den VIP-Kabinen war keine Menschenseele zu sehen und endlich entdeckte sie die Waschräume. Als sie die Tür öffnen wollte, musste sie jedoch feststellen, dass sie verschlossen war. Unentschlossen stand sie davor und wusste nicht, was sie tun sollte. Nach einer kurzen Zeit der Überlegung ging sie zurück auf den Gang und lief ihn weiter entlang. Plötzlich näherte sie sich dem abgesperrten Bereich, von dem Ma Lin zuvor gesprochen hatte. Die Security ließ sie nach einem genauen Blick auf ihre um den Hals baumelnde Karte mit einem freundlichen Lächeln durch und zeigte ihr sogar auf ihre Nachfrage hin den Weg zu den Waschräumen.

Auf ihrem Weg zurück zu ihrer Sprecherkabine und zu Ma Lin wurde sie plötzlich an ihrem Arm gefasst und abrupt gestoppt. Erschrocken blickte sie hoch und sah direkt in das schöne Gesicht von Liam. Beinahe hätte sie ihn nicht erkannt, denn er war für seinen Auftritt im gleißenden Scheinwerferlicht der Bühne stark geschminkt worden und sah dem hübschen Mann, den sie am Abend zuvor kennengelernt hatte, zwar sehr ähnlich, verwirrte sie aber ungemein. Ihr Herz begann bei seinem Anblick heftig zu schlagen und ihr Atem beschleunigte sich aufgeregt. Heiß schoss es durch ihren Körper, als sie die Wärme seiner Hand spürte.

"Schnell, ich habe nicht viel Zeit", rannte er ihr auf Englisch zu und zog die junge Frau mit sich mit.

Tatsächlich war Delia in einem Bereich des Backstage gelandet und hatte es nicht einmal bemerkt. Zum Glück war in diesem Moment hier nicht besonders viel Trubel und es war ganz offensichtlich ein Zufall, dass sie ineinander gelaufen waren, aber dennoch war es Delia unangenehm, dass er vielleicht denken könnte, sie hätte ihn verfolgt.

"Ähm, ich muss wieder zurück zu Ma Lin, die auf mich wartet." Antwortete Delia verlegen und wollte sich aus seinem Griff winden. Liam sah auf sie hinunter und ein verführerisches Lächeln deutete an, dass er ihr nicht wirklich glaubte.

"Du kannst gleich wieder zurück", meinte er leise und zog sie hinter sich in einen kleinen Raum hinein, der verdächtig nach einer Abstellkammer roch. Da es sich um ein Stadion handelte, in dem normalerweise Fußballspiele und andere sportliche Veranstaltungen stattfanden, waren hier tatsächlich Sportmaterialien gelagert und entsprechend dünsteten die Dinge den Geruch von Schweiß und Anstrengung aus.

Kaum hatte Liam die Tür hinter ihnen geschlossen, standen sie in dem fast stockdunklen Raum eng beieinander. Delia spürte ihr Herz aufgeregt schlagen und sie kam sich ein wenig vor, wie ein Kaninchen in der Falle. Nie im Leben hätte sie gedacht, dass sie ihrem One-Night-Stand am heutigen Tage wieder begegnen würde und schon gar nicht unter diesen Umständen. Liam tastete nach dem Lichtschalter und schien ihn endlich gefunden zu haben. Ein schwaches Licht ging an und erleuchtete den Raum nur schwach.

Wortlos sah der schöne Mann auf Delia hinunter, die ihn mit einem immer noch verwirrten Blick anstarrte. Endlich beugte er sich zu ihr hinab und presste seine Lippen heiß und verlangend auf ihre. Sie wich nicht aus und erwiderte seinen Kuss mit der gleichen Leidenschaft, als hätte sie den ganzen Tag nur darauf gewartet. Ihr war es plötzlich völlig egal, wo sie sich befand und was sie im Begriff war zu tun. Einzig der betörende Anblick und der aufwühlende Duft des Mannes vor ihr, der selbst die schlechten Gerüche dieser hässlichen Abstellkammer übertünchen konnte, machten sie alles vergessen.

Liams Hand glitt unter ihr kurzes T-Shirt und berührte ihre Brüste in ihrem BH. Sie stöhnte auf und beugte sich ihm entgegen, um ihm zu verstehen zu geben, dass sie sich nicht gegen ihn wehren würde. So aufgefordert schob er den BH hoch und berührte nun ihre nackte Haut. Delias Hand zog an seinem Jackett, unter dem er bloße Haut trug und versuchte, es von seinen breiten Schultern zu ziehen. Mit zitternden Händen gelang es ihr, die Knöpfe der Jacke zu öffnen und sie herunter zu schieben. Liam blieb nicht untätig und streifte Delia ebenfalls das T-Shirt und den BH vom Körper. Als sie nun halbnackt vor ihm stand, stöhnte er auf und beugte sich zu ihr hinunter, um sie weiter zu küssen.

Seine Hände fuhren an ihrem nackten Oberkörper hinunter und mit geübten Fingern öffnete er ihre Jeans und zog sie ihr mit ihrer Hilfe über die Beine nach unten. Seine Hand glitt über ihren Bauch zwischen ihre Beine und sanft schob er erst einen, dann einen zweiten Finger in sie hinein.

"Du bist so heiß und feucht."

Seine Stimme war atemlos und rau und zusammen mit seinen Fingern, die sich in einem erotischen Rhythmus in ihr hinein und heraus schoben, war Delia dabei, die Welt um sich herum zu vergessen und nur noch zu fühlen. Sie glühte förmlich und forderte Liam auf, sich zu beeilen. Leise lachend kam er ihrer Aufforderung nach, indem er sie plötzlich hochhob. Sie schlang ihre Beine um seine Hüften und stöhnte an seinem Mund auf, als sie die Spitze seines Gliedes an ihrem Eingang spürte. Langsam schob er sich in sie hinein und begann, ihren Körper auf seinem Penis hoch und runter zu schieben.

Erregt schloss sie die Augen und gab ein kehliges Geräusch von sich, das er mit seinen Lippen auffing und dabei gleichzeitig ihr Gewicht balancierte, um sich kraftvoll und rhythmisch in ihr zu bewegen. Seine Stöße wurden immer schneller und fester und plötzlich spürte Delia, wie sich ihr Unterkörper zusammenzog und Sterne vor ihren Augen blitzten. Zuckend und ebenfalls stöhnend entlud sich Liam mit einem letzten kraftvollen Stoß in ihr und lehnte schwer atmend seine Stirn an ihre, bis sich sein Atem wieder etwas beruhigt hatte.

Liam betrachtete die junge Frau, deren Namen er immer noch nicht kannte. Er hatte sein Glück nicht fassen können, als er sie zuvor bei den Waschräumen gesehen hatte. Anfangs hatte er sie wegen ihrer veränderten Kleidung nicht sofort erkannt, aber als er ihr Gesicht näher betrachtete, war ihm sofort klar gewesen, dass sie es war. Er hatte während des gesamten Tages versucht, jeden Gedanken an die vergangene Nacht aus seinem Gedächtnis zu verbannen, und doch war sie immer wieder vor seinem inneren Auge aufgetaucht.

Er war nicht der Typ für solch oberflächliche Begegnungen und trotzdem hatte er bei ihrem Anblick nicht anders gekonnt. Jetzt war er mit ihr in einer stinkenden Abstellkammer und betrachtete ihr Gesicht mit den geschlossenen Augen, das vor Leidenschaft förmlich glühte, nachdem sie vermutlich den ersten Orgasmus ihres Lebens mit ihm gemeinsam hatte. Eigentlich konnte er sich nicht vorstellen, was weniger romantisch als eine solche Begegnung auf die Schnelle war, und obwohl er gerade im intimsten Moment mit ihr vereint gewesen war, wünschte er sich sehnlich, dass er noch einmal von vorne beginnen könnte.

Langsam ließ er sie an sich hinuntergleiten und hielt ihren nackten Körper in einer engen Umarmung umschlungen. Ihr Atem ging genauso schwer wie seiner und er hauchte einen Kuss in ihre duftenden Haare. Letzte Nacht und auch heute hatte er sie mehr oder minder überfallen und war umso erstaunter, dass sie bereitwillig mitgemacht hatte. Sie war kein Groupie, das sich ihm an den Hals geworfen hatte, das war ihm klar. Vielleicht war sie noch nicht einmal ein Fan von ihm.

"Sag mir deinen Namen", flüsterte er und betrachtete ihr immer noch gerötetes Gesicht mit den geschlossenen Augen.

Langsam schlug sie sie auf und er konnte sehen, dass sie versuchte, sich zu orientieren. Verschämt wollte sie sich von ihm befreien, aber er hielt sie nach wie vor fest in seinen Armen.

"Delia", hauchte sie und schloss wieder ihre Lider. Verlegen drückte sie ihr Gesicht an seine nackte Brust und verbarg ihre heißen Wangen vor ihm.

"Delia", wiederholte er den für ihn ungewohnten fremden Namen. "Delia", sagte er noch einmal und fasste ihr unter ihr Kinn und hob ihr Gesicht an. "Sehen wir uns nach dem Konzert heute Nacht im Hotel, Delia?" Seine Stimme war sanft lockend und sie nickte an seiner heißen Haut.

Ja, dachte sie, ich will dich unbedingt sehen. Schnell drückte er ihr einen sanften Kuss auf die geschwollenen Lippen und schob sie vorsichtig ein wenig von sich ab.

"Ich muss gleich auf die Bühne", erklärte er mit einem beinahe bedauernden Unterton und verstehend trat die junge Frau ein wenig von ihm zurück.

Verschämt bückte sie sich und sammelte ihre Kleidung zusammen und zog sich von ihm abgewandt an. Sie hatte gerade ihr T-Shirt übergestreift, als sie plötzlich von hinten umarmt wurde. Er schlang seine Arme um ihren Oberkörper und drückte sie kurz an sich.

"Bis später, Delia. Ich kann es kaum erwarten", hauchte er und gab ihr einen zarten Kuss auf ihre Haare, ehe er die Tür der Kammer öffnete und aus ihrem Blickfeld verschwand.

Kapitel 5

Mit einem Mal merkte sie, wie ihre Knie weich wurden und ihre Beine unter ihr nachgaben. Sie sackte auf den Boden und blieb dort sitzen. Was war soeben geschehen? Gerade war sie in der Sprecherkabine gewesen und hatte mit Ma Lin zusammengesessen und im nächsten Moment hatte sie einen Quickie mit dem Superstar des Festivals in einer stinkenden Abstellkammer. Sie legte den Kopf in ihre Hände und vergrub ihr Gesicht. Gestern noch war sie Jungfrau gewesen und heute hatte sie ohne langes Geplänkel wieder Sex mit einem Mann, von dem sie nur den Vornamen kannte. Nach einigen Minuten wurde sie gewahr, dass sie immer noch auf dem Boden hockte und raffte sich wieder hoch, um zurück zu ihrem Schützling in die VIP-Loge zu gehen. Vorsichtig öffnete sie die Tür und hoffte, dass sie beim Verlassen nicht beobachtet wurde.

Ma Lin schien die Abwesenheit von Delia nicht bemerkt zu haben, denn das Mädchen stand immer noch singend in der Kabine und jubelte einer der nächsten Bands auf der Bühne zu. Sie hatte den Light Stick gewechselt und konnte auch hier scheinbar jedes Lied der K-Pop-Jungs mitsingen. Delia betrachtete die fünf jungen Männer auf der Bühne. Ihre Bewegungen waren perfekt aufeinander abgestimmt, der Tanz absolut synchron und die Choreografie sah schwierig aus. Leider konnte Delia nicht viel von ihrem Gesang hören, da aus tausenden und abertausend zumeist weiblichen Kehlen lautstark mitgesungen wurde.

Der Abend neigte sich langsam dem Ende und endlich trat der letzte Act des Festivals und somit auch der Headliner des Abends auf. Es war Liam und als er in Scheinwerferlicht gehüllt zusammen mit Tänzern auf der Bühne stand, konnte Delia beinahe nicht zu ihnen hinsehen. Seine Bewegungen auf der Bühne, laszive und sexy Tanzschritte sowie sein schönes Gesicht, das über eine übergroße Leinwand auch dem weiter weg sitzendem Publikum gezeigt werden konnte, ließen sie an die vergangenen Stunden denken und sie spürte immer noch, wo sie beide sich vereinigt hatten.

Es war undenkbar, dass sie, die unscheinbare Sekretärin einer Baumaterial-Kette, mit dem Superstar des Abends geschlafen hatte. Nicht nur einmal, sondern gleich zwei Mal. Konnte man das dann immer noch als One-Night-Stand bezeichnen, fragte sie sich. Mit einem Mal erinnerte sie sich daran, dass Liam sie nach dem Konzert in ihrem Hotel wiedersehen wollte. Sie hatte dem zugestimmt und jetzt überlegte sie sich, ob das von ihr wirklich gut durchdacht war. Sie fasste sich an die Brust auf die Höhe, wo ihr Herz lautstark und heftig schlug, und wurde sich bewusst, dass sie freudig die Schaufel zu ihrem eigenen Grab in der Hand hielt und angefangen hatte zu buddeln.

Sie sah dem schönen Mann auf der Bühne bei seinen Tanzbewegungen zu und wäre am liebsten davongelaufen. Er hatte eine unsagbar starke Präsenz und stach selbst zwischen den anderen Tänzern und Tänzerinnen mit seiner Perfektion hervor. Dazu sang er noch in sein Kopfmikrofon und seine sanfte Stimme ging der jungen Frau zusätzlich unter die Haut und weckte wieder Bilder der vergangenen Nacht. Er hatte ihr sanfte Worte in seiner Muttersprache ins Ohr geflüstert, die Delia zwar nicht verstanden, aber dennoch deren Bedeutung begriffen hatte. Sie wandte den Blick von der Bühne ab und schloss ihre Augen. Alles erinnerte sie an die vergangene Stunde und die Nacht davor und sie wünschte sich nichts sehnlicher, als wieder in seinen Armen zu liegen.

Mit einem Mal schämte sie sich für ihr eigenes Verhalten. Sie hätte es sich niemals träumen lassen, dass sie ein flüchtiges Abenteuer mit einem völlig Unbekannten erleben würde. Ihr ganzes Leben lang war sie brav gewesen, hatte sich auf keine Affäre eingelassen und bei ihren Bekanntschaften war sie nie über einen schüchternen Kuss hinausgegangen. Jetzt hatte sie gleich zwei Mal mit einem Mann geschlafen, den sie weder kannte und mit dem sie sich noch nicht einmal mehr als zwei Sätze unterhalten hatte.

In ihrer Familie und in ihrem Umfeld war sie als ewiger Single bekannt. Als schüchterner Mensch war es ihr nie leicht gefallen, Kontakte zu anderen zu bekommen und je älter sie wurde, umso gehemmter war sie im Umgang mit dem anderen Geschlecht. Ihr fehlte die Erfahrung der Jugend und die Leichtigkeit ungezwungen mit anderen Menschen zu kommunizieren. Umso unwirklicher kam es ihr jetzt vor, dass ein Mann er, der dort unten auf der Bühne stand und den tausende von viel hübscheren Mädchen anhimmelten, sich für sie interessiert hatte.

Die junge Chinesin bemerkte, dass Delia sehr ruhig geworden war und grinste sie frech an.

"Na? Denkst du an dein Erlebnis von letzter Nacht? Er kann die Hüften schon sehr geschmeidig bewegen", frotzelte sie.

Delia öffnete ihre Augen und betrachtete Liam, wie er sich nun auf der Bühne bei seinem Publikum mit einer höflichen Verbeugung bedankte und anschließend verabschiedete. Die Menge tobte und jubelte dem Star zu und Liam lächelte charmant ins Publikum, während er sich winkend von ihnen verabschiedete. Delia betrachtete das Gesicht des schönen Mannes auf der übergroßen Leinwand und spürte, wie ihr Herz brach.

"Ma Lin, ich möchte gerne gehen. Mir geht es nicht gut." Ihre Stimme klang kläglich und sie wollte in diesem Moment wirklich nichts lieber als in ihrem Zimmer sein und sich die Wunden lecken, die sie sich selbst zufügte.

Die Chinesin schien sie allerdings nicht gehört zu haben, da die Lautstärke durch das Schreien der tausenden von Kehlen der Besucher ohrenbetäubend war. Delia rang die Hände und versuchte noch einmal die Aufmerksamkeit des Teenagers zu bekommen.

"Ma Lin, bitte, ich möchte jetzt losfahren", flehte sie fast. Endlich schien das junge Mädchen die Ältere verstanden zu haben.

"Gleich, ja? Ich will noch mal versuchen, hinter die Bühne zu kommen. Vielleicht können wir mit den Tickets da hin."

Ma Lin wartete nicht ab, ob ihre Begleiterin damit einverstanden war, sondern sprang von ihrem Sitz auf und stürmte aus der Kabine heraus. Delia reagierte verzögert und folgte dem Mädchen in einem kleinen Abstand.

"Ma Lin, bleib stehen. Wir dürfen uns nicht verlieren!" Panisch rief sie hinter ihr her, aber Ma Lin war bereits mit dem Ziel vor ausgelaufen, ihre Lieblinge Backstage abzupassen.

Wie zuvor ließ die Security sie mit einem kurzen Blick auf den um ihren Hals hängenden VVIP-Pass mit einem freundlichen Winken passieren, und Delia sah nur noch kurz die wehenden Zöpfe ihres Schützlings, ehe sie sie gänzlich aus den Augen verlor.

Nach dem Konzert herrschte hinter der Bühne eine gelassene Stimmung und es herrschte ein Gewusel, das bei Delias erstem Ausflug in den Backstage Bereich nicht vorhanden gewesen war. Die Aufregung der zumeist sehr jungen Künstler war aufgrund der gelungenen Auftritte verflogen und man hörte viel Gelächter und in einer Ecke sogar jemanden ausgelassen singen. Sie entdeckte einige Mitarbeiter, die sich lachend ein kleines Feierabendgetränk zu genehmigen schienen und fröhlich scherzten. Hecktisch wandte sie den Blick von links nach rechts und suchte die kleine Chinesin in ihrem auffälligen Manga-Kostüm in der Menge. Ma Lin schien wie vom Erdboden verschluckt und ratlos drehte sich Delia inmitten des Chaos im Kreis.

In ihrem Kopf ratterte es. Sie musste das Mädchen so schnell wie möglich finden, ehe sie etwas anstellen konnte. Ma Lin war nach Delias Eindruck eine Person, die zu allem bereit war, wenn sie etwas haben wollte, und Delia traute es sich nicht zu, das Mädchen vor Verrücktheiten zu bewahren. Wie sollte sie auch, wenn sie selbst so unvernünftig gewesen und mit einem Wildfremden gleich mehrmals intim geworden war. Wieder stieg Delia die Röte ins Gesicht und es war nicht aus dem Grund, weil sie langsam verzweifelte. Ma Lin war nirgends zu finden und Delia wusste nicht mehr, was sie tun sollte. Fast schon panisch lief sie die Gänge hinter der Bühne auf und ab und suchte die auffallende Figur ihres Schützlings, die jedoch verschwunden blieb.

Zu ihrer eigenen Überraschung wurde Delia nirgends von Security oder anderen Personen aufgehalten und selbst als sie bei den Garderoben der zuvor aufgetretenen Stars stand, schien niemand von ihrer Anwesenheit irritiert zu sein oder sie gar verjagen zu wollen. Einen kurzen Augenblick blieb sie vor der Tür einer Garderobe stehen und versuchte wieder, zu Atem zu kommen. Sie musste sich einen Plan überlegen, wie sie Ma Lin wiederfinden konnte. Das Mädchen war minderjährig und sie trug für sie die Verantwortung und fühlte sich damit alles andere als wohl in ihrer Haut.

Mit einem Mal wurde die Tür neben ihr geöffnet und ein junger Mann trat aus dem Raum, gefolgt von weiteren, die entfernt in Delia ein Wiedererkennen auslösten.

"Ah, ihr seid die Jungs von der Band 3Bute, die wir vorhin gesehen haben!" sagte sie mehr zu sich selbst und hielt einen der schlanken Koreaner spontan am Oberarm fest. Irritiert drehte dieser sich zu ihr um und blieb stehen. Da Delia ihn immer noch festhielt, machte der junge Mann eine kurze Verbeugung vor ihr und sagte etwas in seiner Muttersprache, was sie jedoch nicht verstand.

"Bitte, was kann ich für Sie tun, M'am?" wiederholte er seine Frage auf Englisch und Delia ließ seinen Arm sofort los. Der Junge trat einen großen Schritt von ihr zurück, als hätte er Angst, sie würde über ihn herfallen wollen.

"Haben Sie das junge Mädchen gesehen, das ich heute zum Meet und Greet in Ihre Garderobe gebracht habe?" fragte sie auf Englisch.

Hilfesuchend sah der junge Koreaner in die Richtung, in die seine Kumpels gegangen waren und schüttelte den Kopf.

"Dean" rief er laut und einer seiner Freunde blieb bei dem Ruf stehen. Der junge Mann drehte sich um und kam zu ihnen zurück. Scheinbar konnte er die Verzweiflung seines Kollegen sehen und eilte seinem Bandmitglied zu Hilfe. Schnelle koreanische Worte wurden zwischen den beiden jungen Männern gewechselt, ehe der von Delia aufgehaltene Junge sich erleichtert mit einer kurzen Verbeugung von ihr verabschiedete. Anschließend rannte er förmlich den Gang hinunter zu den anderen Member, heraus aus der Gefahrenzone dieser unheimlichen Frau, die ihn einfach angefasst hatte. Zurück blieb der junge Musiker, der von dem anderen mit dem Namen Dean angesprochen worden war und der Delia nun intensiv betrachtete. Er schien anders als sein Bandkollege kein Problem mit der Fremden zu haben, denn sein Blick zeugte von freundlichem Interesse und seine Augen scannten ihre gesamte Erscheinung.

"Mein Freund spricht nicht sehr viel Englisch, bitte entschuldigen Sie", erklärte er jetzt und lächelte Delia gewinnend an. Seine Aussprache dagegen war perfekt und sie vermutete, dass er nicht in Korea aufgewachsen war und Englisch seine Muttersprache.

"Oh, es war auch sehr unhöflich von mir, ihn hier aufzuhalten. Ich möchte mich dafür entschuldigen." Der junge Mann, der Dean genannt wurde, nickte freundlich.

"Womit kann ich Ihnen helfen? Sie waren heute vor dem Konzert mit einem jungen Fan in unserer Garderobe, nicht wahr?"

Sie war erstaunt, dass er sich an ihre Anwesenheit noch erinnerte. Bei der Vielzahl an Fans war das sicher nicht selbstverständlich.

"Oh, Sie erinnern sich an Ma Lin?" fragte sie erfreut. Dean grinste und schüttelte den Kopf.

"Nein, ich weiß nicht, wer Ma Lin ist, aber ich erinnere mich an Sie", erklärte er zu ihrer Überraschung und sie sah ihn erstaunt an.

Ihr fiel nun wieder der junge Mann ein, der ihr nach dem Meet and Greet zugezwinkert hatte. Scheinbar hatte sie es sich doch nicht eingebildet. Verlegen räusperte sich Delia, als sie sich wieder daran erinnerte, warum sie den jungen Mann angehalten hatte.

"Ma Lin war das hübsche Mädchen mit den hohen Schuhen, den Zöpfen und der auffälligen Kleidung." Sie versuchte, das Outfit ihres Schützlings möglichst genau zu beschreiben, aber der junge Koreaner schüttelte nach wie vor den Kopf.

"Ehrlich gesagt sehen wir bei jedem Auftritt so viele auffällig gekleidete Mädchen, dass uns jemand wie Sie, die so normal aussieht, viel eher ins Auge sticht."

Er deutete auf ihre Jeans und das kurze T-Shirt, das für Delia alles andere als ein normales Outfit war. Würde er sehen, wie sie sonst gekleidet war, hätte sie in seinen Augen wahrscheinlich geleuchtet wie eine Laterne in dunkler Nacht.

"Ähm, ja, schön... Also, Ma Lin ist das chinesische Mädchen, für das ich verantwortlich bin. Sie ist ein großer Fan von Ihnen und ist nach dem Konzert aus unserer Kabine gestürmt, um Sie zu sehen. Wie ich jetzt aber heraushöre, haben Sie sie nicht getroffen. Ich danke Ihnen für Ihre Information und werde sie jetzt weitersuchen."

Freundlich nickte sie dem jungen Mann zu, war aber mit ihren Augen bereits wieder auf der Suche nach Ma Lin. Ehe sie den Gang weitergehen konnte, hielten sie Deans Worte zurück.

"Vielleicht können wir Ihnen bei der Suche helfen? Wenn ich Sie richtig verstanden habe, dann versucht ihr Schützling unsere Band zu finden und zufällig haben Sie gerade ein Mitglied von 3Bute vor sich. Ich werde meinen Manager bitten, die Security zu informieren, um nach dem Mädchen Ausschau zu halten. Lassen wir sie doch einfach zu Ihnen kommen und sie laufen ihr nicht mehr hinterher. Was denken Sie?"

Kurz überlegte Delia und entschied, dass es sich hierbei tatsächlich um einen sehr schlauen Vorschlag handelte.

"Gut, dann warte ich am besten hier auf sie." Sie lehnte sich an die Wand neben der Garderobentür und verschränkte die Arme vor der Brust.

"Wie Sie wollen, aber Sie können auch gerne mitkommen und im VIP-Bereich auf das Mädchen warten." Überrascht und erfreut sah Delia den jungen Mann an.

"Macht das keine Umstände?" wollte sie wissen und war sich unsicher, ob sie dort auch wirklich warten durfte.

"Wenn Sie mit mir mitkommen, dann ganz sicher nicht", erklärte Dean und hielt ihr seine ausgestreckte Hand hin. Unentschlossen blickte sie darauf und erst, als er sie noch einmal mit Nachdruck aufforderte, sie anzunehmen, legte sie ihre Finger in seine und ließ sich von ihm mitziehen.

Der VIP-Bereich war ein abgesperrter Ruheraum für die Stars, der jetzt nach dem Konzert immer noch überraschend voll war und jetzt eher einem Partyraum glich. Verschiedene Menschen liefen umher, standen mit Getränken in kleinen Grüppchen an Stehtischen oder saßen allein oder mit mehreren zusammen auf den bequem aussehenden Lounge Möbeln und Sofas, die überall verteilt in dem Raum aufgestellt waren. K-Pop Musik wurde über Lautsprecher Boxen gespielt und vereinzelte Grünpflanzen in riesigen Kübeln standen verteilt im Raum und in dem Versuch, ihn etwas gemütlicher zu gestalten.

Dean hatte sie an der Security des Eingangs vorbeigezogen und gleich nach dem Betreten des VIP-Raums ihre Hand wieder freigegeben.

"Hier können Sie warten. Ich kläre alles weitere mit unserem Manager und bin mir sicher, ihre Ma Lin wird sich sicher sehr bald anfinden."

Dankbar lächelte Delia den jungen Mann an, der es freundlich erwiderte und kurz darauf in der Menge verschwunden war.

Wieder allein gelassen, suchte Delia nach einem Ort, wo sie sich möglichst unauffällig setzen konnte und auf Ma Lin warten würde. In einer Ecke des großen Raumes fand sie tatsächlich einen freien Platz und schlängelte sich an den anderen Gästen vorbei. Endlich konnte sie sich in den Loungesessel mehr oder weniger elegant fallen lassen und blickte neugierig umher. Nach und nach erkannte sie einige der zuvor auf der Bühne aufgetretenen Stars wieder. Sie trugen noch ihre Bühnenoutfits und hatten zum größten Teil noch ihr starkes Bühnen-Make-up im Gesicht.

Sie betrachtete die jungen Männer und Frauen, die allesamt höflich mit anderen Gästen plauderten und zum größten Teil ein professionelles Lächeln auf ihren Lippen hatten. Endlich verstand Delia, dass es sich hier wohl um eine sogenannte After-Show-Party handelte, in der Sponsoren und wichtige Prominenz die Gelegenheit bekamen, persönlich mit den Stars von der Bühne zu plaudern. Man musste doch schließlich auch einen Gegenwert für sein Geld bekommen. Als sie die Gesichter einiger der sehr jungen K-Pop Stars betrachtete, war ihnen anzusehen, dass manche von ihnen sehr müde wirkten und vermutlich lieber mit echten Freunden den gelungenen Auftritt gefeiert hätten, anstatt mit Menschen, die sie nie zuvor in ihrem Leben gesehen haben oder jemals wiedersehen würden.

Gerade als Delia beobachtete, wie ein etwa 60jähriger deutscher Geschäftsmann ganz ungeniert eine junge Koreanerin mit einer beiläufig aussehenden Geste am Gesäß berührte, stellte sich jemand in ihr Blickfeld und versperrte ihr zum Glück den widerlichen Anblick, der sich ihr geboten hatte. Sie schaute hoch und sah in das Gesicht von Liams Manager Joon, der alles andere als freundlich und erfreut wirkte und sie mit einem bösen Blick ansah.

“Ich möchte Sie bitten, Liam nicht weiter zu verfolgen. Bitte verlassen Sie augenblicklich die Veranstaltung.”

Sein Englisch war nicht allzu gut, aber dennoch hatte er ihr unmissverständlich im scharfen Ton zu verstehen gegeben, dass er sie für eine Stalkerin hielt. Ehe die überraschte Frau auch nur protestieren konnte, griff der Manager nach ihrem Arm und zog sie energisch aus dem Loungesessel heraus. Delia protestierte nicht, da sie kein Aufheben machen wollte und fügte sich der unangenehmen Situation. Obwohl sie dem Manager ohne Widerstand folgte, war sein Griff um ihren Arm sehr fest und tat ihr weh. Scheinbar war er böse mit ihr, obwohl sie sich bis zu seinem Auftauchen noch nicht einmal Gedanken darüber gemacht hatte, dass Liam auch bei dieser Party sein würde, da sie viel zu sehr in Sorge um Ma Lin war.

Peinlich berührt, wurde sie von Joon hinter sich durch den Raum gezogen. Trotz ihres gesenkten Kopfes bemerkte sie die Blicke der anderen Gäste und fühlte sich, als hätte sie ein Verbrechen begangen. Ihr Herz klopfte laut und ihre Beine drohten unter ihr nachzugeben. Alles an dieser Situation war ihr unangenehm und peinlich und sie wünschte sich in diesem Moment, dass sich vor ihr ein Loch im Boden auftun würde und sie mitsamt ihrer Scham verschlucken würde.

Endlich kamen sie zum Ausgang, neben dem die Männer der Security standen. Joon schob sie wie ein lästiges Paket zu den dunkel gekleideten Sicherheitsleuten und verschwand kommentarlos zurück in den Raum, in dem gefeiert wurde. Auch von der Security wurde sie ohne zu zögern grob gepackt und, ehe sie auch nur ein einziges Wort protestierend sagen konnte, von ihnen mehr gezogen als geführt mitgeschleift. Als sie aufgrund des Tempos, dem sie kaum folgen konnte, stolperte, packte einer ihren Arm noch fester und riss sie nicht zimperlich zurück in die Höhe. Ein stechender Schmerz schoss in ihre Schulter und sie unterdrückte einen Aufschrei.

Der Weg nach draußen war nicht allzu lang, da öffneten die Männer schon eine Seitentür und frische Nachtluft strömte ihnen entgegen. Mit einem letzten Schubs wurde Delia durch die Tür gestoßen und fiel recht unsanft auf den harten Boden der Tatsachen. Betäubt blieb sie dort sitzen und spürte, dass irgendetwas ihre Hose am Hintern durchnässte und hoffte, dass es nur Wasser und keine andere Flüssigkeit war. Angeekelt stand sie auf und sah mit immer stärker aufkommender Wut auf die nun verschlossene Tür zum Stadion. Wie war sie überhaupt nur in diese überaus unangenehme Situation gekommen? Ach ja, sie war so blöd gewesen und hatte sich bei dem Meeting ihrer Firma bereit erklärt, an diesem Wochenende Überstunden zu arbeiten und den Babysitter für ein verzogenes Teenagermädchen zu machen.

“Fuck” entfuhr es ihr plötzlich, als ihr einfiel, dass sie nun auch die junge Chinesin wahrscheinlich nicht finden würde. Im Dunkeln tastete sie sich an den Hals und bemerkte, dass sie den Eingangspass zum Konzert nicht mehr trug. Wo war er nur abgeblieben? Hätte sie ihn noch, dann wäre ihr diese peinliche Szene vermutlich nicht passiert, wenn sie ihn der Security hätte zeigen können. Die Karte war zuvor ihr Sesam-Öffne-Dich-Ausweis gewesen und sie war überall damit hingekommen. Genervt schlug sie sich nun gedanklich an die Stirn. Natürlich, sie hatte den Pass vom Lanyard abgemacht und in ihre Hosentasche gesteckt, da der Verschluss des Bandes gerissen war. Wie dumm!

Unentschlossen stand Delia nach wie vor im Dunkeln des rückwärtigen Stadions und überlegte, wie sie in die Tiefgarage zu ihrem Auto kommen sollte. Sie fummelte die Eintrittskarte aus ihrer Hosentasche hervor und versuchte, sie an dem um ihren Hals hängenden Band zu befestigen, damit ihr der Zugang nicht noch einmal versperrt werden würde.

Langsam ging sie im dunklen Schatten des Stadions entlang und suchte nach einem Zugang zu den Garagen. Allerdings stellte sich heraus, dass alle Tore verschlossen waren und irgendwann war ihr auch der weitere Weg durch ein Tor versperrt. Vor Wut hätte Delia am liebsten geweint, aber sie riss sich zusammen und drehte sich wieder um, um den gesamten Weg zurückzugehen. Nach weiteren zehn Minuten stand sie erneut vor der Tür, aus der sie zuvor rausgeworfen worden war. Natürlich war sie immer noch versperrt und ging auch beim fünften Mal herunterdrücken der Klinke nicht auf. Genervt setzte sie nun mit wütenden frustrierten Schritten ihren Weg zurück zum Haupteingang des Stadions fort und überlegte, wie sie Ma Lin finden konnte und welche bösen Worte sie als erstes sagen würde. Wahrscheinlich saß das Mädchen bereits warm und trocken in ihrem Hotelzimmer und freute sich, dass sie ihr einen Streich gespielt hatte.

Delia traute ihren Augen nicht, als sie plötzlich die Menschenmenge sah, die aus dem Inneren des Stadions in Richtung Bahnhof strömte. Entsetzt betrachtete sie die wogende Masse von abertausenden Stadionbesuchern und gab jede Hoffnung auf, ihren Schützling heute noch wieder zu finden. Plötzlich schossen ihr die Tränen in die Augen und sie verfluchte den ganzen Abend und wünschte sich, sie hätte damals den Mut gehabt, den Auftrag für dieses Wochenende trotz Konsequenzen abzulehnen. Wütend wischte sie sich ihre Tränen ab und sah sich um in der Hoffnung, eine Idee zu bekommen, wie sie aus dieser trostlosen Situation am besten wieder herauskäme.

Völlig überrascht entfuhr ihr plötzlich ein Aufschrei, als eine Hand aus dem Dunkel ihren zuvor schon malträtierten Oberarm plötzlich umfasste.

"Hey, ich habe deine kleine Chinesin gefunden, aber jetzt warst du plötzlich verschwunden."

Die Stimme kam ihr vertraut vor und der junge Mann hatte in Englisch zu ihr gesprochen. Schnell drehte Delia sich um und stand dem jungen Musiker Dean wieder gegenüber. Der Verräter, der sie in dem VIP-Party-Raum ihrem Schicksal überlassen hatte. Erleichtert seufzte Delia auf und schluckte die Tränen herunter, die ihr immer noch aus den Augen zu quellen drohten.

"Hast du geweint?" fragte Dean plötzlich mitfühlend und versuchte, sie im Schatten besser zu betrachten.

"Natürlich nicht", presste Delia heraus und hörte selbst, dass ihre Stimme ihren Worten widersprach.

"Es tut mir leid, dass du hinausgeworfen wurdest. Ehe ich das Missverständnis aufklären konnte, warst du schon weg", sagte er mitfühlend. Sie nickte und war einfach nur erleichtert, dass er die erhoffte Lösung für ihr momentanes Problem war.

"Wo ist Ma Lin jetzt?" fragte sie daher auch sofort und Dean zeigte zurück auf die Eingangstür, die jetzt einen Spalt offen stand.

"Komm, ich bringe dich zu ihr", forderte er sie auf und Delia folgte ihm nur zu gern.

Statt sie jedoch zum VIP-Raum zu begleiten, bog er in die andere Richtung ein und gab Delia mit einem Wink zu verstehen, dass sie ihm folgen sollte. Neugierig lief sie hinter dem Sänger her und fragte sich, wo ihr Schützling wohl stecken mochte, wenn nicht dort, wo alle Stars des Abends sich versammelt hatten.

"Psst, sei leise", flüsterte Dean und zeigte auf die Tür zu einem Raum, der nicht beschildert war. Sie nickte und schlich auf sein Zeichen hinter ihm, als er die Tür leise und vorsichtig öffnete. Er zog sie dicht neben sich heran, so dass ihre Körper sich beinahe berührten. Als sie von ihm abrücken wollte, legte er ihr schnell eine Hand auf den Mund und gab ihr ein Zeichen, dass sie schweigen sollte.

Endlich hatten sich Delias Augen an das Dämmerlicht in dem nun geöffneten Raum gewöhnt und ihr wäre beinahe ein lauter Schrei entfahren, als sie das Bild sah, das sich ihr bot. Obwohl sie die Gesichter der Protagonisten nicht sehen konnte, war für Delia die Hauptdarstellerin anhand der Kleidung gut erkennbar. Ma Lin hatte ihren kurzen Rock über die Schenkel geschoben und mit ihren in den hohen Plateausohlen beschuhten Beinen die Hüften eines jungen Mannes umschlossen, der sich rhythmisch mit heruntergelassener Hose zwischen ihren Beinen bewegte und ganz offensichtlich das junge Mädchen gerade zu einem Höhepunkt brachte. Ihr kehliger Schrei ließ nun auch keine andere Interpretation der Situation zu und Delia fasste sich an die Kehle. Entsetzt wandte sie sich von der soeben gesehenen Szene ab und packte Dean nun ihrerseits am Arm und zog ihn mit sich mit.

"Sorry, als ich die beiden vorhin gesehen hatte, waren sie nur am Knutschen gewesen. Ich wusste nicht, dass die Kleine schon wieder so eifrig ist."

Dean grinste frech und zeigte mit seinem Daumen hinter sich. Dabei machte er den Eindruck, als würde er die Situation durchaus genießen. Immer noch entsetzt über das soeben gesehene, lehnte sich Delia an die Wand und schüttelte ihren Kopf.

"Ihr Vater bringt mich um, wenn er davon erfährt", flüsterte sie verzweifelt und hörte plötzlich Dean lachen.

"Hey Süße, vor meinem Kumpel hier hat sie es bereits mit zwei anderen getrieben. Wirklich sehr aktiv, die Bitch. Die Kleine ist alles andere als Daddys behüteter Darling. Sie hat es schon mit vielen von uns getan und ehrlich, wir wissen diese Art von Dienst hin und wieder auch sehr zu schätzen. Ist eben auch eine Art von Druckabbau und nach einem guten Auftritt ist ein guter Fick das Beste, was man machen kann. Ich denke, meine Kollegen hatten heute Abend auf jeden Fall den besten Abschluss von uns."

Sein anzügliches Grinsen wurde noch breiter, als er Delia nun von Kopf bis Fuß betrachtete.

"Es sei denn, du wärst bereit, mir auch ein wenig Entspannung zu gewähren, dann bin ich mit Sicherheit der Gewinner des Abends." Er trat einen Schritt näher auf sie zu und zeigte auf den Schritt seiner Hose, wo man eine deutliche Ausbuchtung erkennen konnte. "Ich würde mich auch über einen liebevollen Kuss mit weit geöffnetem Mund freuen, wenn du verstehst, was ich meine."

Sein Gesicht hatte einen lüsternen Ausdruck bekommen und sie fühlte sich plötzlich schrecklich unwohl in seiner Gegenwart. Abwehrend und entsetzt schüttelte sie den Kopf.

"Nein, ganz bestimmt nicht. So etwas tue ich nicht." Sie wusste, dass sie log, denn noch vor wenigen Stunden hatte sie sich mit Liam in genau der gleichen Art und Weise amüsiert.

"Ach, bist du dir sicher? Warst nicht du diejenige, die vor unserem Auftritt mit Liam zusammen gewesen ist?" Er trat wieder einen Schritt näher auf sie zu und zwängte sie förmlich an die Wand. "Ich besorg es dir viel besser als er. Willst du es nicht versuchen?"

Sein Blick tastete sie unangenehm von oben bis unten ab und blieb an ihren Brüsten hängen. Ehe sie in echte Panik verfallen konnte, hörte sie plötzlich eine bekannte Stimme hinter sich und spürte, auch wenn sie die koreanischen Worte nicht verstand, dass sie sich nicht allein gegen Dean verteidigen musste.

"Dean, du hattest deinen Spaß. Lass sie in Ruhe." Liam kam aus dem Dunkel und stellte sich neben Delia. Zu ihrer Erleichterung legte er in einer beschützenden Geste seinen Arm um ihre Taille und zog sie enger an seine Seite. "Sie ist mit mir zusammen und wird dir und deiner kranken Fantasie nicht zur Verfügung stehen."

Dean lachte hässlich auf und zeigte auf den verschlossenen Raum hinter der Tür, in dem Ma Lin und der andere Kollege nach wie vor miteinander beschäftigt zu sein schienen. Hin und wieder klang ein kehliges Stöhnen durch die verschlossene Tür und ließ keinen Platz für Interpretation.

"Keine Sorge, Sunbae. Ich wurde eingeladen mitzumachen und überlasse diese Ajumma dir. Ich steh nicht so auf welkes Fleisch, weißt du", provozierte er Liam, der bei den Worten jedoch keinerlei Miene verzog und lediglich die Schultern zuckte. Dean öffnete die Tür zu dem Raum, in dem das Pärchen jetzt besonders lautstark zu hören war, und trat mit den Worten ein "Hey, auf zur Runde Nummer zwei. Du bist doch gerade erst warmgelaufen und schaffst auch uns beide, stimmt's?"

Delia wollte sich von Liam losreißen und hinter dem Mann hinterher stürmen, wurde aber von ihm sanft zurückgehalten.

„Scht, das ist nicht deine kleine Freundin. Dean wollte dich provozieren. Das Mädchen da drin ist ein wirrer Fan, der den Jungs tatsächlich zu allen Konzerten nachreist und ihnen diesen ... After Show Dienst anbietet. Deine Freundin ist brav in der VIP-Lounge unter der Aufsicht von Joon. Mein Manager hat mir verraten, dass er dich dort gesehen und rausgeworfen hat, weil er die Situation falsch verstanden hatte. Ich wollte dich gerade suchen gehen, als ich dich mit Dean zusammen gesehen habe."

Erstaunt lauschte Delia seinen Worten und bemerkte erst jetzt, dass sie jedes Wort verstanden hatte, das er sprach.

"Du sprichst Englisch!", entfuhr es ihr und Liam lachte, als er ihre Verwirrtheit hörte.

"Ich habe nie etwas anderes behauptet", grinste der hübsche Koreaner und zog sie nun mit sich den dunklen Gang zurück zur After-Show-Party.

"Aber du hast nie mehr als ein paar Worte mit mir gesprochen, oder?" maulte Delia ein wenig vorwurfsvoll und zog einen Schmollmund.

"Wir hatten ja auch wirklich andere Dinge zu sagen. Aber wenn du dich erinnerst, dann haben wir uns vorhin nach unserem ... Treffen in der kleinen Kabine auch bereits unterhalten", grinste er und blieb kurz, bevor sie die Security erreichten, mit ihr stehen.

"Delia, so gerne ich dich an meiner Seite zeigen würde, so unmöglich ist es mir momentan. Ich hoffe, du verstehst das. Deine chinesische Freundin wird von meinem Manager beaufsichtigt und ihr beide könnt gleich zurück zu unserem Hotel fahren. Ich muss leider noch ein wenig hier bleiben, aber würdest du mir die Tür zu deinem Zimmer öffnen, wenn ich später klopfe?"

Beinahe schüchtern sah er sie von der Seite an und wartete auf ihre Antwort. Delia nickte verschämt, aber freute sich innerlich sehr, dass er sie tatsächlich noch einmal sehen wollte. "Ja", hauchte sie daher errötend und zauberte Liam ein strahlendes Lächeln damit auf sein schönes Gesicht.

"Ich zähle die Minuten, bis wir uns wiedersehen", flüsterte er verführerisch und Delia spürte, wie ihr nur bei seinen Worten bereits ein freudig erregter Schauer über den Rücken ran.

"Ich warte auf dich", flüsterte sie zurück und kam sich verrucht wie Mata Hari vor.

Kapitel 6

Ma Lin maulte den gesamten Rückweg zum Hotel, da sie ihre Lieblinge von der K-Pop-Band nicht mehr gesprochen hatte. Zwei von ihnen wären gar nicht auf der After-Show-Party gewesen, beschwerte sie sich. Stimmt, dachte Delia und wurde immer noch rot, als sie an die kompromittierende Situation dachte, in der sie einen der beiden vermissten Lieblinge ihrer Chinesin gesehen hatte. Sie waren ja auch damit beschäftigt gewesen, Druck abzubauen.

Nachdem sie Ma Lin wohlbehalten ihrem Vater übergeben hatte, zog sich Delia auf ihr eigenes Zimmer zurück. Nach einer kurzen Dusche cremte sie sich ihren Körper ein und streifte ihr Nachthemd über. Als sie so fertiggemacht vor ihrem großen Spiegel in dem noblen Badezimmer stand und sich betrachtete, fragte sie sich, ob Liam wirklich zu ihr kommen würde und wenn ja, wie lange sie warten müsste, um ihn zu sehen.

Die junge Frau wusste, dass diese Nacht auch ihre letzte gemeinsam verbrachte Zeit und ihr letztes Treffen sein würde. Sie würden sich vermutlich in ihrem so unterschiedlichen Leben niemals mehr wiedersehen. Bei diesem Gedanken durchfuhr sie ein heftiges Ziehen in der Brustgegend und sie fasste sich automatisch an die schmerzende Stelle. Es machte sie traurig zu wissen, dass sie den Mann, der ihr erster und wahrscheinlich einziger Geliebter geworden war, nur an diesem Wochenende sehen würde.

Erschrocken stellte sie fest, dass sie bereits nach diesen kurzen, wenn auch überaus intimen Momenten, angefangen hatte, ihn wirklich mehr zu mögen, als eine flüchtige Begegnung. Sie war dabei, sich in diesen jungen Mann zu verlieben. Nein, dachte sie ängstlich, das durfte sie auf gar keinen Fall. Er war ein Traum, ein wunderschöner Traum und mehr nicht. Niemals würde dieser Traum Wirklichkeit werden und es war schlichtweg unmöglich, dass er real werden würde. Sie wollte diese kurze berauschende Zeit mit ihm genießen und sich später, sollte sie das Glück haben alt und grau zu werden, an diese Zeit mit einem wehmütigen Lächeln zurückerinnern. Damals, würde sie später denken, damals hatte ich das Glück, einen wundervollen Mann kennen- und lieben zu lernen. Er war mein Traum, mein erfüllter Traum für zwei Nächte.

Gerade, als sie in diesen Gedanken zu versinken drohte, klopfte es tatsächlich an ihrer Zimmertür und voller Erwartung lief sie barfuß hin, um sie zu öffnen. Da stand er, ihr Traummann, und lächelte sie mit einem breiten erwartungsvollen Grinsen verführerisch an. Delia seufzte und trat einen Schritt zurück, um ihn einzulassen. Liam ließ sich nicht zweimal bitten und packte sie mit einer fließenden Bewegung an den Schultern und zog sie an sich heran, während er mit seinem Fuß die Tür zustieß.

Seine Lippen presste er mit einem Stöhnen auf ihre und seine Zunge bat sofort um Einlass, was sie ihm gewährte. Haltsuchend schlang sie ihre Arme um seine schmalen Hüften und eng aneinander gepresst führte Liam sie zu ihrem breiten Bett. Gemeinsam sanken sie auf die Laken und noch auf dem Weg dorthin hatte er ihr bereits ihr Nachthemd abgestreift und sein T-Shirt über seine breiten Schultern gezogen. Ihre nackten Oberkörper lagen heiß aufeinander und Delias weiche Brüste pressten sich an seine harten Brustmuskeln. Fahrig griff sie zwischen sie beide und versuchte, seinen Gürtel zu öffnen, um ihm die Hose endlich abstreifen zu können. Scheinbar dauerte auch ihm alles zu lange, denn er half ihr dabei und schlüpfte so hektisch aus ihr heraus, dass er sich verhedderte und beinahe hinfiel. Als Delia das sah, musste sie plötzlich lachen und nach einem kurzen Moment fiel Liam in ihr Lachen ein.

Beide hatten diese Unterbrechung gebraucht, um ein wenig zu Atem zu kommen. Langsamer und viel ruhiger, wenn auch nicht weniger erregt, begann Liam nun kleine Küsse auf der zarten Haut ihres Bauchs zu verteilen. Dieses Gefühl seiner heißen Lippen auf ihrer empfindlichen Haut ließ sie vor Wonne zusammenzucken. Als seine Lippen immer tiefer wanderten, wollte sie ihn verschämt aufhalten, aber er sah sie mit einem schelmischen Grinsen von unten herauf an und setzte seinen Weg weiter fort. Als er heiß ihre feuchte Scham berührte, sog sie erschrocken die Luft ein. Sie blickte an sich herunter und sah den dunklen Schopf und warme braunen Augen zwischen ihren Schenkeln, die sie intensiv betrachteten, während seine Zunge ihre Klitoris umspielte. Immer wieder leckte er an ihr, sog an ihr und streichelte sie und dieses Gefühl der rauen warmen und schnellen Zunge war so intensiv, dass sie mit einem Aufschrei plötzlich anfing zu zucken. Wissend hob Liam seinen Kopf und grinste sie selbstbewusst an.

"Öffne deine Beine", forderte er sie sanft auf und schob sich mit einem genüsslichen Stöhnen mit einer einzigen Bewegung tief in sie hinein. Nachdem er sich einige Male hinein und wieder hinausgeschoben hatte, drehte er sie mit einer fließenden Bewegung auf den Bauch. "Heb deine Hüften", wies er sie an und willig gehorchte sie, denn umso eher würde sie ihn wieder in sich spüren können.

Liam positionierte sich hinter ihr und stieß dieses Mal wenig zurückhaltend in sie, so dass sie aufs Bett zurückgefallen wäre, hätte er sie nicht an den Hüften festgehalten. Ihr beider Stöhnen vermischten sich, als er immer schneller und tiefer in sie stieß, bis sie ein weiteres Mal vor Wonne aufschrie und Liam mit einem tiefen Stöhnen ebenfalls zum Höhepunkt kam.

Erschöpft lag Delia neben ihrem Traummann und sah ihn an. Beide konnten die Augen nicht voneinander lassen und schienen nicht schlafen zu wollen, da sie Angst hatten, zu viel von dieser kostbaren Nacht zu versäumen. Endlich sprach Liam als erstes.

"Wir fliegen morgen wieder zurück." begann er und sagte das, was ihn wohl am meisten beschäftigte. Delia nickte langsam.

"Ich weiß", meinte sie schlicht und in diesen beiden Worten lag mehr Trauer und Verlust, als es viele Sätze vermochten auszudrücken.

"Ich will dich wiedersehen", flüsterte Liam nun und Delia wusste, dass er das in diesem Moment wirklich wollte, es ihnen aber unmöglich werden würde, in die Tat umzusetzen.

"Ich auch", antwortete sie daher und wusste, dass er sie verstand. Fast schon verzweifelt packte er sie plötzlich und zog sie so eng es ging an sich heran. Delias Gesicht war an seine Brust gedrückt und sie hauchte einen sanften Kuss auf seine goldfarbene Haut.

"Manchmal hasse ich mein Leben", sagte er nun und Delia nickte wieder, was er an seiner Brust spürte.

"Lass uns nicht über morgen sprechen", flüsterte sie und versuchte, sich ein wenig von ihm wegzudrücken, um ihn anzusehen.

"Aber ich will dich nicht verlassen", meinte er ein wenig trotzig.

"Du bist die Sonne und ich bin die Blume, auf die sie scheint. Die Sonne kann ohne die Blume leben, aber die Blume wird ohne die Sonne welken und sterben."

Ihre Stimme klang traurig. Sie spürte, wie eine Träne ihr Auge verließ und langsam an ihrer Wange hinunter kullerte. Vorsichtig und liebevoll strich er mit seinem Finger über ihr Gesicht und fing die Tränen auf.

"Wir werden eine Möglichkeit finden, um uns wiederzusehen, Delia. Ich verspreche es!"

Er klang entschlossen, aber sie wusste, dass er diese Zuversicht der Nacht am folgenden Tage nicht mehr haben würde. Sie war nicht wichtig für ihn. Er würde sein Leben als Sonne weiterleben und vielleicht an diese schöne Zeit hin und wieder zurückdenken, aber sie nicht wirklich vermissen. Doch das konnte sie ihm nicht übelnehmen. Er war ein Star. Sein Leben war aufregend, er stand im Rampenlicht und war umgeben von vielen interessanten attraktiven Menschen, und von Beginn an wusste sie genau, worauf sie sich eingelassen hatte. Entschlossen stützte sie sich auf die Ellenbogen und sah auf ihn hinunter.

"Du schuldest mir noch einen Tanz", flüsterte sie verführerisch und ließ ihre Hand über seinen Oberkörper unter die Bettdecke wandern.

"Madame, ich bin für jeden Tango bereit", antwortete er und schob ihre Finger tiefer, bis sie ihn dort berührte, wo es ihm ein tiefes Stöhnen entlockte.

Liam verließ sie schweigend im Morgengrauen. Es gab schließlich auch nichts mehr zu sagen. Sie hatten die Nacht so verbracht, wie es Liebende taten, die nur eine Nacht in ihrem gemeinsamen Leben hatten. Delia stellte sich schlafend, als er aus dem Bett kroch und sich anzog. Ihr Traum war zu Ende und sie würde sich wieder zurück in ihre Welt begeben. So war das Leben und sie wusste, sie hatte schon mehr Süßigkeiten aus der Pralinenschachtel abbekommen als manch anderer. Sie würde den schönen Koreaner immer in ihrem Herzen tragen, aber das war ihr Geheimnis und sie würde es niemals preisgeben.

Als er die Tür hinter sich und ihrer gemeinsamen Nacht zuzog, liefen unaufhörlich Tränen über ihr Gesicht.

Liam lehnte im Flur an der Zimmertür, hinter der Delia schlief und ballte die Hände zu Fäusten. Er hatte gewusst, dass diese Nacht nicht das gleiche war wie die Nacht zuvor. Bereits als sie sich im Stadion wiedergesehen hatten, hatte sein Herz wie verrückt gepocht und sein Verstand ausgesetzt. Er hatte noch niemals zuvor einen eigentlichen One-Night-Stand ein weiteres Mal gesehen, aber Delia war anders. Sein Verstand hatte einfach ausgesetzt und sein Körper die Regie übernommen. Er wusste nicht, was es war, dass er so auf diese Frau abfuhr, aber er war regelrecht verrückt nach ihr geworden. Bereits nach dem Auftritt hätte er sie am liebsten sofort gesucht und wäre mit ihr zurück zum Hotel gefahren. Der Sex mit ihr war unglaublich und dass er dazu auch noch ihr erster Partner gewesen war, machte es für ihn noch besonderer. Es war, als hätte diese Frau nur auf ihn gewartet und er hatte sie endlich gefunden.

Als er sie auf der After-Show-Party sah, wusste er sofort, dass er so weit wie möglich Abstand zu ihr halten musste, sonst hätte er sie ein weiteres Mal noch an Ort und Stelle geliebt. Allein ihr Anblick brachte seinen Körper dazu, sofort zu reagieren. Zum Glück war sie plötzlich verschwunden und er konnte sich wieder auf seine Arbeit konzentrieren. Als er jedoch hörte, dass sein Manager sie hinausgeworfen hatte, war er wütend explodiert und ihr hinterhergejagt. Dean, das Arschloch, hatte sie in seine Fänge bekommen und sie mit zu dem kleinen Groupie-Flittchen genommen, das sich jedem Idol fast schon verzweifelt zum Sex anbot. Liam widerte dieses Verhalten an und er war erleichtert, als er Delia endlich fand und aus Deans Fängen befreien konnte.

Jetzt hatte er die großartigste Nacht seines bisherigen Lebens gehabt und dabei dennoch immer daran denken müssen, dass sie sich im Morgengrauen trennen mussten. Er wollte sie unbedingt wiedersehen, aber ihm war klar, dass er auf allergrößte Schwierigkeiten stoßen würde. Freundinnen hatte er zwar bereits zuvor der Öffentlichkeit schon präsentiert, aber diese waren Girl-Group-Member anderer bekannter Bands gewesen und kannten Publicity und die Art und Weise, wie sie mit der Presse umzugehen hatten.

Eine seiner angeblichen Freundinnen war lediglich ein Arrangement seiner Company gewesen, um die Aufmerksamkeit für ein neues Projekt zu erhöhen.

Klar, auch da war die Öffentlichkeit ein wenig geschockt gewesen, dass zwei bekannte Idols miteinander ausgingen, aber man hatte das akzeptiert. Eine Europäerin als Freundin würde sie jedoch nicht einfach so hinnehmen. Weder die Presse noch die Fans.

Freundin? Überlegte er nun. Sah er sie so? Wie sah sie selbst ihre Beziehung? Aus Angst, dass sie ihn ablehnen könnte, hatte er sie nicht einmal danach gefragt. Mochte sie ihn, oder genoss sie einfach ihre Kompatibilität im Bett? Aber, fiel es ihm dann wieder ein, sie hatte vor ihm überhaupt keine Erfahrungen auf diesem Gebiet sammeln können und hatte daher auch keine Vergleiche. Das konnte es also nicht sein. War er ihr Typ? Er war schließlich kein Europäer und er wusste nicht, ob das für sie etwas ändern würde.

Seit einigen Minuten stand er nun grübelnd vor ihrer Zimmertür und mit einem Mal ging ein Ruck durch ihn hindurch. Entschlossen drehte er sich um und klopfte an das Holz.

"Delia, mach auf. Ich muss dir etwas sagen", flüsterte er und hoffte, dass sie ihn dennoch hören würde.

Er konnte nicht das Risiko eingehen, dass andere Hotelgäste ihn bemerkten. Zu seiner Überraschung wurde schon kurz nach seinem Klopfen die Tür geöffnet. Er sah ihr Gesicht vor sich und erkannte, dass sie geweint hatte. Das machte ihm plötzlich Hoffnung und er fühlte, wie sein Selbstbewusstsein zurückkam.

"Ja", flüsterte sie, ohne ihn jedoch wieder in ihr Zimmer hereinzulassen.

"Delia, ich habe etwas vergessen", flüsterte er zurück, und fragend sah sie zu ihm hoch.

"Delia, ich glaube, ich habe mich in dich verliebt", hauchte er und überrascht riss sie ihre großen Augen auf. Aufgeregt wartete er auf ihre Reaktion.

"Du hast dich in mich verllebt?" wiederholte sie verwirrt und er sah, wie sie dabei ihre Hand auf ihre Brust in Höhe ihres Herzens legte. Bestätigend nickte er zaghaft und dann immer vehementer.

"Ja, ich bin mir sicher."

Beinahe erschüttert ging sie einen Schritt rückwärts in ihr Zimmer und er sah das als Einladung, ihr zu folgen. Mit einem Schritt, wie bereits ein paar Stunden zuvor, stand er in dem Vorflur des Hotelzimmers und drückte leise die Zimmertür hinter sich zu.

"Ich weiß nicht, wann es passiert ist, und ich hoffe, ich bedränge dich damit nicht. Aber ich habe mich auf den ersten Blick in dich verliebt."

Als er das aussprach, wusste er, dass er die Wahrheit sagte. Bereits im Foyer des Hotels war sie ihm aufgefallen und er fand sie bereits dort unglaublich süß in ihrem Sekretärinnen-Outfit. Sie wirkte so natürlich und ungekünstelt und das hatte ihn auf den ersten Blick unwiderstehlich angezogen. Als er sie später auf der Straße gesehen hatte, wie sie seinen Papp Doppelgänger geküsst hatte, war es vermutlich endgültig um ihn geschehen.

"Du darfst dich nicht in mich verlieben. Du wirst wieder zurück nach Korea gehen und ich bin hier in Deutschland. Das geht nicht", flüsterte sie immer noch verwirrt und legte jetzt ihre andere Hand an ihre Wange, die knallrot geworden war. Sanft zog Liam ihren Arm wieder herunter und nahm sie in seine eigene.

"Doch, so ist es aber", versicherte er ihr und Delia schüttelte vehement den Kopf.

"Warum machst du mir Hoffnung?" fragte sie nun mit Verzweiflung in der Stimme.

"Hoffnung? Das heißt, du wünschst es dir auch, mit mir zusammen zu sein?" Liam wartete atemlos auf ihre Antwort. Seine dunklen Augen brannten sich in ihr Gesicht und sie schüttelte wieder den Kopf.

"Liam, du bist die Sonne. Schon vergessen? Wenn du gehst, werde ich sterben. Liam, ich will nicht, dass du mich liebst!"

Sie drückte ihn weg, als er einen Schritt auf sie zukam, um die Distanz zu überbrücken. Sie spürte seine Wärme und roch seinen eigenen betörenden Duft und sie wünschte sich in dem Moment nichts lieber, als dass er die Worte ungeschehen machte und ging. Nein, verbesserte sie sich, sie wünschte sich, dass er nicht noch einmal an ihre Tür geklopft hätte.

"Was, wenn nicht ich die Sonne bin, sondern du?" fragte er nun und strich mit seinen Fingern leicht über ihre bebenden Lippen. "Wenn du die einzige Sonne in meinem Leben bist? Willst du, dass ich in ewiger Dunkelheit bleibe?" Er griff ihre Umschreibung auf und brannte seinen Blick in ihre Augen.

"Ich deine Sonne?" wiederholte sie und als er nickte, fielen ihre Schultern hinab.

Es war, als hätte jemand ihre Fäden durchgeschnitten, an denen sie hing. Kraftlos sackte sie zusammen und Liam konnte sie gerade noch rechtzeitig auffangen, bevor sie den Boden berührte. Er griff unter ihre Knie und hob sie beinahe mühelos hoch, um sie auf dem Bett wieder abzusetzen.

"Delia, ich habe dir vorhin schon gesagt, dass ich dich wiedersehen will. Ich werde es offiziell machen. Mein Management wird es erfahren und ich werde dich so oft es geht hier in Deutschland besuchen und du kommst zu mir nach Korea. Wir werden uns sehen – ganz oft und wenn wir lange genug zusammen sind, dann werden wir es öffentlich machen. Was meinst du?" Liam wirkte beinahe aufgeregt und schien über seinen soeben gemachten Plan selbst sehr begeistert zu sein. Liebevoll betrachtete Delia den schönen Mann und lächelte. Er meinte alles, was er in diesem Moment sagte, genauso, da war sie sicher.

"Liam, ich liebe dich nicht", sagte sie nun und sah, wie ihre Worte langsam zu ihm durchdrangen und sein Enthusiasmus plötzlich in sich zusammenfiel.

"Du liebst mich nicht?" Es schien an diesem frühen Morgen ein Spiel zwischen ihnen zu sein, alle Worte des anderen zu wiederholen. Delia seufzte.

"Ich liebe dich nicht." Sagte sie nun zum zweiten Mal.

Die Augen des jungen Mannes wurden starr und Delia konnte sehen, wie etwas in ihm zerbrach. Leise zerschmetterte ihr eigenes Herz und sie spürte schmerzhaft die Scherben in ihrem Inneren. Sie log ihn schamlos an und wusste, dass die Qual für sie unerträglich werden würde. Aber davon würde sie auch niemals jemandem etwas erzählen. Am allerwenigsten Liam.

"Liam, es war ein schönes Wochenende mit dir. Du hast mir eine Welt gezeigt, die voller Wunder für mich war. Du bist ein wunderschöner, talentierter junger Mann, der auf dem Höhepunkt seiner Karriere ist. Ich bin eine einfache Frau, die auf dem Lande lebt und ich hoffe einfach auf einen netten Mann, mit dem ich Kinder haben kann. Ein Haus und ein Hund wären auch sehr schön. Ich kann nicht auf jemanden meine Zukunft bauen, der nicht da ist und der jeden Tag mit einer glitzernden Welt Kontakt hat, in die ich nicht eintauchen will. Liam, wir beide sind wirklich wie die Sonne und die Blume. Du strahlst, bist hell und nicht zu greifen, während ich am Boden bin und nur durch dich blühe. Ich brauche die Sonne zum Leben, ja, aber mehr noch brauche ich Wasser, das meine Wurzeln versorgt. Dieses Wasser habe ich zuhause." Delia betete verzweifelt, dass sie bei ihren Lügen nicht der Schlag treffen würde.

Liam trat von ihr zurück. Er schien begriffen zu haben, was sie ihm sagen wollte.

"Du hast einen Freund?" Fragte er nun seinerseits fassungslos. Als Delia zögernd nickte, trat er kopfschüttelnd einige Schritte zurück, bis die geschlossene Zimmertür seinen Rückzug aufhielt.

"Du hast mit mir geschlafen und hast einen Freund?" Wieder diese Wiederholung, dachte sie irritiert.

"Ja, ich habe einen Freund zuhause, den ich nächstes Jahr heiraten werde. Ich wollte nicht als unerfahrene Jungfrau in die Ehe gehen. Liam, du warst der beste Lehrmeister, den man sich vorstellen konnte. Dafür danke ich dir und ich werde unsere gemeinsame Zeit niemals vergessen", fügte sie hinzu.

Traurig sah sie nun, wie plötzlich Hass in seinen schönen Augen aufflammte und dachte sich ironisch beglückwünschend, dass sie ihr Ziel nun erreicht hatte. Ja, hasse mich, war ihr Gedanke. Immer noch besser, als mich zu lieben. Leb wohl, mein schöner Traum. Ich werde dich niemals vergessen.

Liam knallte die Tür hinter sich zu und verließ, ohne noch ein einziges Mal zurückzublicken, den Flur und das Leben der Frau, in die er sich trotz ihrer soeben gemachten Geständnisse verliebt hatte. Er würde sie nun aber nicht mehr lieben, sondern hassen. Nach Deutschland würde er in seinem ganzen Leben keinen einzigen Fuß mehr setzen. Niemals.

Gegenwart (fünf Jahre später)

Delia legte sich die Hände über die Brauen und schirmte ihre Augen vor dem hellen Sonnenlicht ab. Endlich entdeckte sie, wen sie gesucht hatte. Leo grub mit aller Ernsthaftigkeit eines Vierjährigen ein Loch in den Sand. Dabei biss er sich mit seiner Zunge auf die Lippen und der Sand flog von der kleinen roten Schaufel in hohem Bogen hinter sich. Es schien ihn nicht zu stören, dass sein Hund dabei das meiste davon abbekam. Cleo war eine Seele von Tier und blieb ruhig neben ihrem Schützling liegen und bewachte den kleinen Jungen mit ihren treuen Hundeaugen.

"Hörst du mir überhaupt zu? Delia! Ich rede mit dir!" Delias Freundin Summer stupste sie immer wieder mit ihren langen, knallrot lackierten Fingernägeln an. "Also wirklich. Es ist ja nicht so, dass ich deinen Sohn nicht ebenfalls vergöttere, aber du könntest doch wenigstens einmal deinen Blick auch mir gönnen."

Summer zog einen entzückenden Schmollmund und lehnte sich auf der Decke zurück, die sie in den warmen Sand am Ufer des Sees gelegt hatten. Etwas unwillig wandte Delia ihren Blick von ihrem Jungen ab und schaute zu ihrer fünf Jahre jüngeren, aller besten und einzigen Freundin.

"Sorry, ich habe eben nicht gehört, was du gesagt hast." Summer seufzte gespielt beleidigt auf und schüttelte den Kopf.

"Also, ich will mit dir einen Trip nach Berlin machen. Mädels Wochenende, du weißt schon. Ich habe auch alles mit deiner Mum geklärt. Sie passt auf Leo auf. Keine Ausrede! Es wird Zeit, dass du mal wieder rauskommst. Außerdem ist da gerade diese angesagte amerikanische Band in der Stadt und ich habe Tickets für das Konzert gekauft. Auch da gibt's keine Ausrede. Deine Eltern zahlen Fahrt und Konzert, den Rest übernehme ich."

Summer machte eine Handbewegung auf ihren Körper und Delia folgte ihrem Blick. Ihre Freundin war groß, schlank und sportlich. Ihr hübsches Gesicht war fein geschnitten mit einer kleinen geraden Nase, vollen Lippen und großen blauen Augen. Sie hatte einen perfekten Körper und war an den richtigen Stellen etwas üppiger. Ihre langen blonden Haare wurden lediglich von der Sonne etwas aufgehellt und flossen ihr über ihren schlanken Rücken wie ein edler Vorhang. Keine Frage, Summer war mit Abstand das hübscheste Mädchen, das Delia kannte – und das freundlichste. Delia seufzte ein wenig neidisch und blickte an sich selbst hinab.

Seit der Schwangerschaft war bei ihr selbst nicht mehr alles so wie zuvor. Es störte sie nicht wirklich, dass die Blicke der Männer zumeist ihrer schönen Freundin galten und eher selten ihr. Dennoch hatten vorhin einige Männer auch sie interessiert betrachtet, als beide Frauen am Badesee angekommen waren. Als sie jedoch mitbekamen, dass Leo zu ihr gehörte, war das Interesse sofort wieder verebbt. Delia kannte das bereits und es machte ihr nichts aus. Sie gab es nur zusammen mit ihrem Sohn, denn Leo war die Liebe ihres Lebens, den sie für niemanden auf der Welt verlassen würde.

"Na, wieder mit deinen Gedanken bei dem Vater von Leo?" fragte Summer und setzte sich ihre Sonnenbrille auf die Nase. Delia hörte heraus, dass sie genervt war und daher verneinte sie gewohnheitsmäßig die Frage.

"Leo und Cleo, kommt doch mal beide her. Tante Summer gibt euch ein Eis aus", rief sie zu den zwei und Vierbeinern hinüber und beide kamen freudestrahlend und kläffend zu ihnen gelaufen.

Als die drei glücklich ein Eis schlabbernd wieder zurückkamen, stellte sich Delia schlafend, um der Antwort auf Summers Einladung auszuweichen. Sie wusste, sie könnte sich nicht ewig in ihrer kleinen Stadt vergraben und musste sich dem Leben wieder stellen, aber noch war sie eigentlich nicht bereit dazu. Sie hatte zwar gerade ein gesundheitliches Hoch, aber diese wurden immer kürzer und seltener. Lieber wollte sie so viel Zeit wie irgend möglich mit ihrem Sohn verbringen. Als sie Leo betrachtete, dachte sie wieder an das Gesicht von Leos Vater und seufzte, was Summer sofort alarmierte.

"Hah, ich wusste, dass du nicht schläfst. Los Leo, lass uns Mami mal ordentlich durchkitzeln."

Mit Begeisterung stürzte sich der Vierjährige nach dieser Aufforderung seiner Patentante auf seine Mutter und Delia ließ sich pflichtschuldig von ihrem Sohn kitzeln und lachte dabei laut auf. Endlich bekam sie ihren kleinen Jungen zu fassen und zog ihn in ihre Arme. Seine fast schwarzen Haare kitzelten in ihrer Nase, als sie ihren Kopf darin vergrub und seine ohnehin schräg stehenden Augen wurden beim Lachen etwas enger und ähnelten nunmehr noch mehr denen seines Vaters. Schnell drückte sie einen Kuss auf seinen Kopf und drehte sich weg, ehe ihr die Tränen kommen konnten. Warum war sie heute nur so sentimental?

"Delia, ich habe dir gesagt, Klatschzeitungen sind tabu!" schimpfte Summer, als halb versteckt unter einem Badelaken plötzlich eine einschlägige Zeitschrift zum Vorschein kam und das Foto von Liam auf dem Titel zu sehen war. Summer war der einzige Mensch auf der ganzen Welt, der wusste, dass Leo das Kind ihrer großen, unerfüllbaren Liebe war. Sie griff nach dem Hochglanzmagazin und rollte es zusammen.

"Ich...habe...es...dir...verboten" schimpfte sie und schlug Delia bei jedem Wort nicht gerade zimperlich mit der Zeitschrift Rolle auf den Kopf. Diese zuckte zusammen und wich zurück. Sich lachend ergeben, hob sie ihre Hände und zeigte Summer die Handflächen wie weiße Fahnen.

"Ich bekenne mich schuldig und gelobe Besserung!" rief sie, gespielt verzweifelt und gemeinsam hörten sie das süße Lachen von Leo, der die Späße der beiden Erwachsenen mit großen Augen beobachtet hatte.

"Mami, das darfst du nicht, hat Summi gesagt. Du darfst das nicht, sonst gibt's Haue", lachte der Kleine, und Delia zog ihn in ihre Arme, um ihn fest zu drücken. Unwillig befreite Leo sich und schob seine Mutter weg. Summer lehnte sich zurück und rückte ihre verrutschte Sonnenbrille zurück auf die Nase.

"Delia, du kommst mit nach Berlin, keine Widerrede. So, und jetzt gehen wir drei zusammen ins Wasser!"

Jauchzend sprang Leo hoch und flitzte zum See. Etwas gemächlicher folgten ihm die beiden Frauen. Was Summer in diesem Moment nicht ahnte, war, dass der gemeinsame Trip nach Berlin nie mehr stattfinden würde, denn die Nachricht, die sie in den nächsten Tagen erhalten würden, veränderte grausam ihrer aller Leben - für immer.

Kapitel 8

Summer schob sich ihre große Designer Sonnenbrille auf dem Nasenrücken hoch und sah sich in der Ankunftshalle des Flughafens um. Zum Glück waren die Wegweiser zusätzlich zu der koreanischen Landessprache Hangul auch in Englisch geschrieben. Sich ihre eigene Nervosität nicht anmerken lassend, griff sie die kleine Hand in ihrer etwas fester. Schutzsuchend lehnte sich die kleine Gestalt von Leo an sie und vergrub sein niedliches Gesicht in ihren weiten Hosen. Summer ging in die Knie und legte vorsichtig die Arme um die schmächtigen Schultern des kleinen Jungen und zog ihn tröstend an sich heran.

"Wir haben es fast geschafft, mein Liebling." Sie spürte, wie Leo nickte und strich ihm sanft über den Kopf. "Du brauchst dich nicht zu fürchten. Ich lasse dich nicht alleine." Vorsichtig hob Leo seinen Kopf und sah mit seinen leicht schräg stehenden dunklen Augen hoch zu seiner Tante.

"Du bleibst bei mir, nicht war Summi? Nicht wie Mama, ja? Du bleibst für immer bei mir."

Summers Herz zog sich bei den kläglichen Worten ihres Patenkindes schmerzhaft zusammen. Sie konnte ihm vielleicht diesen Wunsch nicht erfüllen, war aber zu feige, es sich selbst einzugestehen.

"Natürlich bleibe ich bei dir, mein Schatz", log sie den kleinen Jungen beruhigend an und schluckte schwer. "So, jetzt müssen wir aber los. Guck mal, dort hinten winkt schon jemand und wartet auf uns. Sieht der Mann nicht wirklich nett aus?", lockte sie und zeigte auf den älteren Asiaten mit einem Schild in der Hand, auf dem ihrer beider Namen stand. Sich innerlich zusammenreißend, straffte sie die Schultern und stand auf, Leo dabei immer fest an ihrer Hand haltend.

Die Fahrt vom Flughafen Incheon in Südkorea bis in die Hauptstadt des Landes nach Seoul dauerte für Summers Geschmack nicht lange genug. Nach über zwölf Stunden Flug von Deutschland in das ostasiatische Land waren ihr die unterschiedlichsten Gedanken durch den Kopf gegangen. Sie hätte sich vor weniger als einem halben Jahr nicht einmal im Traum vorstellen können, dass sie in das weit entfernte kleine Land fliegen würde und dazu noch in Begleitung ihres nun mutterlosen Patenkindes.

Liebevoll betrachtete sie ihren kleinen Liebling. Leo hatte sich neben sie auf den Rücksitz des teuren Autos gedrückt und hielt sich krampfhaft an seiner Tante fest. Summer betrachtete das süße Gesicht des Halbasiaten, der seiner Mutter so gar nicht ähnlich sah, dafür aber wahrscheinlich seinen Vater, der ihn in wenigen Stunden zum ersten Mal in seinem Leben sehen würde. Summer zog Leo fester an sich und gemeinsam genossen sie die Nähe zueinander und beide wünschten sich, niemals in dieses Flugzeug gestiegen zu sein, um den letzten Willen von Delia zu erfüllen.

Der Wagen hielt vor einem riesigen Hochhaus mitten in der Millionenmetropole in Seoul. Die Fahrt durch die Stadt auf den achtspurigen Straßen und den gefühlten Millionen von Autos war recht langsam im Berufsverkehr vorangekommen. Leo war eingeschlafen und hatte es sich auf Summers Schoß gemütlich gemacht. Seit der Beerdigung von Delia schlief er die meiste Zeit. Summer hatte nach dem Gespräch mit einer Kinderpsychologin erfahren, dass es sich hierbei um einen ganz normalen Schutzmechanismus des kleinen Jungen handelte. Er schloss die Welt um sich herum aus, was Summer trotz allem eigenen Kummer dennoch jedes Mal das Herz brach, wenn sie ihn betrachtete.

Nachdem das Auto eine Parkposition in der Tiefgarage eingenommen hatte, öffnete ihnen der Fahrer die Wagentür und ließ sie aussteigen. Leo schlief immer noch und so hob sie den kleinen Jungen vorsichtig aus dem Auto und nahm ihn auf den Arm. Vertrauensvoll kuschelte er sich an sie und umschlang ihren Hals mit seinen dünnen Ärmchen. Seinen Kopf grub er tief in ihre Haare und versteckte sich so vor der ihm fremden Welt, die ihm ganz offensichtlich Angst machte. Erst als Summer Stimmen vernahm, bemerkte sie, dass sie schon in der Tiefgarage erwartet wurden. Eine junge Koreanerin und ein weiterer Mann standen an der Tür zum Treppenhaus und sahen ihnen entgegen. Langsamen Schrittes ging Summer mit ihrer kleinen süßen Last auf den Armen dem Empfangskomitee entgegen.

“Frau Laner, herzlich Willkommen in Seoul.”

Der Mann machte eine höfliche Verbeugung vor ihnen. Die junge Frau neben ihm trat einen Schritt vor und öffnete die Arme ganz offensichtlich mit dem Angebot, ihr Leo abzunehmen. Summer hatte gedacht, er würde immer noch schlafen, als er jetzt jedoch seine Arme noch fester um ihren Hals schlang und plötzlich anfing laut zu weinen, gab sie der fremden Frau zu verstehen, dass sie ihn weiterhin selbst tragen würde. Höflich nickend wich sie einen Schritt zurück und ließ die beiden an sich vorbeigehen. Zärtlich strich Summer dem kleinen weinenden Bündel über den Rücken und beruhigte Leo wieder, so dass nach kurzer Zeit nur noch ein leises Schniefen von ihm zu hören war.

Der Fahrstuhl brachte sie viele Stockwerke hinauf in das riesige Gebäude. Man hatte Summer gesagt, dass Liam, der Vater von Leo, bedauerlicherweise erst etwas später Zeit haben würde. Er hatte zuvor noch ein wichtiges Meeting, das leider nicht verschoben werden konnte. Summer war empört, als sie dieses erfahren hatte. Was war wichtiger als der eigene Sohn, der kurz zuvor seine Mutter verloren hatte und nun tausende von Kilometer in ein völlig fremdes Land geflogen war, um seinen Erzeuger zu treffen? Sie war gespannt, was für ein egoistischer Kerl der Vater ihres Lieblings Kindes wohl sein würde.

Man geleitete die beiden in einen exklusiv und teuer eingerichteten Empfangsraum und ließ sie dort allein. Das war der nächste Punkt auf Summers Liste der Abneigungen gegenüber dem Vater ihres Lieblings. Wieso empfing man sein eigenes, verstörtes, traumatisiertes und trauerndes Kind in einem Geschäftsgebäude und nicht in einem gemütlichen privaten Umfeld?

Delia hatte niemals viel von Liam erzählt und Summer wusste auch nicht wirklich viel von Leos Vater. Vor fünf Jahren war er ein bekannter Star in der K-Pop-Industrie gewesen und Delia hatte ihn an einem Wochenende auf einer Geschäftsreise kennengelernt. Anschließend hatten sich beide unverbindlich voneinander getrennt und jeder war seiner Wege gegangen. Liam hatte nach zwei weiteren erfolgreichen Jahren seine aktive Karriere als Sänger reduziert und konzentrierte sich nunmehr stärker auf die Schauspielerei. Irgendwann hatte er dazu noch seine eigene Vermittlungsagentur für Künstler eröffnet.

Scheinbar sehr erfolgreich, mutmaßte Summer, als sie sich auf das offensichtlich teure Leder Sofa niederließ und sich in dem luxuriös eingerichteten Raum umsah. Vorsichtig zog sie Leos Ärmchen von ihrem Hals und nahm ihn auf ihren Schoß in den Arm. Sofort verbarg der Kleine wieder sein Gesicht an ihrem Oberkörper und schloss die Augen, wie um die Welt um ihn herum weiterhin auszuschließen.

Ihr Blick streifte durch den Raum und sie betrachtete ohne großes Interesse die gerahmten Bilder an den Wänden und die Auszeichnungen in den Vitrinen. Sie wusste, dass Leos Vater sehr erfolgreich als Sänger gewesen war und jetzt zu einem der beliebtesten Schauspieler dieses Landes zählte. Dennoch war ihr diese Welt fremd und sie konnte auch nicht wirklich etwas damit anfangen.

Summer mochte zwar den optischen Eindruck erwecken, sie wäre weltgewandt und hätte schon vieles in ihrem Leben gesehen und erlebt, aber tatsächlich war sie genauso nüchtern und bodenständig gewesen wie ihre beste Freundin Delia. Vielleicht war sie sogar noch konservativer, als Delia es gewesen war. Sie war lediglich geschickt darin, den optischen Eindruck zu erwecken, eine Frau von Welt zu sein, aber in Wirklichkeit war sie eher zurückhaltend und nicht sehr wagemutig. Eine Affaire, wie Delia sie gehabt hatte, war ihr noch nie untergekommen. Sie hatte bislang nur einen einzigen Freund gehabt, und der war mehr damit beschäftigt, Karriere zu machen, als Zeit mit ihr zu verbringen.

Ihre tatsächlich pragmatische und fast schon langweilige Art zu leben, war der von Delia nicht unähnlich gewesen. Sie hat die meiste Zeit als Single gelebt, alles für ihren Job gegeben und ihre knapp bemessene Freizeit fast ausschließlich mit Delia verbracht. Umso erstaunter war Summer gewesen, als Delia vor etwa fünf Jahren gestanden hatte, dass sie mit einer süßen Überraschung von ihrem Business-Trip zurückgekommen war.

Summer hatte Delia während der Schulzeit als Nachhilfe Lehrerin kennengelernt und seitdem waren sie beste Freundinnen. Als sie schwanger wurde, war Summer die erste gewesen, die dieses erfahren hatte. Delias Eltern waren bereits recht alt und über die ledige Schwangerschaft ihrer Tochter ein wenig entsetzt gewesen. Dennoch hatten sie ihre Tochter unterstützt und als Delia vor nicht einmal drei Monaten plötzlich für immer gegangen war, schien es so, als ob auch das Leben ihrer Eltern beendet war. Sie hatten ihren Enkel Leo von Herzen lieb, aber sie sahen sich außer Stande, einen kleinen quirligen Jungen großzuziehen. Aus diesem Grund hatte Summer als Patentante die komplette Verantwortung übernommen und war heute in Korea, um dem Vater des Jungen als letzten Wunsch von Delia einen Vorschlag zu unterbreiten.

Die Wartezeit war länger, als Summer gedacht hatte und so nahm sie neben Leo eine entspannte Position ein und versuchte nach dem anstrengenden Flug ein wenig zu entspannen. Aus diesem Grund hörte sie nicht, wie sich nach einiger Zeit die Tür zum Besprechungsraum öffnete und ein großer, überaus gut aussehender junger Mann eintrat und das ansprechende Bild vor sich betrachtete.

Summer war zusammen mit Leo auf dem Sofa eingeschlafen. Ihre langen blonden Haare flossen über das dunkle Leder und ihre rosafarbenen Lippen waren leicht geöffnet, als würde sie einen Kuss von ihrem Liebsten erwarten. Liam trat leise näher. Diese fremde Frau, die seinen hübschen kleinen Jungen schlafend auf ihrem Schoß hielt, war ihm völlig unbekannt und hatte doch etwas Vertrautes. Plötzlich stupste er die Schlafende nicht gerade vorsichtig mit seinem Fuß an ihrem Bein an. Verschlafen öffnete sie die Augen und versuchte, sich zu orientieren. Verwirrung war kurz auf ihrem Gesicht zu erkennen, ehe sie sich wieder an die Umgebung erinnerte und sich langsam aufrichtete.

"Liam" sagte sie, als sie ihn erkannte.

Der so angesprochene nickte und trat auf die andere Seite der Sitzgruppe und ließ sich gegenüber der blonden Schönheit nieder. Vorsichtig abschätzend betrachtete er die junge Frau und das Kind.

"Was wollen Sie?" kam er ohne Vorankündigung sofort zur Sache.

Er missachtete absichtlich jede Höflichkeit Grundregeln und beobachtete ihre Reaktion. War diese schöne Frau auf dem Sofa jemand, die es auf sein Geld abgesehen hatte? Er betrachtete sie von Kopf bis Fuß und zog die Augenbrauen zusammen. Hätte er nicht zuvor von seinen Anwälten den DNA-Test gesehen, wäre er davon ausgegangen, dass sie und das ihm unbekannte Kind nur aus diesem Grund hier wären. Da er aber laut Test eindeutig der Vater des Jungen war, sah er sich den Kleinen näher an. Niedlich war er schon und irgendwie schien er auch eine gewisse Ähnlichkeit mit ihm selbst zu haben. Aber das war bei kleinen Kindern schwer zu sagen, dachte er.

Mit einer Hand zog er seine Krawatte auf und öffnete seine Manschettenknöpfe. Langsam krempelte er die Hemdsärmel hoch und ließ dabei die Frau und das Kind nicht aus den Augen. Die Frau war ausgesprochen attraktiv. Ihre schlanke Gestalt, die langen blonden Haare, die großen blauen Augen und dazu dezente, aber ganz offensichtlich teure Kleidung machten auf den ersten Blick nicht den Eindruck, dass sie eine Goldgräberin wäre. Dennoch konnte er sich nicht sicher sein. Er fragte sich, warum sie die Verantwortung für ein Kind, das nicht ihr eigenes war, übernehmen wollte. Verspricht sie sich Geld? Ruhm? Öffentlichkeit? Er könnte ihr alles bieten, aber das war etwas, was sie ganz sicher nicht von ihm erhalten würde.

“Also? Haben Sie etwas zu sagen oder soll ich Sie gleich wieder hinausbringen lassen?” provozierte er sie weiter und lehnte sich auf seinen Sessel zurück.

Er konnte sehen, dass seine Worte bei der Blondine angekommen waren und sie zwischen Unwohlsein und Wut schwankte. Gut so, dachte er befriedigt. Wut machte den Menschen unvorsichtig.

“Ich denke, Sie wissen genau, warum ich hier bin.” Ihre Stimme bebte vor unterdrückter Emotion.

Summer sah den arroganten Mann vor sich genauer an. Was hatte Delia nur an ihm gefunden? Sicher, er sah gut aus, aber das sahen andere Männer auch. Er war groß, schlank, sportlich, hatte ein hübsches Gesicht und schöne Augen. Aber seine arrogante, rücksichtslose, überhebliche Art war in ihren Augen abstoßend. Er strahlte keine Wärme aus und wenn sie sich vorstellte, sie sollte ihren Leo so jemandem überantworten, dann graute es ihr förmlich davor. Nein, sie würde mit ihrem Liebling wieder zurück nach Deutschland fliegen, koste es was es wolle.

Liam strich sich in einer bewusst nachdenklichen Geste über sein glatt rasiertes Kinn.

“Erklären Sie es mir”, forderte er seine Besucherin auf. “Ich gebe ihnen fünf Minuten, ehe ich meine Sekretärin rufe”, fügte er hinzu.

Summer begann innerlich beinahe überzukochen. Sie war sich absolut sicher, dass er genau wusste, warum sie heute hier in diesem Büro mit ihm zusammengekommen war. Vorab hatte ihre Anwältin ein Schreiben aufgesetzt und es dem Büro von Liam zukommen lassen. DNA-Tests waren beigefügt und auch noch einige weitere Informationen, die nur Delia und Liam wissen konnten. Es war also nicht davon auszugehen, dass Liam keine Ahnung hatte, wer seine Besucher waren oder was sie von ihm wollte. Er war einfach ein Arschloch, entschied sie.

"Hören Sie mit den Spielchen auf. Es ist ganz einfach. Sie unterschreiben die Verzichtserklärung und Sie müssen sich den Rest Ihres Lebens nicht mehr mit Leo und mir auseinandersetzen. Es wäre so, als würde es uns für Sie nicht geben."

Vorsichtig legte Summer den kleinen schlafenden Jungen auf das Sofa und griff nach ihrer Handtasche, in der sie die wichtigen Dokumente während des Fluges aufbewahrt hatte.

"Der Verzicht auf das Sorgerecht", erklärte sie das erste Dokument und legte es auf den Tisch vor Liam und gleich daneben das zweite "Und die Einwilligung, die Vormundschaft auf mich zu übertragen."

Summer tippte mit ihrem dezent rosa lackierten Fingernagel auf das zweite Dokument. Beide Schriftstücke waren sowohl in Deutsch als auch in der koreanischen Sprache ausgefertigt worden und Liams Büro bereits im Vorfeld zur Prüfung vorgelegt worden. Summer wusste, was in diesem Moment auf dem Spiel stand. Würde der arrogante Mann die Dokumente unterschreiben? Froh, dass ihm die Sorge um seinen Sohn abgenommen werden würde?

Als sie ihn nun eindringlich betrachtete, klopfte ihr Herz zum Zerspringen. Die gemeinsame Zukunft von ihr und Leo lag in diesem Moment vor ihnen auf dem Tisch und sie waren abhängig von der Entscheidung dieses Mannes. Liam griff nach dem Kugelschreiber, den Summer zusammen mit den Dokumenten aus ihrer Tasche geholt hatte, und klickte die Mine heraus. Das Geräusch ließ sie leise ausatmen. Er würde unterschreiben, jubelte sie innerlich und wartete, wie er sich vorbeugte und den Schreiber zur Unterschrift auf das Papier setzte. Im letzten Moment legte er den Stift jedoch wieder aus der Hand neben die Unterlagen und lehnte sich zurück in den Sessel. Ihr Blick folgte seinen Bewegungen und ihr Herz klopfte mit einem Mal überlaut. Warum unterschrieb er nicht?

Liam betrachtete die Papiere auf den Tisch und wandte dann seinen Blick Summer und dem kleinen schlafenden Jungen auf dem Sofa zu.

"Ich denke nicht, dass ich einfach so mit einer Unterschrift meinen Sohn in Ihre Hände übergeben kann."

Seine Worte verursachten einen eiskalten Schauer auf Summers Haut. Bluffte er? fragte sie sich und zog eine Augenbraue hoch.

"Aber vor nicht einmal fünf Minuten wollten Sie mich aus Ihrem Büro werfen, Was hindert Sie jetzt daran, eine Unterschrift auf die Papiere zu setzen, die Sie von jeder Verantwortung befreien?"

Sie war sich sicher, dass dieser Mann nicht die Absicht hatte, wirklich der Vater für das ihm völlig unbekannte Kind zu werden. Außerdem würde sich ein Kind in seiner Karriere sicherlich nicht gut machen. Ein lediger, alleinerziehender Vater konnte vermutlich keine Rollen als leidenschaftlicher jugendlicher Liebhaber mehr ergattern. Er konnte also nur bluffen.

"Ich weiß nicht, in welchem Zusammenhang Sie zu dem Kind stehen. Wenn er mein Sohn ist, dann möchte ich ihn nicht in die Hände einer Frau geben, die ich nicht kenne und der ich die Erziehung eines Kindes – bitte entschuldigen Sie – in keiner Weise zutraue. Sie machen auf mich nicht gerade den mütterlichen Eindruck und ich möchte nicht dafür verantwortlich sein, dass ein Kind schlecht aufwächst."

Der K-Pop Star und Schauspieler betrachtete die Blondine und schien ernsthaft zu überlegen.

"Ich mache Ihnen einen Vorschlag", setzte er fort und wartete auf Summers Reaktion. Er konnte sehen, dass sie die Schultern weiter zurück nahm in der Erwartung eines Kampfes. Ah, dachte er, ihr schien wirklich viel an dem Kind zu liegen. "Also," fuhr er fort, "Wenn Sie mir beweisen, dass Sie die Verantwortung für einen kleinen Jungen übernehmen können, dann werde ich Ihnen die Papiere unterschreiben."

Summer nickte heftig, so dass ihre langen Haare ein wenig um ihren Kopf herum flogen.

"Wie soll ich es Ihnen beweisen?" forderte sie ihn auf, weiterzusprechen.

"Sie werden für drei Monate mit dem Kleinen hier in Seoul wohnen und sich um ihn kümmern. Ich werde Sie dabei im Auge behalten und nach der vereinbarten Zeit mein Urteil abgeben, ob Sie als Vormund für das Kind geeignet sind. Dann dürfen Sie in ihr Land zurückkehren und ich werde mich in die Erziehung und in alle anderen Dinge den Jungen betreffend nicht mehr einmischen, bis er volljährig ist. Für eine finanzielle Unterstützung werde ich sorgen und es wird ihm an nichts in seinem Leben fehlen. Sollten Sie mich jedoch von Ihrer Eignung nicht überzeugen können, so werde ich den Kleinen hier bei mir mit der Unterstützung von entsprechendem Personal aufwachsen lassen. Das ist der Deal."

Summer verstand, dass er sich seine Forderung nicht in diesem Moment überlegt hatte, sondern gut vorbereitet in ihre Unterhaltung gegangen war. Alles war ein Bluff, aber anders, als Summer es sich gedacht hatte. Da ihr keine Ausweichmöglichkeit blieb, nickte sie zu dem Vorschlag und fragte sich im gleichen Moment, worauf sie sich tatsächlich eingelassen hatte.

"Ich werde Ihre Herausforderung zum Wohle Leos annehmen", erklärte sie und hielt Liam ihre Hand entgegen.

Ein Lächeln umspielte seinen schönen, herzförmigen Mund und er ergriff ihre zarte Hand mit seiner viel größeren. Bei der Berührung durchzuckte Summer ein Blitz und sie schluckte schwer. Sie begann sich ängstlich zu fragen, durch welche Hölle sie in den nächsten drei Monaten gehen würde, als sich sein sanftes Lächeln in ein diabolisches Grinsen verwandelte. Hatte sie soeben einen Pakt mit dem Teufel geschlossen?

*K*apitel 9

Liam sah der Blondine nach, als sie zusammen mit dem kleinen Jungen auf dem Arm sein Büro in Begleitung seines Assistenten verließ. Summer wusste nicht, dass sie in den nächsten drei Monaten auch mit ihm, Liam, zusammen wohnen würde. Der Sänger stand von seinem Platz auf und ging hinüber zu einem Schreibtisch, auf dem ein Ordner lag. Er klappte den Deckel auf und entnahm ihm ein Bild aus einer Klarsichthülle. Nachdenklich betrachtete er das Foto von Delia, Leo und Summer. Bei dem Anblick von Delia zog sich sein Herz in seinem Innern nach wie vor schmerzhaft zusammen. Er hatte die Trennung von ihr vor über fünf Jahren schon lange verwunden, ihren Tod allerdings noch nicht.

Nachdem er einen Brief von Summers Anwältin aus Deutschland erhalten hatte, waren alle Erinnerungen an die kurze, wenn auch leidenschaftliche Affäre mit der kleinen Sekretärin wieder da gewesen. Es war nicht so, dass Liam ständig irgendwelche Affären hatte und aus diesem Grund war das intime Wochenende auch sofort wieder präsent, als er daran erinnert wurde.

Delia war bereits vor fünf Jahren krank gewesen und wollte mit ihrer Krankheit einem K-Pop Star auf dem Zenit seiner Karriere nicht zur Last fallen. Sie schien ihre tödliche Krankheit selbst vor ihrer Familie geheim gehalten zu haben und nicht einmal ihre beste Freundin Summer wurde bis kurz vor ihrem Tod damit belastet. Als vor wenigen Monaten der Krebs plötzlich so schlimm zurückgekommen war, dass eine weitere Behandlung nicht mehr möglich war, hatte Delia ihre Familie und ihren Sohn allein zurückgelassen. Nicht jedoch, ohne zuvor eine Möglichkeit zu finden, das Leben der Menschen zu beeinflussen, die ihr am meisten am Herzen lagen.

Niemals hatte sie Liam mit ihrem gemeinsamen Sohn konfrontiert, um ihn damit zu belasten. Nun, wo sie sich jedoch nicht mehr selbst um das Wohl ihres Lieblings kümmern konnte, war es ihr letzter Wunsch gewesen, dass sich Leo, Liam und Summer kennenlernten und mindestens drei Monate zusammenleben würden. Liam schüttelte den Kopf, als er noch einmal über den dummen letzten Wunsch einer Sterbenden nachdachte. Wollte Delia aus dem Jenseits heraus eine Familienzusammenführung mit Happy End anbahnen? Ihre beste Freundin, der Vater ihres Kindes und ihr Sohn gemeinsam als neue Familie?

Trotz seiner Bedenken hatte er sich dem Wunsch der Verstorbenen gebeugt und alles Notwendige in die Wege geleitet. Zu Delias Plan gehörte es auch, dass Summer nicht eingeweiht werden sollte, da sie sich ansonsten vermutlich geweigert hätte, sich auf das Abenteuer einzulassen. Wieder schüttelte Liam den Kopf. Dummes Mädchen, dachte er. Wie werden wir alle aus der Geschichte herausgehen? Liam fuhr mit seinen Daumen über das lächelnde Gesicht von Delia auf dem Bild.

"Du dummes Mädchen", flüsterte er dieses Mal laut und sah dann das kleine Gesicht von Leo an, der von seiner Mutter liebevoll im Arm gehalten wurde und seiner Patentante Summer einen anhimmelnden Blick zuwarf.

Es war ganz offensichtlich, dass der Kleine beide Frauen liebte und Liam war dankbar, dass sein Sohn in Summer eine liebende Ersatzmutter gefunden hatte. Dennoch wollte er Leo nicht mit einer einfachen Unterschrift aus seiner eigenen

Verantwortung entlassen. Er würde die Blondine genau unter die Lupe nehmen und prüfen, ob sie eine geeignete Mutter für seinen Sohn wäre. Mit einem Seufzen legte er das Foto zurück in den Ordner und klappte ihn wieder zu. Er war gespannt, was die nächsten drei Monate für Veränderungen mit sich bringen würden.

Summer saß wieder zusammen mit Leo auf der Rückbank des teuren Wagens und verließ die Tiefgarage. Mit kurzen höflichen Worten hatte ihr der Mitarbeiter von Liam erklärt, dass sie zu ihrer Unterkunft für die nächsten drei Monate gebracht werden würde. Tausende Gedanken gingen der jungen Frau während der Fahrt durch den Kopf und sie fasste sich nach einiger Zeit an die Stirn und begann, ihre Schläfen zu massieren.

"Summi? Geht es dir nicht gut?" hörte sie die ängstliche Stimme von Leo, der sie mit besorgten Augen betrachtete. Beruhigend strich sie ihm über seinen dunklen Kopf.

"Es ist alles in Ordnung, Leo. Ich überlege nur gerade, ob wir beide nicht vielleicht gleich ein leckeres Eis zusammen essen sollten", beruhigte sie den kleinen Jungen, dessen Gesicht sich bei ihren Worten sofort erhellte. Begeisterungsfähig wie er war, strahlte er sofort voller Aufregung und klatschte in seine kleinen Hände.

"Oh ja, ich möchte Vanille Eis und Erdbeere und Schokolade, wenn ich darf, ja?"

Abwesend nickte Summer und lächelte. Was würde sie in ihrer Unterkunft erwarten? Sie müsste die Abwesenheit von drei Monaten den Großeltern von Leo erklären. Sie selbst hatte eine Art Elternzeit beantragt und war von ihrer Arbeit für die Erziehung von Leo freigestellt. Noch war sie nicht offiziell die Mutter des Jungen, aber sie hoffte, dass sie in spätestens drei Monaten dieses werden würde. Summer selbst hatte keine weiteren Verwandten, die sie über ihre vierteljährliche Abwesenheit informieren musste und so war sie frei, die Zeit in Korea zu ihrem Vorteil zu nutzen.

Der Wagen war in eine teuer aussehende Wohngegend in Seoul eingebogen und hielt vor dem Tor zu einer Wohnanlage. Mit wenig Interesse betrachtete Summer die gepflegte und bewachte Anlage, in die sie nach einer Kontrolle am Tor jetzt einfuhren. Sie passierten verschiedene mehrstöckige Häuser, ehe der Chauffeur die Limousine vor einem Wohnhaus parkte, das in die warmen Strahlen der untergehenden Sonne der Hauptstadt getaucht war. Stumm war der Fahrer ausgestiegen und gab Summer durch Handzeichen zu verstehen, dass sie an ihrem Ziel angekommen waren. Er öffnete ihr die Tür und ließ zuerst Leo aus dem Wagen krabbeln, ehe Summer ebenfalls ausstieg.

Der Fahrer entlud ihren Koffer aus dem Kofferraum und stellte ihn auf seine Rollen. Wieder mit einem Zeichen, dass sie ihm folgen sollte, schob er ihr Gepäck zum Eingang des Hauses. Leo hatte Vertrautheit suchend nach Summers Hand gegriffen und gemeinsam gingen die beiden hinter dem Chauffeur in das Haus. Die Tür war mit einem digitalen Schloss gesichert, in das der Fahrer nun einen Zahlencode eintippte. Mit einem Piepen öffnete sich der Eingang und wieder zeigte der Mann mit Gesten, dass sie beide eintreten sollten. Zuvor reichte er Summer einen kleinen Zettel, auf dem eine Zahlenfolge stand, die sie als Türcode entzifferte. Mit einem freundlichen Lächeln dankte sie dem Mann und sah ihm nach, wie er zurück zu seinem Auto ging und sie beide alleine im Eingang in der ihr fremden Wohnung stehen ließ.

"Summi, ich möchte jetzt das Eis essen!" begann Leo nun ein wenig zu quengeln. Liebevoll blickte sie auf seinen dunklen Schopf hinunter und strich ihm wieder über seine weichen Haare.

"Na los, dann lass uns mal sehen, ob wir hier etwas Leckeres finden können, ja?"

Freudig nickte Leo und stürmte voran. Summer zog ihre Schuhe von den Füßen und ging barfuß hinter ihrem Patenkind her. Leo war sofort in die offene Küche gestürmt und hatte bereits den Kühlschrank entdeckt. Neugierig zog er ihn auf und rief enttäuscht, dass hier kein Eis zu finden wäre. Langsam war Summer ihm gefolgt und sah sich in dem großen offenen Raum um.

Sie wusste nicht, was sie erwarten konnte, aber der kombinierte Wohn- und Essbereich mit offener Küche war riesig und offensichtlich erlesen und sehr teuer ausgestattet. Edles Mobiliar und penible Sauberkeit standen für Summer im krassen Gegensatz zu den neuen Bewohnern. Kleine Jungen wollten spielen und toben und würden auf die offensichtlich teuren Bodenvasen, die vor den hohen Fenstern standen, keine Rücksicht nehmen. Seufzend drehte sie sich im Kreis und blickte auf das strahlend weiße Ledersofa und den riesigen Flachbildschirm an der Wand. Alles war überaus kindgerecht eingerichtet, dachte sie ironisch und wandte sich mit einem Lächeln an Leo, der immer noch seinen kleinen Kopf in den Kühlschrank hielt und nach Leckereien suchte.

Gemeinsam fanden sie in dem Tiefkühlschrank tatsächlich eine Packung Eis. Leider gab es nicht die bevorzugten Sorten ihres Patensohnes, dafür aber ein annehmbares Nusseis, dass zwar nur widerwillig Gefallen bei Leo fand, dann aber mit Todesmut verschlungen wurde. Nach der zweiten Schüssel musste Summer ihren kleinen Liebling jedoch bremsen, damit er kein Bauchweh von dem kalten Speiseeis bekommen würde. Bereits während des Essens sah sie, dass dem Jungen die Augen schwer und schwerer wurden.

"Leo, wollen wir mal sehen, wo wir beide heute Nacht schlafen werden?" lockte sie ihn. Müde, aber zufrieden mit kalten Bäuchlein, nickte der Kleine.

Gemeinsam spazierten sie durch die teure Wohnung und öffneten die Türen. Es gab in diesem Apartment sogar zwei Ebenen und als sie in der unteren Ebene keine Schlafräume vorfanden, liefen sie die Treppe hinauf in den oberen Stock. Begeistert steckte Leo seinen Kopf mit der Nase zwischen die Absperrung der Empore und zeigte aufgeregt mit seinen kleinen Fingern in den unteren Raum.

"Summi guck mal, hier kann man sogar sehen, wie die Schiffe auf dem See fahren", rief er aufgeregt und zeigte durch das meterhohe Fenster, das einen Blick auf den Fluss der Hauptstadt freigab.

"Das ist der Han Fluss, Leo. Dorthin werden wir die nächsten Tage mal gehen und uns die Schiffe ansehen. Was meinst du?" Aufgeregt nickte der Kleine, als er auch schon wieder das Interesse daran verlor und wie ein kleiner Irrwisch über die Empore lief, von der mehrere Türen abgingen.

"Guck mal, Summi, hier ist ein Schlafzimmer! Da will ich schlafen", rief er aufgeregt und sprang von einem kleinen Bein auf das andere. Summer folgte ihm und sah in den Raum hinein.

Sie hatte sich gefragt, welcher Mieter sich eine solche Wohnung leisten konnte, aber als sie nun das Bild an der Wand sah, das ein überlebensgroßes Porträt von Liam auf einer Showbühne zeigte, war es ihr klar. Diese Wohnung war nicht irgendeine beliebige Mietwohnung. Sie gehörte Liam selbst. Im Erdgeschoss hatte bei erster oberflächlicher Betrachtung nichts darauf hingewiesen, dass das

Apartment privat war, denn es gab keine persönlichen Dinge wie Bilder oder Gegenstände, die auf den Besitzer der Immobilie schließen ließen. Erst in diesem Schlafzimmer wurde ihr klar, dass sie in die Wohnung von Leos Papa einziehen würden. Aber warum war ausgerechnet in seinem Schlafzimmer das Bild des Sängers aufgehängt worden? Sollten die nächtlichen Besucher Albträume bekommen oder so von seinem Anblick beeindruckt werden, dass sie vor Begeisterung in Ohnmacht fielen? Kopfschüttelnd zog Summer ihren Patensohn wieder aus dem Zimmer hinaus.

"Ich denke, das gehört schon jemanden. Lass uns mal sehen, ob wir noch ein anderes Schlafzimmer finden!"

Innerlich legte sie ihre Hände in dem frommen Wunsch zusammen, dass der nächste Raum frei von jedem Heldenbild sein würde. Leo öffnete nun eine Tür am Ende des Ganges – weit entfernt von Liams eigenem Schlafzimmer. Dieses war ein viel weniger protzig eingerichteter und ein fast schon demütig zurückhaltender Schlafraum mit einem ausreichend großen Bett für zwei Personen. Offensichtlich hatte Liam keine Kosten und Mühen gescheut, um seinen Sohn nicht willkommen zu heißen. Es gab keinerlei Spielsachen oder kindgerechte Dinge, die den Aufenthalt eines kleinen Jungen in einem fremden Land mit fremden Menschen vereinfachen würden. Summer seufzte und betrat hinter Leo den nüchtern eingerichteten Raum.

"Summi, meinst du, mein Papa hat mir ein Geschenk vorbereitet?" fragte Leo nun unschuldig und lief zu dem schlichten Kleiderschrank in der Hoffnung, dass sich hinter seinen Türen vielleicht eine Überraschung für ihn verbarg. Enttäuscht schloss er die Tür wieder, als nichts als eine Kleiderstange und Bügel ihn dort erwartete.

"Leo, ich glaube, dass dein Papa gar nicht weiß, was ein so süßer Junge wie du wirklich toll findet. Vielleicht müsst ihr beide euch erst einmal etwas besser kennenlernen, damit er sehen kann, was dir Freude macht?"

Leo drehte sich im Raum und sah mit seinen hübschen schräg stehenden Augen, die denen seines Vaters so sehr glichen, zu Summer. Dann lächelte er breit.

"Ich glaube du hast Recht, Summi. Vielleicht sagst du ihm, dass ich Trecker ganz doll toll finde?" Hoffnung schlich sich in sein Gesicht und Summer musste grinsen. Vier Jahre alt muss man sein und die Welt ist so einfach.

Gemeinsam mit Leo packte sie ihre Koffer aus und hing ihre wenigen Dinge in den großen Schrank. Summer hatte nicht damit gerechnet, dass sie über einen längeren Zeitraum in Seoul bleiben würden und als sie seufzend die geringe Anzahl der mitgebrachten Kleidungsstücke betrachtete, machte sie eine gedankliche Einkaufsliste. Leo würde einiges mehr für seinen hiesigen Aufenthalt benötigen. Vielleicht gab es eine Art Einkaufszentrum in der Nähe, wo sie die fehlenden Sachen und etwas Spielzeug besorgen konnte?

Gerade, als sie alles verstaut und Leo geholfen hatte, seine kleinen Hände zu waschen, hörten sie wie das elektronische Türschloss piepte. Es war sehr ruhig in dem Apartment und so war es kein Problem, auch im oberen Stockwerk das Geräusch der sich öffnenden Tür zu bemerken. Summer legte ihren Zeigefinger auf die Lippen und gab Leo ein Zeichen, ruhig zu sein. Leise lief sie mit ihm im Schlepptau zur Empore und blickte in den unteren Stock.

Ein dunkler Haarschopf, dem ihres Patensohnes nicht unähnlich, war beim Tausch der Straßenschuhe in Hausschuhe im Eingangsbereich auszumachen. Liam betrat den offenen Wohnbereich und hob den Kopf.

"Hallo? Seid ihr oben?"

Summer trat einen Schritt von der Empore zurück, so dass man sie von unten nicht sehen konnte. Leise zählte sie stumm bis zehn und zwang sich ein Lächeln ins Gesicht.

"Ja, wir haben uns hier oben ein Schlafzimmer gesucht. Ich hoffe, dass das in Ordnung war", antwortete sie und beugte sich wieder über das Geländer.

Liam stand mitten im Raum und ihre Blicke trafen sich. Summer wandte als Erste ihren Blick ab und legte sich ihre Hand auf die Brust. Verwundert stellte sie fest, dass ihr Herz mit einem Mal heftig zu klopfen angefangen hatte.

"Ich mache einen Kaffee für uns. Ich denke, wir haben noch ein paar Dinge zu besprechen." Liams Stimme drang zu ihr nach oben und sie nickte, bis ihr einfiel, dass der Mann das nicht sehen konnte.

"Ich komme gleich runter", antwortete sie nun laut und ging gemeinsam mit ihrem Patensohn die Treppe in den Wohn- und Essbereich hinunter. Liam hatte sich auf die weiße Ledercouch gesetzt und blickte seinem Sohn und der blonden Frau entgegen. Der kleine Junge hielt die Hand seiner Patentante fest umklammert und versteckte sich schüchtern hinter ihrem schmalen Rücken. Summer zog ihn mit sich zu der Sofagruppe und erst, als sie sich Liam gegenübersetzen wollte, machte der Kleine einen Schritt zur Seite und presste sich dicht an sie.

"Leo, setz dich bitte zu mir", forderte Liam seinen Sohn auf, doch dieser sah ihn lediglich mit großen Augen an. Natürlich hatte er nicht ein einziges Wort seines Vaters verstanden und fragend blickte der Junge nun seine Tante an.

"Ich denke, dein Vater meint, dass du zu ihm kommen sollst", versuchte Summer die Worte zu übersetzen. Wild schüttelte Leo seinen Kopf und riss sich plötzlich von Summer los.

"Ich will nicht, Summi, ich will nach Hause. Der Mann ist blöd und ich mag nicht, wie er dich und mich ansieht. Ich hasse ihn." Entsetzt blickte Summer auf den Jungen, dem nun die Tränen über sein kleines Gesicht strömten. Laut schniefend sprang er auf das Sofa und kroch hinter Summer, um sich an ihrem Rücken zu verstecken. Liam hatte die Situation beobachtet und zog nun fragend eine Braue hoch, da er seinen Sohn ebenfalls nicht verstanden hatte.

Summer drehte sich zu dem Jungen um und nahm ihn tröstend in den Arm. Beruhigend strich sie über seinen Rücken und bereits kurze Zeit später hörte er wieder auf zu schluchzen. Erschöpft legte er seinen Kopf auf ihren Schoß, zog seine kleinen Beine an sich und rollte sich schützend zusammen, ehe er erschöpft einschlief. Währenddessen hatte Liam kein einziges Wort gesprochen und beide still beobachtet. Nun seufzte er leise auf. Es würde ein langer Weg werden, wenn er seinen Sohn besser kennenlernen wollte. Nicht nur die Sprache stand als Hindernis zwischen ihnen, sondern auch die ablehnende Haltung des Kleinen, der sich ganz offensichtlich an seiner Patentante krampfhaft fest krallte und seine eigene Unsicherheit, wie er mit einem solch kleinen Menschen umgehen sollte.

"Ich denke", begann Liam nun nachdenklich und blickte auf seinen schlafenden Sohn, "wir beginnen wohl als erstes damit, dass Leo und ich lernen, miteinander zu kommunizieren. In Kürze wird eine Sprachlehrerin regelmäßig meinen Sohn unterrichten.”

Summer nickte bei seinen Worten. Hätte Delia gewusst, dass ihr Sohn eines Tages in Korea Kontakt zu seinem Vater haben würde, dann hätte sie ihm vermutlich schon als Baby Hangul gelehrt. Glücklicherweise war Leo ein schlauer kleiner Kerl und würde wahrscheinlich sehr schnell die neue Sprache lernen.

“Weiterhin werden Sie in diesem Apartment nur vorübergehend wohnen. Ich habe ein kleines Haus etwas außerhalb von Seoul, das momentan umgebaut wird. Hier wird Leo eine angemessenere Umgebung vorfinden als in meiner Stadtwohnung.”

Erstaunt zog Summer eine Augenbraue hoch. Der Herr hat also eine Stadtwohnung und ein Haus? Man muss in der Branche sehr gutes Geld verdienen, um sich so etwas leisten zu können. Aber das sollte eigentlich keine Überraschung sein. Liam hatte bereits als Teenager angefangen in der Entertainmentbranche zu arbeiten und nun als Schauspieler gehörte er zu den Top-Stars in Asien. Vermutlich könnte er sich mehrere Häuser überall auf der Welt leisten und es würde ihn finanziell nicht belasten. Das war schön für Leo, der als Liams erster und bislang vermutlich einziger Sohn sein Erbe wäre. Summer selbst war es herzlich egal.

“Ich hoffe, es ist kindgerechter als diese Wohnung.” Sie konnte eine gewisse Bitterkeit in ihrer Stimme nicht verbergen. Liam zog nun seinerseits die Augenbrauen hoch, als er die Kritik der Blondine hörte.

“Darauf bedarf es wohl keiner Antwort”. kommentierte er etwas angesäuert und Summer konnte sich ein Grinsen nicht verkneifen.

“Ich kann nicht erwarten, dass ein Mann wie Sie sich mit Kindern auskennt. Bislang habe ich lediglich von ihnen gehört, dass sich jemand um jedes Bedürfnis kümmern würde. Eine Nanny, eine Sprachlehrerin und Sie haben bestimmt noch mehr Personal in der Warteschleife. Worüber sich Leo wirklich freuen würde, wäre ein persönliches Geschenk seines neuen Papas. Er liebt Trecker”, fügte sie noch hinzu und strich dabei ihrem Patensohn liebevoll das dunkle Haar aus der Stirn.

Nachdenklich betrachtete Liam wieder das Paar, das das Schicksal so eng zusammengeschweißt hatte. Sicherlich kannte sich auch diese Frau nicht von Anfang an mit den Bedürfnissen eines kleinen Kindes aus, aber sie hatte sich der Aufgabe ganz offensichtlich klaglos gestellt. Ihre Worte hätten ihn böse machen müssen, da sie ihm unterstellte, keine Vatergefühle zu haben. Tatsächlich hatten sie ihn aber nur nachdenklich gemacht.

Für die Rolle des Vaters fühlte er sich tatsächlich nicht bereit. Die Überraschung, dass er in Deutschland ein Kind hatte, war für ihn alles andere als erfreulich gewesen. Er war auf dem Höhepunkt seiner Karriere und die Öffentlichkeit vertrug es nicht besonders gut, wenn sie erfuhr, dass er ein uneheliches Kind gezeugt hatte, von dem er erst nach vier Jahren erfahren hatte. Das konnte durchaus das Ende seiner Karriere bedeuten und er war sich darüber vollends bewusst. Aber auch Delia war sich darüber im Klaren gewesen und hatte entsprechende Vorkehrungen getroffen.

"Glücklicherweise wissen Sie, was Leo braucht, und dafür bin ich Ihnen dankbar." Erstaunt blickte Summer hoch und sah in seine dunklen Augen. Misstrauisch zog sie ihre eigenen nun eng zusammen.

"Wo ist der Haken?" fragte sie, sich wundernd, warum er nicht aggressiver war.

"Es gibt wirklich einen Haken", erklärte er nun. Summer rutschte unruhig auf dem Sofa vor, wobei der schlafende Leo wegen der unliebsamen Störung unwillig sein Gesicht verzog. "Das Haus wird frühestens in den nächsten Wochen für Sie beide bereit sein. Sie werden bis dahin in diesem Apartment wohnen – mit mir zusammen." Als Summer etwas einwenden wollte, hob er die Hand, um sie direkt zu stoppen. "Wenn Sie damit nicht klarkommen können, dann steht es Ihnen selbstverständlich frei, woanders zu wohnen, aber Leo bleibt hier."

Summer biss sich auf die Zunge und knirschte dann mit den Zähnen. Ihr war bewusst, dass sie hier in Korea die Fremde war und der Vater hatte nicht nur hier momentan das alleinige Sorgerecht, sondern auch in ihrer eigenen Heimat. Widerwillig schluckte sie ihre Widerworte herunter.

"Also gut, ich verstehe Ihre Bedenken. Wir werden hier in dem Apartment bleiben. Glücklicherweise ist es groß genug, dass wir uns beschäftigen können. Allerdings braucht der kleine Mann einige Dinge, die ihn auch auslasten." Liam nickte verstehend.

"Machen Sie eine Liste. Ich werde Ihnen alles Gewünschte besorgen lassen."

"Gut, dann wäre das geklärt." Summer seufzte und blickte auf den schlafenden Jungen, der seinem Vater so ähnlich sah. "Hauptsache, Leo fühlt sich wohl. Wenn nicht, dann müssen wir neu verhandeln."

Liam lächelte leicht, als er ihre Worte hörte. Er war sich sicher, dass sie für den Kleinen kämpfen würde, wenn sie das Gefühl hätte, es wäre notwendig.

"Ach so, und machen Sie niemandem die Tür auf. Den Code zu meiner Wohnung haben nur wenige ausgewählte Personen und wenn jemand hier klingelt, dann könnte es ein Fan oder jemand von der Presse sein. Beides wäre nicht gut, wenn sie eine Frau und ein Kind in meinem Apartment finden würden. Also, ich verlasse mich darauf, dass Sie sich an diese einzigen Regeln halten."

Liam stand auf und blickte auf den blonden Schopf der Frau hinab. Sie legte nun ihren Kopf in den Nacken und sah zu ihm hoch. Ihr Gesicht war wirklich ausgesprochen hübsch, mit der kleinen Nase, den vollen Lippen und der makellosen Haut. Ihre Augen waren vermutlich das attraktivste an ihr. Leuchtendes Blau umrahmt von dunklen Wimpern, doch im Moment blickten sie ihn eher abweisend an. Wie sie wohl aussah, wenn sie jemanden liebte? Würden ihre Augen die Farbe verändern? Fragte er sich plötzlich und drehte sich schuldbewusst sofort um, als ihm dieses durch den Kopf schoss.

Er zog sein Telefon aus seiner Hosentasche und wählte schnell die Nummer, die er heute bereits mehrere Male angeschrieben hatte.

"Jagiya, bist du schon zuhause? Ich bin auf dem Weg zu dir."

Summer blickte auf den Rücken von Leos Vater und schüttelte den Kopf. Sie sprach zwar kein koreanisch, aber das Wort Liebling kannte sie sehr wohl. Von wegen, er würde hier schlafen, dachte sie und schaute auf Leo, der sich nun auf ihrem Schoß etwas räkelte. Zu ihrem eigenen Entsetzen bemerkte sie, dass sie ein wenig enttäuscht war, dass dieser gutaussehende Mann ganz offensichtlich vergeben war, auch wenn es keine Überraschung war, denn immerhin verkörperte er alles, was die meisten Frauen sich wünschten: gutes Aussehen und Vermögen. Nur der Charakter war fraglich, dachte Summer und sah ihm hinterher.

Ohne ein Wort des Abschieds verließ Liam die Wohnung und zog die Tür hinter sich zu. Erst da blickte er auf sein Telefon. Der Bildschirm war schwarz.

Kapitel 10

Leo hatte die Nacht ruhig und friedlich neben Summer in dem großen gemütlichen Bett geschlafen. Leise war sie am Morgen aufgestanden und in die Küche eine Etage tiefer geschlichen. Nach einer Inspektion des Kühlschranks bereitete sie ein kleines kontinentales Frühstück für sie beide zu. Eine halbe Stunde später kam ein verschlafener Leo die Treppe zu ihr herunter geschlichen und setzte sich auf einen Stuhl an dem Esstisch.

Summer würde nach dem Abwasch eine Liste der Dinge machen, die sie für ihren verlängerten Aufenthalt in Seoul benötigen würden. Allen voran Gegenstände, die ihrem kleinen Liebling den Aufenthalt schöner machen würden. Nachdem sie die Liste vollendet hatte, setzte sie sich zusammen mit Leo auf das Sofa und las dem Kleinen aus seinem Lieblingsbuch etwas vor. Auch wenn Leo die koreanische Sprache erlernen würde, so würde sie dafür Sorge tragen, dass er Deutsch weiterhin als seine Muttersprache ansehen würde, denn genau das war es: die Sprache seiner Mutter.

Am Nachmittag wurden erste Pakete mit Spielsachen für Leo geliefert. Summer hatte die Liste an die E-Mail-Adresse von Liams Sekretariat gesendet und die Mitarbeiter waren sehr schnell aktiv geworden. Erfreut betrachtete Leo die verschiedenen Trecker, die nun vor ihm auf dem Boden standen und spielte versunken mit ihnen, bis er vor Müdigkeit an Ort und Stelle einschlief. Den ganzen Tag über hatte Liam weder etwas von sich hören lassen, noch sich nach dem Befinden seiner Gäste erkundigt. Eigentlich störte es Summer wenig, dass der

99

vielbeschäftigte Mann keine Zeit für sie fand, aber um Leos Willen war sie erzürnt. War der kleine Sohn nicht jede Aufmerksamkeit wert?

Nach dem Abendessen hatte sie Leo ins Bett getragen und war gerade dabei ihn zuzudecken, als das Klicken des Türschlosses zu hören war. Nervös, ob es sich bei ihrem Besucher um ihren Gastgeber handelte, lief sie zur Empore und lugte hinunter. Liam stand in der Küche und war gerade dabei sich ein Glas Wasser aus einem bereitgestellten Krug einzuschenken und schien sie bemerkt zu haben. Er hob den Kopf und sah ihr direkt in die Augen. Sein Blick bohrte sich in ihren und plötzlich verzog er seine Lippen zu einem leichten Lächeln.

"Kommen Sie runter, ich habe etwas zu Essen mitgebracht."

Immer noch lagen seine dunklen Augen intensiv auf ihr und sie spürte zu ihrer Überraschung, wie ihr Herz plötzlich anfing heftiger zu schlagen. Verdammt, dachte sie, was geht denn hier vor sich? Schnell wandte sie sich von der Empore ab und ging noch einmal leise zum Schlafzimmer. Leo lag nach wie vor selig schlafend in seinem Bett und so schloss sie vorsichtig die Tür. Der Kleine war so erschöpft von der Reise nach Korea und den ganzen vielen neuen Eindrücken, so dass er die ganze Nacht tief und fest durchschlafen und die Welt um sich herum vergessen würde.

Endlich ging sie die Treppe nach unten zu dem verwirrenden Mann, der bereits auf sie wartete. Liam hatte in der Zwischenzeit das mitgebrachte Essen auf dem Esszimmertisch ansprechend verteilt und schenkte sich in diesem Moment ein weiteres Glas Wasser ein.

"Möchten Sie auch eines, oder lieber etwas Stärkeres wie Wein?"

Er hob die Karaffe hoch und als sie nickte, goss er ihr ebenfalls etwas zu trinken ein.

"Ich hatte heute leider keine Gelegenheit vorbeizukommen, um meinen Sohn zu besuchen und die Sprachlehrerin kommt erst morgen, wie ich erfahren habe. Sind die ersten Geschenke bereits angekommen?"

Summer betrachtete interessiert das Essen auf dem Tisch und zeigte mit einer vagen Bewegung zu den beiden Kisten, die neben dem riesigen Fernseher standen und die neuen Spielzeuge enthielten, die am Nachmittag vorbeigebracht worden waren. Liam stand auf und inspizierte einige von ihnen.

"Wie süß, ich werde wohl einmal mit Leo zusammen damit spielen."

Er drehte den grünen Traktor in seiner großen Hand und strich beinahe zärtlich über die Räder. Summer betrachtete ihn dabei und ihr Blick fiel auf seine schlanken, langen Finger. Er hatte für einen Mann feingliedrige Hände und dennoch war sich Summer sicher, dass er damit fest zugreifen konnte. Liam spürte den Blick der Blondine auf sich und ahnte plötzlich, in welche Richtung ihre Gedanken schweiften. Er stellte den Trecker zurück in die Kiste und griff nach einem Stofftier.

Es war eine Art Krake, die man wenden konnte, wenn man hineingriff und den Stoff von innen nach außen zog. Die Krake veränderte dabei ihr Gesicht von fröhlich zu böse und das Stofftier war ihr bislang immer sehr harmlos vorgekommen. Wieder strich Liam über die weiche Oberfläche und ließ plötzlich seinen Mittelfinger in die Öffnung der Krake gleiten, wie man es ohne böse Hintergedanken wohl normalerweise tun würde. Doch hatte seine Bewegung etwas ungemein Erotisches und genauso war es auch von ihm beabsichtigt. Er beobachtete das Gesicht von Summer und grinste, als ihr Röte in die Wangen schoss.

"Ah, wie ich es mir gedacht habe. Sie ist eng und warm."

Seine Worte waren alles andere als harmlos gemeint und wollten Summer bewusst provozieren. Dummerweise gelang ihm das auch. Unbewusst hatte sie die Luft angehalten und konnte den Blick nicht von seinen Fingern wenden, die nun in einer angedeuteten sexuellen Bewegung immer wieder in die Öffnung der Krake geschoben und wieder herausgezogen wurden. Endlich hörte er mit dem Spiel auf und warf das Stofftier zurück in die Spielebox.

"Sehr interessant, was sie dort bestellt haben. Wollen wir jetzt essen?" Er grinste Summer an, die sich nun zusammenriss und ihre Gedanken versuchte abzuschütteln - bis ihr Blick auf seinen Schritt fiel.

Liam tat, als hätte er nichts bemerkt, setzte sich an den Tisch und stellte vor Summer eine Schale mit Reis und Beilagen. Stumm nahm sie diese entgegen und begann sofort, sich einen Löffel voll in den Mund zu schieben. Was war nur soeben passiert? Hatte er versucht, sie sexuell zu provozieren? Eindeutig ja. War es ihm gelungen? Eindeutig ja. Fand sie ihn plötzlich attraktiv? Hier überlegte sie länger. Liam war der Vater ihres Patenkindes, der Wochenend-Freund ihrer besten Freundin und nach dem gestrigen Telefonat vermutlich ein Mann, der eine feste Freundin oder sogar Verlobte hatte. Sie betrachtete ihn durch ihre langen Wimpern und sah sich sein Gesicht so gut es ging heimlich genauer an.

Liam hatte eine golden schimmernde glatte klare Haut, die von innen zu leuchten schien, volles dunkles Haar, das er in einem attraktiven Kurzhaarschnitt trug, eine klare Stirn, die weder zu hoch noch zu niedrig war, eine hoch angesetzte schmale Nase, dunkle, kräftige Augenbrauen, große, schokoladenfarbige intelligente Augen, die leicht schräg standen und was am meisten hervorstach: einen sinnlichen Mund mit vollen Lippen, der förmlich danach schrie geküsst zu werden. Genau in diesem Moment verzogen sich eben diese zu einem provokativen Lächeln.

"Sie können mich auch offen ansehen. Ich bin die Blicke meiner Mitmenschen gewohnt und mich stört es nicht. Soll ich noch mein Shirt ausziehen, damit sie auch meine kräftigen Brust- und Bauchmuskeln sehen? Ich habe auch einen ganz ordentlichen Bizeps. Und", in diesem Moment stand er auf und Summer sah, dass er sich nach seinem erotischen Fingerspiel mit dem Stofftier körperlich auch noch nicht wirklich beruhigt hatte. Schneller, als sie gucken konnte, hatte er den Reißverschluss seiner Hose aufgezogen und wollte diese gerade herunterziehen, als Summer sich die Hände vor die Augen hielt und den Kopf blitzschnell abwandte, "dass ich einen großen Schwanz habe, dass sollten sie wohl auch bemerkt haben. Man sagte mir, er würde Frauen sehr glücklich machen. Möchten Sie eine Kostprobe?"

Summer sprang nun fluchend auf und lief unter seinem Lachen die Treppe nach oben, zog die Tür zum gemeinsamen Schlafzimmer mit Leo auf und schloss sie sofort wieder hinter sich. Was bildete sich dieser Typ nur ein? Entsetzt hörte sie auf ihr pochendes Herz und bereute es dennoch, dass sie geflüchtet war. Ob er tatsächlich weiter gegangen wäre?

Mit einem Mal kam ihr ein teuflischer Gedanke, der ihr Herz vor Aufregung beinahe zum Platzen brachte. Wenn sie jetzt wieder hinunter ging? Was würde er tun? War er ein Großmaul oder ein Mann der Tat?

Delia, bitte verzeihe mir, aber ich will diesen Mann!

Summer stand auf dem Treppenabsatz und blickte hinunter zur Küche, wo Liam noch am Essen war, als hätte es ihr vorheriges Geplänkel nicht gegeben. Langsam ging sie die Stufen in die untere Etage hinunter und setzte ein verführerisches Lächeln auf.

"Liam, ich habe es mir überlegt. Zeigen Sie mir bitte doch alles, was sie haben. Ich würde einer Kostprobe nicht abgeneigt gegenüberstehen."

Kaum hatte sie die Worte ausgesprochen, da spuckte er überrumpelt das Essen sehr unelegant auf den Teller und starrte sie mit geöffnetem Mund und großen Augen an. Summer lächelte schadenfroh. Damit hatte er vermutlich nicht gerechnet und war erstaunt, dass sie die Frechheit besaß, zurückzukommen und diese Forderung zu stellen. Schnell hatte er sich jedoch wieder im Griff und sah nun die Blondine von oben bis unten an.

Sie war verdammt hübsch und hatte einen wirklich aufreizenden Körper. Als er sie heute zum zweiten Mal in seinem Leben gesehen hatte, war sie ihm direkt unter die Haut gegangen. Ihre Art, sich zu bewegen, wie ihre Lippen sich spitzten und sie ihre Hände nervös durch ihre Haare gleiten ließ, hatten ihn schlagartig angemacht. Als er das kleine Spielchen mit den Spielsachen mit ihr getrieben hatte, wäre ihm das beinahe selbst zum Verhängnis geworden. Seit Delia hatte ihn keine andere Frau jemals wieder so schnell erregt, wie nun Summer.

Sie sah von außen aus wie ein teures Flittchen, jedoch hatte er ihre Unerfahrenheit und Unsicherheit sofort bemerkt. Er war in seinem Leben viel zu vielen Frauen begegnet, die sich auf ihr gutes Aussehen verließen und für Sex mit ihm zu allem bereit waren. Diese Frau hier war nicht dafür nach Korea gekommen. Sie war gekommen, um für ihren Ziehsohn zu kämpfen und er würde am liebsten alles dafür tun, dass sie in Kürze unter ihm kommen würde.

Scheiße, dachte er mit einem Mal. Ich werde doch wohl nichts mit der Mutter meines Sohnes anfangen wollen? Er sah zu ihr hinüber, wie sie langsam die Treppe herunter geschritten kam und sich sicher war, dass er sie verarscht hatte. Aber das hatte er nicht, wie ihm sein harter Schwanz ganz deutlich zeigte, und er war sich sicher, dass er erst dann seine Ruhe haben würde, wenn er sie stöhnend unter sich liegen hatte. Und genau das würde gleich passieren, wenn sie sich nicht rechtzeitig wieder nach oben rettete. Gleich würde er wissen, ob sie mutig oder ein Feigling war.

Mit einem Mal unsicher geworden, blieb Summer am Ende der Treppe stehen. Liams Blick war verhangen und glitt an ihrem Körper hinunter, als stellte er sich vor, wie sie nackt aussah. Ihre Brust hob und senkte sich und Liam wollte ihre Brustwarzen küssen und dabei ihre erregten Seufzer hören. Aber etwas wünschte er sich noch sehnlicher als alles andere, nämlich sich tief in ihr zu vergraben und sie vor Wonne schreien zu lassen.

Mein Gott, dachte er plötzlich von sich selbst entsetzt. Seit wann dachte er nur noch an Sex und verlor den Verstand, wenn er eine Frau sah? Er war ein erwachsener Mann und hatte in seinem bisherigen Leben bereits reichlich Frauen gehabt, aber genau wie vor fünf Jahren war es ihm beim Anblick dieser Deutschen auch nicht möglich gewesen, an etwas anderes zu denken, als sie flachzulegen. Mein Gott, dachte er erneut, dann gab er nach und sprang beinahe mit einem Satz auf seine willige Beute.

Summer wollte überrascht zurückweichen, als Liam plötzlich wie aus dem Nichts vor ihr stand und sie am Hinterkopf packte, um seine vollen Lippen leidenschaftlich auf ihren Mund zu legen. Ihre Überraschung bewirkte auch, dass sie ungewollt den Mund öffnete und er dies als unausgesprochene Einladung verstand. Liam schob seine raue Zunge tief in ihren Mund und entlockte Summer ein leises Stöhnen. Geschickt hatte er ihr die Bluse aufgeknöpft und seine Hand mit den feinen langen Fingern packte zärtlich ihre volle Brust in dem sexy BH und wog sie in seiner Hand. Obwohl Summer eine große Oberweite hatte, passten die Halbkugeln perfekt und er drückte mit Daumen und Zeigefinger ihre harten Spitzen fest zusammen. Summer spürte, wie sich Feuchtigkeit zwischen ihren Beinen sammelte und stöhnte erneut.

Geschickt dirigierte Liam sie zum Sofa und ließ sie darauf niedergleiten. Gierig schob er ihren BH hoch und legte ihre Brüste nun endgültig frei. Ungeduldig zupfte Summer an seinem T-Shirt, dass er sich in einer einzigen fließenden Bewegung über den Kopf zog und ihr keine Zeit gab, seinen makellosen Körper zu bewundern. Sofort beugte er sich wieder über sie und bedeckte ihre Brüste mit seinem ebenfalls heißen Körper - harte Muskeln auf weiches Fleisch und es fühlte sich so verdammt gut an! Sie krallte ihre Hände in seinen nackten Rücken und knetete die Muskeln. Unruhig fuhren ihre Finger über seine Haut und blieben am Bündchen der Hose hängen, wo sie ungeduldig versuchte, ihre Hände darunter zu schieben, was Liam ein tiefes erotisches Lachen entlockte.

"Langsam, meine Schöne. Wir haben die ganze Nacht, wenn du willst." Summer schüttelte den Kopf und zog weiter an seiner Hose.

"Nein, mach schon. Ich will dich jetzt in mir spüren. Ich brenne", flehte sie und war entsetzt von sich selbst.

Bislang war sie immer nur die Nehmende gewesen. Sie hatte den Sex mit ihren wenigen bisherigen Partnern zwar nicht verabscheut, aber es war auch nicht wirklich ein Genuss für sie gewesen. Liam jedoch brachte ihr Blut zum Kochen und sie wartete ungeduldig darauf und konnte kaum erwarten, dass er sich endlich mit ihr vereinen würde. Ihrem Wunsch folgend, streifte sich Liam seine störende Hose ab und zog Summer ebenfalls aus. Entsetzt starrte Summer auf seinen Penis.

"Du meine Güte", flüsterte sie. "Das ist ganz schön viel."

Liam lachte geschmeichelt und nahm ihn in die Hand.

"Keine Angst, du bist so feucht, dass du ihn ohne Probleme schaffen wirst."

Sie blickte skeptisch, vergaß aber beinahe sofort ihre Bedenken, als Liam sich wieder über sie beugte und küsste. Gleichzeitig rieben seine Finger an ihrer Klitoris und spreizten den Eingang.

"Siehst du, du läufst förmlich über." Er schob seinen langen Finger in sie und zog ihn wieder heraus. Provokativ steckte er ihn sich anschließend in den Mund. "Du schmeckst so gut. Nächstes Mal werde ich dich probieren." Er grinste, doch als die Spitze seines Penis versuchte, in sie einzudringen, änderte sich sein Gesichtsausdruck. Konzentriert schob er sich langsam in sie und stöhnte tief. "Verdammt, bist du eng." Summer spreizte ihre Beine weiter und spürte, wie er sie immer mehr ausfüllte. "Ja, so ist es gut. Heb deine Hüften."

Sie tat das, was er ihr sagte und mit einem letzten Stoß aus seinen Hüften war er komplett in ihr versunken. Ehe er sich bewegte, sah er in Summers Gesicht und wartete, bis sie sich an ihn gewöhnt hatte. Langsam zog er sich wieder ein Stück aus ihr heraus, ehe er wieder vorsichtig zurückkam.

"Gefällt es dir so? Soll ich dich härter reiten? Willst du es hart, meine Süße?" Seine Stimme war rau und atemlos und es kostete ihn große Beherrschung, sich weiter zurückzuhalten.

"Liam, mach schneller. Mach schneller und tiefer", flehte sie ungeduldig und packte seinen Hintern, um ihm zu zeigen, wie er sich bewegen sollte.

Ein tiefes Stöhnen entwich ihr, als er ihrer Aufforderung endlich nachkam. Er bewegte sich nun viel schneller und um noch tiefer in sie eindringen zu können, hob er eines ihrer Beine an.

"Ah, so ist es gut, du bist so herrlich eng." Gleichzeitig rieb er mit seinem Daumen über die geschwollene Perle und lächelte erfreut, als er plötzlich die wilden Zuckungen in ihrem Leib spürte. "Du bist schon gekommen? Schaffst du auch noch ein zweites Mal?"

Summer bezweifelte es. Er wechselte die Position und stieß sie nun fest und rhythmisch von hinten, und Summer kam tatsächlich ein zweites Mal – dieses Mal jedoch zusammen mit Liam.

Erschöpft und nach Atem ringend, lagen sie beide zusammen auf dem Sofa. Liam hatte Summer an seine Brust gedrückt und sie spürte seinen nun wieder erschlafften Penis an ihren Hinterbacken ruhen. Das Monster war wieder zu seiner ursprünglichen Form geschrumpft, aber sie war sich sicher, dass sie ihn heute nicht zum letzten Mal in voller Pracht erlebt hatte.

Irgendwann wurde sie wach, als sie ein wohliges Gefühl verspürte, das von ihrem Unterleib ausging. Zuerst konnte sie es nicht zuordnen, aber dann hörte sie das leise Lachen von Liam, der immer noch hinter ihr lag. Das Monster war wieder erwacht und drückte energisch an ihre Pobacken. Liams Finger war bereits in ihr und bewegte sich leicht vor und zurück, während sein Daumen auffordernd an ihrer Klitoris rieb. Auch ihr Monster war bereit für ein neues Aufeinandertreffen.

Stöhnend öffnete sie die Beine und bat Liam wortlos, von ihr Besitz zu nehmen. Dies ließ er sich nicht zweimal sagen.

"Du bist gierig, meine Süße. Aber das gefällt mir. Ich werde dich so lieben, bis dir schwindelig wird."

Mit schnellen, harten Bewegungen trieb er sie zum Höhepunkt und als sie erschöpft den Zuckungen ihres Körpers nach lauschte, stand er plötzlich auf und nahm sie auf den Arm. Gemeinsam mit ihr lief er die Treppe nach oben und trug sie in sein Schlafzimmer. Kurz noch bewunderte sie das Heldenbild von ihm, das lebensgroß über seinem Bett hing und das Liebespaar bewachte, als er bereits wieder in sie eindrang.

"Ich kann einfach nicht genug von dir bekommen und möchte dich ficken, bis du morgen nicht mehr laufen kannst." Seine derben Worte erregten sie noch zusätzlich und Liam schien das zu merken. "Du stehst also auf Dirty Talk?" Summer schüttelte atemlos den Kopf, doch Liam lachte wieder, während er seine Hüften weiterhin rhythmisch vor und zurück bewegte.

"Dreh dich um, ich möchte dich jetzt von hinten nehmen."

Gehorsam machte sie das, was er von ihr forderte und stöhnte auf, als er seinen Schwanz wieder tief in sie rammte.

"Deine Titten wackeln, als würden sie nach mir winken."

Er griff um sie herum und quetschte zart ihre hängenden Brüste. Schmerzen und Lust durchzuckten sie, als er ihre Nippel fest zusammendrückte. Gleichzeitig wurden seine Bewegungen tief in ihr härter und schneller. Er rammte sich regelrecht in sie hinein und Summer spürte, wie er jetzt zusätzlich noch einen Finger in sie schob. Nach weiteren festen Stößen kam er dieses Mal allein mit einem tiefen Stöhnen zuckend zum Höhepunkt.

"Ah, fuck war das geil. Ich könnte dich ewig weiter lieben, aber ich konnte mich einfach nicht mehr zurückhalten. Bitte entschuldige, dass ich dich nicht mitgenommen habe. Aber ich mache das wieder gut."

Er drehte sie zurück auf den Rücken und spreizte weit ihre Beine. Nervös blickte Summer an sich herab und wollte ihre Schenkel zusammenkneifen, als sie seine Absicht erahnte.

"Oh nein, bitte lass mich dich verwöhnen." Er hielt sie davon ab, die Beine wieder zu schließen und beugte seinen Kopf tief über ihre Scham. Summer schrie auf, als er seinen Mund auf sie legte und begann, zärtlich daran zu saugen. Zusätzlich sorgte seine Zunge für weitere Stimulation und drang in sie ein und nach kurzer Zeit begann Summer tief zu pulsieren. Zufrieden hob Liam seinen Kopf.

"Das ging schneller, als ich erwartet hatte." Er lächelte selbstbewusst. Beschämt schloss Summer die Augen und öffnete sie aber wieder, als das Saugen, Lecken und Stoßen von vorne begann. "Du kannst noch einmal, Summer. Ich werde auf dir spielen, wie auf einem Instrument. Komme noch einmal, Baby, komme so heftig wie noch nie."

Trotzdem sie dachte, sie würde nicht noch einen weiteren Höhepunkt erleben, explodierte sie förmlich unter seiner geschickten Folter und schrie vor Lust, als sein Mund und seine Finger auf ihr und in ihr spielten. Er hatte seine langen Finger tief in sie geschoben und gleichzeitig saugte er an ihrer Klitoris. Immer heftiger sog er sie in sich und seine Finger stießen in einem wilden Rhythmus in sie. Willenlos rollte sie den Kopf hin und her und als sie erneut explodierte, schrie sie auf. Zufrieden betrachtete Liam ihr zuckendes Fleisch und rieb sich seinen eigenen Schwanz.

"Unglaublich, ich glaube, du bist wie für mich gemacht. Schau nur, mein Dick will schon wieder erwachen. Komm, saug du ihn jetzt auch mal ein wenig."

Ungläubig sah Summer auf seinen sich regenden Penis, der tatsächlich schon wieder in Einsatz kommen wollte. Liam wollte es wohl wahr machen, dass sie am nächsten Tag nicht mehr laufen können würde, weil alles geschwollen und wund war. Aber allein der Gedanke, dass er sie noch einmal ausfüllen würde, ließ auch sie wieder stöhnen. Willig öffnete sie ihren Mund und begann, seinen halb geschwollenen Penis zu liebkosen.

"Ja, so ist es richtig. Lass die Zunge heraushängen und nehme den ganzen Schaft in den Mund. Ja!" Er schloss seine Augen und begann vorsichtig, sich in ihrem Mund zu bewegen, und sie spürte, wie er mit diesen Bewegungen immer härter wurde.

"Oh fuck, ist das gut. Ja, blas ihn richtig, meine Süße. So ist es gut." Er packte ihren Hinterkopf und drückte sie dichter an sich heran. "Oh, verdammt, ich glaube, ich komme gleich in deinem Mund. Darf ich das?" Summer nickte ergeben und spürte im nächsten Moment, wie die salzige Flüssigkeit mit einem heftigen Spritzer in ihren Rachen geschossen wurde und Liam laut stöhnte.

"Oh Süße, du bist wirklich gut." Er zog seinen Schwanz aus ihrem Mund und hielt ihn ihr entgegen. "Magst du ihn sauber lecken, bitte?" fragte er beinahe höflich und Summer folgte seiner Bitte. Liam strich über ihre Wange und ein Lächeln umspielte seine Lippen. Endlich schien auch er befriedigt zu sein und legte sich neben Summer ins Bett. Eng zog er sie an seine Brust und kuschelte seinen nackten großen Körper an ihren schmalen Rücken.

"Ich hätte nicht gedacht, dass ich mich eines Tages freuen würde, eine Frau in meinem Apartment zu haben. Aber das schöne ist, das wir jetzt immer dann Sex haben können, wenn wir beide Lust haben, oder?" Ehe sie etwas sagen konnte, fügte er noch hinzu "Eigentlich möchte ich immer, das hast du ja bereits gemerkt. So, jetzt lass uns schlafen."

Zu ihrer Verwirrung gab er ihr plötzlich einen zärtlichen Kuss auf die Stirn und zog sie noch enger an seinen warmen Körper heran. Mit dieser liebevollen Geste hatte sie nicht gerechnet und so kuschelte sie sich behaglich in seine Arme und schlief ermattet und traumlos neben ihm ein. Sie hatte nicht einmal mehr die Energie, sich über die erlebte Nacht Gedanken zu machen, und über seine überraschende Zärtlichkeit.

Kapitel 11

Liam wurde wach, als sein Geschlecht sich hart an die Pobacken der Frau neben ihn drückte. Nun war das nichts Ungewöhnliches, dass er mit einer Erektion aufwachte, aber es war etwas Besonderes, dass am Morgen eine Frau in seinem Bett und seinen Armen lag. Wenn er eine Affäre hatte oder einen der seltenen

One-Night-Stands, dann hatte er zugesehen, dass er die Frau am Morgen verließ und nicht die Peinlichkeit hatte, neben ihr aufzuwachen. Und noch nie hatte er eine seiner Gespielinnen mit zu sich nach Hause gebracht. Heute hatte er jedoch in seinem eigenen Bett geschlafen und eine warme, schöne Frau lag neben ihm. Das war noch niemals zuvor vorgekommen, aber es fühlte sich verdammt gut an.

Er erinnerte sich an die vergangene Nacht und daran, wie oft er mit der Frau in seinem Arm gevögelt hatte. Unzählige Male und dennoch hatte er immer noch das Gefühl, er müsste jede Minute, die er mit ihr zusammen war, tief in ihr verbringen. Noch niemals hatte er den Wunsch verspürt, eine Frau ständig zu lieben und nicht genug von ihr zu bekommen. Normalerweise waren Frauen in seinem Leben nicht wichtig und austauschbar. Sie kamen und gingen und dienten ihm der Befriedigung. Sex war etwas, das ihn entspannte und Spaß machte, aber Sex war auch etwas, das er bislang als eine flüchtige Begegnung mit dem anderen Geschlecht gesehen hatte. Bis auf ein einziges Mal, wo er beinahe sein Herz verschenkt hatte.

Gelegenheiten zum Sex gab es für ihn unzählige und Frauen, die es mit ihm machen wollten unendliche. Erst als K-Pop Star war er bei ihnen beliebt und hatte die eine oder andere Affäre gehabt, dann als Schauspieler boten sich ihm ebenfalls genug Gelegenheiten, auf einen schnellen Beischlaf in einer Umkleide oder auf einem Parkplatz.

Eine feste Freundin hatte er in den letzten Jahren nicht mehr gehabt. Unverbindliches Vögeln war einfacher, als eine nörgelnde Frau, die vielleicht sogar noch eifersüchtig war, wenn er später nach Hause kam. Er war kein Fremdgänger-Typ, aber er war sich auch nicht wirklich sicher, ob er einer einzigen Frau treu sein könnte. Was, wenn sie seinem gesteigerten sexuellen Appetit nicht gerecht werden könnte oder sie ihm im Bett einfach zu langweilen begann? Außerdem hatte er eine Fantasie, die er unbedingt umsetzen wollte und nur eine Frau, die dazu bereit war, würde an seiner Seite bleiben können. Sollte er jemals eine feste Beziehung eingehen, war Sex für ihn sehr wichtig und der richtige Partner war für ihn essentiell. Natürlich musste seine Freundin auch andere Qualitäten haben, aber Sex war ihm vermutlich die wichtigste von allen.

Damals hatte er für kurze Zeit ein Member aus einer Mädchen K-Pop Gruppe gedatet. Es war sein erster Versuch gewesen, eine echte Beziehung zu führen. Sie war hübsch, keine Frage, aber auch unendlich anstrengend. Immer wollte sie wissen, wo er war, was er tat, wann er sich mit ihr treffen würde und mit wem er gerade zusammen war. Als er endlich mit ihr schlafen wollte, ließ sie ihn abblitzen. Kein Sex vor der Ehe, hatte sie ihm nach ein oder zwei Monaten des mühevollen Datings mitgeteilt. Seine Frustration war groß und er zögerte nicht, sich sofort von ihr zu trennen. Er würde nicht die Katze im Sack kaufen. Bereits ihre Küsse waren so züchtig und langweilig gewesen, dass er sich nicht vorstellen konnte, dass sie im Bett wirklich kompatibel wären.

Er blickte nun wieder auf die Frau, die nackt neben ihm lag und die ganz bestimmt nicht langweilig war. Sie hatte jedes Mal, wenn er sie anfasste, sofort auf ihn reagiert und war sogar bereit gewesen, seinen Samen zu schlucken. Das gab ihm Hoffnung, dass sie vielleicht auch noch zu anderen Dingen bereit wäre. Schon lange schwebte ihm vor, zusammen mit seinem besten Freund Sex mit einem Mädchen zu haben. Es war eine Fantasie, die er sich nur traute mit ihm zu besprechen, da beide diesen Wunsch teilten. Wie wäre es wohl, wenn Summer sich seiner Fantasie nicht verwehren würde? Würde sie ihnen erlauben, gleichzeitig von zwei Männern geliebt zu werden? Wäre sie dazu bereit? Er würde es auf jeden Fall herausfinden.

Als er merkte, in welche Richtung seine Gedanken liefen, wurde sein Schwanz noch härter. Wenn Summer einen Dreier erlauben würde, dann wäre er der glücklichste Mann auf der Welt. Er wollte ihr dabei zusehen, wie ein anderer Mann sie fickte und sie sollte ihn dabei tief in ihrem Mund haben. Und wenn er sie liebte, würde Do-Jin ebenfalls in ihr sein. Langsam drehte er Summer auf den Rücken und ihr Gesicht in seine Richtung. Er schob seinen Unterkörper höher und drückte die Spitze seines Gliedes an ihre Lippen, bis sie sie automatisch öffnete. Langsam schob er sich tiefer in ihren warmen Mund und bewegte sich vorsichtig in ihr. Als sie ihre Augen aufschlug, sah sie ihn verwirrt an.

"Schhht, du bekommst ihn gleich, aber lass mich noch einen Moment genießen." Er stöhnte leise auf, als sie die Lippen um seinen Schaft schloss. "Ah, ja, so ist es gut."

Als er merkte, dass sie unruhig wurde, zog er sich aus ihrem Mund zurück und kniete sich zwischen ihre Schenkel, die er mit Druck seiner Knie leicht öffnete. "Ja, mach die Beine breit, damit ich dein heißes Fleisch sehen kann. Du bist schon wieder ganz feucht und bereit, meine Süße."

Er öffnete mit seinen Fingern ihre Schamlippen und legte seinen dicken Peniskopf an, ehe er sich mit einem einzigen Stoß tief in sie hinein schob. Lustvoll stöhnten sowohl Summer als auch Liam auf und sie hob die Hüften an, damit er noch tiefer in sie eindringen konnte.

"Hat dich eigentlich schon mal jemand in den Arsch gefickt?" Wollte er nun zwischen zwei Stößen wissen.

"Nein, noch nie", stöhnte Summer und blickte ihn leicht verstört an. Er wollte doch nicht ...

"Darf ich dort hinein?" fragte Liam nun und hielt mitten in seiner Bewegung inne.

"Was? Du willst dort hinein? Nein, das geht nicht. Dein Glied ist viel zu groß, das wird mich zerreißen." Pures Entsetzen machte sich plötzlich in ihr breit. Liam lachte leise.

"Aber Süße, ich würde dich doch vorbereiten. Wir benutzen erst ein Spielzeug, damit du dort geweitet wirst und dann versuchen wir es mit viel Gleitcreme. Du wirst sehen, wie gut es sich für dich anfühlt und weiß du, was am besten ist? Wenn du vorne und hinten gevögelt wirst. Gleichzeitig, verstehst du? Das wird dich so scharf machen, dass du nie wieder etwas anderes willst. Das werden wir zusammen machen, ja? Du wirst dich von uns verwöhnen lassen, zusammen, ja?" Liam hatte sich nicht weiter in ihr bewegt und Summer hob unruhig ihre Hüften. "Na los, sag, dass wir dich zu zweit ficken dürfen, sonst höre ich sofort auf."

"Liam, spinnst du? Niemals werde ich so etwas machen. Du bist ja verrückt."

Entnervt versuchte sie nun, seinen Schwanz in ihr loszuwerden, indem sie sich zurückziehen wollte, doch Liam hatte das Kommen sehen und begann wieder rhythmisch in ihr zu pumpen.

"Du findest es doch erregend, mich in dir zu haben. Wenn aber noch jemand da ist, der dich fickt, dann kannst du doppelt genießen. Und" er bohrte sich tief in sie, so dass sie aufstöhnte, "sein Schwanz ist genauso dick und lang wie meiner. Du wirst also nur doppelte Freude haben. Außerdem werde ich es wohlwollend zur

Kenntnis nehmen und dir deine Anträge vielleicht unterschreiben. Je nachdem, ob du dich jetzt von uns beiden lieben lässt, oder nicht."

Summer blieb nicht nur wegen seiner Stöße die Luft weg. Er wollte sie erpressen. Das Sorgerecht, wenn sie mit ihm und einer weiteren Person Sex hätte? Das konnte er doch nicht wirklich ernst meinen, oder? Ihre Stimmung war dahin und sie stemmte sich gegen Liam, der nach wie vor in ihr pumpte, als wäre es das normalste der Welt, sich während des gemeinsamen Sex über eine weitere Person zu unterhalten, die die Geliebte ebenfalls penetrieren sollte. Gemeinsam mit ihrem Partner. Das nächste Mal lud er jemanden von der Straße ein, der sie vögeln sollte, während er zusah.

"Oh Summer, ich merke, du bist mir böse. Aber", er stieß hart in sie, "ich", wieder bohrte er sich tief in sie und schob wie bereits am Abend zuvor einen Finger und dann noch einen zweiten zusätzlich in sie hinein, "werde", ein weiterer Stoß, "es", jedes Wort wurde mit einer heftigen Bewegung aus seinen Hüften begleitet, "dir" "mit" "ihm" "so" "ahhh", seine Stöße wurden immer schneller, "gut und" "heftig" "besorgen", "dass" "du" "vor" "Geilheit" "nur" "so" "Schreien" "wirst", "aaaaah". Ein letztes Mal bohrte er sich in sie hinein und kam laut stöhnend zum Höhepunkt. Schwer atmend ließ er sich auf ihren Oberkörper fallen. Nachdem sich sein Herzschlag etwas beruhigt hatte, kniete er sich zwischen ihre Schenkel.

"Liam, ich bin nicht mehr in Stimmung", wollte sie ihn abwehren, doch dieser lachte lediglich und hob ihre Hüften an, sodass er seinen Mund auf ihre Scham legen konnte.

"Ich weiß aber, wie ich dich in Stimmung bringen kann, Darling." Schon begann er sein verwirrendes Spiel, und bereits nach kurzer Zeit begann sie unter ihm unkontrolliert zu zucken.

"Darf ich dich jetzt noch einmal ficken, bitte? Ich möchte mit dir zusammenkommen und spüren, wie du mich umschließt. "

Sie kam nicht mehr dazu, eine Antwort zu geben, da er bereits wieder in ihr versank und sie dieses Mal tatsächlich zu einem gemeinsamen Höhepunkt trieb. Während er die Nachwirkungen des Orgasmus in ihr genoss, sah er sie an.

"Do-Jin wird uns besuchen. Dann kannst du ihn erst einmal kennenlernen und dann immer noch entscheiden, ob er dich auch verwöhnen darf. Ich werde dir nicht böse sein, wenn du das nicht möchtest, aber ich werde definitiv eher die Papiere unterschreiben, wenn du meine sexuellen Wünsche erfüllst. In jeder Hinsicht."

Summer stieß Liam von sich und zog sich die Bettdecke über den nackten Körper.

"Bin ich jetzt sozusagen deine Sexsklavin, oder was?" Sie war wirklich böse und empört.

Liam erhob sich und drehte sich in voller Pracht zu Summer um. Sein Körper war wunderschön anzusehen und wenn sie nicht so sauer gewesen wäre, hätte sie sein mächtiges Geschlechtsteil bewundert, ebenso wie die fein definierten Muskeln seines Körpers und sein Sixpack. Doch jetzt kam ihr sein Penis wie eine Waffe vor und sein Körper wie eine Fessel. Aber irgendetwas zwischen ihren Beinen regte sich erneut. War es wirklich so schlecht, Liam im Bett in jeder Hinsicht zu dienen? Er hatte es so oft geschafft, sie zu befriedigen, dass es wahrlich Schlimmeres gab.

"Ich möchte es zwar nicht so nennen, aber ich würde dich gerne als ständig bereite und willige Sexpartnerin sehen wollen. Jederzeit erreichbar und niemals ablehnend. Wie gesagt, es soll nicht dein Schaden sein. Denk an Leo", fügte er erpressend hinzu und genau in diesem Moment hörten beide den Kleinen nach seiner Tante rufen. Er hatte bis eben im Zimmer am Ende des Ganges tief und fest geschlafen und fühlte sich jetzt allein.

"Geh zu ihm und tröste ihn. Bis heute Abend wirst du dich um diesen kleinen Mann kümmern und ab dann um mich. Das ist der Deal."

Summer sprintete aus dem Zimmer und lief hinunter ins untere Geschoss, wo seit dem leidenschaftlichen Vorabend ihre Kleidung verteilt auf dem Boden lag. Schnell lief sie zurück nach oben und ins Zimmer von Leo, der mittlerweile weinend auf dem Bett saß und nach seiner Tante rief.

Kapitel 12

"Summer, kannst du heute bitte noch einmal für Leo übersetzen? Morgen Nachmittag wird eine Sprachlehrerin kommen und mit dem Unterricht für ihn beginnen. Natürlich kannst du gerne daran teilnehmen, wenn du möchtest. So können Leo und du gemeinsam die neue Sprache üben."

Liam stand an der Arbeitsfläche der Küche und trank seinen Kaffee, während er gleichzeitig mit ihr sprach und in seinem Handy scrollte. Summer war nervös am Morgen die Treppe zusammen mit Leo an der Hand heruntergegangen. Sie war sich nach der leidenschaftlichen Nacht nicht sicher, was sie von Liam zu erwarten hatte. Als er nun jedoch völlig nüchtern und distanziert mit ihr über die Tagesaufgaben sprach, atmete sie erleichtert auf und versuchte seinen Worten zu folgen.

Die Nacht mit ihm war ihr sowohl körperlich, als auch psychisch immer noch präsent. Ihre Beine fühlten sich ein wenig lahm an und zwischen ihnen brannte es etwas. Als hätte Liam ihre Gedanken geahnt, öffnete er die Kühlschranktür und holte aus einem Fach etwas heraus, das verdächtig nach einer Salbe aussah. Wortlos schob er sie über den Küchentisch zu ihr hinüber.

"Schmiere sie dir drauf, damit es dir besser geht."

Summer griff nach der Tube und versuchte zu lesen, was auf ihr geschrieben stand. Da sie die koreanischen Schriftzeichen jedoch nicht entziffern konnte, zog sie fragend eine Augenbraue hoch. Liam sah hinüber zu seinem Sohn, der auf dem Fußboden saß und in seiner Welt versunken mit Treckern spielte.

"Ich kann sie dir auch drauf reiben, aber ich bin heute Morgen schon spät dran und das Einreiben würde sicherlich etwas länger dauern und ich würde nicht nur einen Finger dafür nehmen."

Sein Blick wanderte dorthin, wo unter dem Tisch ihre Beine standen und sie hatte verstanden. Errötend legte sie die Salbe zurück auf den Tisch und nickte. Liam grinste und stellte seine leere Kaffeetasse auf die Spüle.

"Die Putzfirma wird heute Nachmittag kommen und es werden auch noch ein paar Kartons für euch geliefert. Ich habe heute auswärts Termine und komme euch heute nicht noch einmal besuchen. Vermutlich bleibe ich über Nacht weg. Ach ja, ehe ich es vergesse", er war gerade im Begriff, sich seine Schuhe anzuziehen, die im Vorflur standen, als ihm scheinbar noch etwas Wichtiges eingefallen war. "Ich schicke euch heute Nachmittag einen Fahrer, damit ihr nicht im Wege seid, wenn die Putzleute hier sind. Suche euch beide ein schönes Ziel aus und erkundet Seoul ein wenig. Immerhin wird Leo vielleicht hier leben."

Er unterbrach sich noch einmal kurz und durchbohrte Summer mit seinem Blick.

"Es sei denn, du willigst ein und wirst diese besondere Beziehung mit mir führen, dann sehe euren Aufenthalt als verlängerter Urlaub. Spätestens morgen will ich deine Antwort haben, so lange lass ich dich in Ruhe." Er drehte sich um und verließ ohne einen weiteren Abschiedsgruß an seinen Sohn die Wohnung.

Summer atmete tief Luft ein. Dieser Mann war die lebende rote Fahne. Alles an ihm war einfach nur toxisch. Und sie hatte ausgerechnet mit ihm in der letzten Nacht den besten Sex ihres Lebens gehabt. Bei dem Gedanken daran wurde sie über und über rot. Sie warf einen Blick auf Leo, der ebenfalls das Produkt einer leidenschaftlichen Begegnung von Liam mit einer Frau war – und diese Frau war ihre verstorbene beste Freundin. Plötzlich schämte sie sich zutiefst. Sie hatte mit dem Mann geschlafen, den Delia bis zu ihrem Ende geliebt hatte. Der Mann, der ohne sein Wissen ein Kind zurückgelassen hatte und jetzt sich nur schwer, wenn sogar gar nicht in die Vaterrolle einfand. Er nutzte sogar Leo, um sie selbst zu erpressen. Das war so schmutzig und dennoch erregte und schmeichelte sie der Gedanke, dass dieser Mann unbedingt weiter mit ihr intim sein wollte und sogar zu solchen Mitteln griff.

Ehe ihre Gedanken weiter in diese Richtung wandern konnten, riss sie sich zusammen, nahm die Salbe vom Tisch und verschwand im Badezimmer. Kurze Zeit später saß sie mit Leo zusammen auf dem Boden und schob unschuldig einen Trekker vor sich her.

"Summi, wann kommt Cleo zu uns?"

Diese Frage kam völlig unerwartet und Summer wusste nicht, wie sie am besten antworten sollte, ohne den kleinen Jungen zu verstören. Sie hatten Cleo, seine liebe kleine Hündin, zu einer Pflegefamilie gegeben. Leos Großeltern waren alt und konnten den Bedürfnissen eines kleinen, agilen Hundes nicht gerecht werden und so hatte Summer vorausschauend eine liebevolle Familie für den süßen Hund gesucht, die sich in ihrer Zeit in Korea um ihn kümmern würde. Sollte Leo jedoch nicht mit ihr zusammen nach Deutschland zurückkommen, dann würde er seinen Liebling vermutlich nie wieder sehen.

"Cleo macht genau wie du gerade Ferien und spielt mit ganz vielen anderen Hunden. Sie wird sich freuen, wenn du sie wieder besuchst, aber wenn du willst, dann können wir ihr gerne jeden Tag einen Brief schreiben und ihr mitteilen, was wir hier machen. Vielleicht findet sie ja auch jemanden, der für sie etwas zurückschreibt?"

"Summi, aber Cleo kann doch nur zuhören und nicht sprechen", korrigierte sie der Kleine ganz ernsthaft. Doch bei dem Gedanken daran, seiner Freundin zu schreiben, strahlte sein kleines Gesicht fröhlich. "Lass uns gleich etwas für sie schreiben, Summi, ja? Ich will ihr erzählen, wie viele Trecker ich hier habe. Guck mal, der ist von ..."

Summer lauschte dem Plappern ihres Patenkindes und lächelte ihn liebevoll an. Ihr Herz würde brechen, wenn sein Vater tatsächlich darauf bestehen sollte, Leo hier in Korea zu behalten. Wenn sie Leo nie wiedersehen würde, dann wäre es so, als würde sie Delia ein zweites Mal verlieren. War es wirklich so schlimm, Liams sexuelle Wünsche zu erfüllen, wenn sie hier war? Immerhin hatte er bislang nichts getan, was sie nicht wollte. Eher im Gegenteil, er hatte dafür gesorgt, dass sie zum ersten Mal in ihrem Leben sogar Spaß am Sex hatte.

Am Nachmittag klingelte es an der Tür. Summer erinnerte sich an Liams Worte, dass nur ausgewählte Personen den Tür Code kannten und an dem Tag, als sie hierhergefahren wurden, hatte ihr der Fahrer sogar die Tür mit dem Code geöffnet. Er konnte der unbekannte Besucher schon einmal nicht sein. Gleichzeitig neugierig und nervös lief sie zur Tür und sah auf das kleine Display, das die Person über die Türkamera anzeigte. Es war eine Frau, bereits etwas älter, sehr stark geschminkt und etwas aufreizend gekleidet, die ungeduldig ein weiteres Mal auf die Klingel drückte, ehe sie energisch an die Tür klopfte.

"Liam, mach endlich die Tür auf." Ihre Stimme war laut und energisch. Summer war sie auf der Stelle unsympathisch. "Du kannst mich nicht einfach so abservieren. Ich verlange eine Erklärung und zwar sofort. Liam, mach auf!"

Summer verstand nicht, was die Unbekannte rief, aber ihr Ton war ganz eindeutig wütend und fordernd. Woher wusste sie, dass in dem Apartment jemand war? Hatte sie sie irgendwo gesehen oder gehört? Erschrocken drehte sich Summer um und sah hinüber zu den bodenhohen Fenstern, die den Blick auf den Han Fluss freigaben. War es möglich, dass die unbekannte Frau sie hierdurch gesehen hatte? Dann kniff sie die Augen zusammen und betrachtete das Glas genauer. Es schien so, als wäre es etwas dunkler als normal, und sie meinte sich zu erinnern, dass die Fenster von außen aussahen wie riesige Spiegel. Die Frau konnte also nicht wissen, dass sie zuhause war. Warum hörte sie dann nicht auf, an die Tür zu hämmern?

"Liam, ich bleibe so lange hier, bis du endlich aufmachst. Irgendwann musst du mit mir reden. Liam!" Plötzlich änderte sie ihre Stimmlage und ein weinerlicher Unterton war zu hören. "Ich liebe dich doch und ich verstehe nicht, warum du mich nicht mehr willst. Bitte, Liam, komm heraus und lass uns alles klären, ja?"

Die Frau wechselte plötzlich wieder zu einer aggressiven Stimmlage und begann sogar, hysterisch zu kreischen. In der Zwischenzeit war Leo ängstlich neben Summer aufgetaucht und klammerte sich an ihrem Bein fest.

"Summi, wer ist die Frau? Sie macht mir Angst." Summer beugte sich herunter und hob ihren Patensohn auf den Arm.

"Du musst keine Angst haben, Liebling. Die Frau ist bestimmt nur verwirrt und wollte gar nicht zu uns. Sie hat sich bestimmt in der Tür geirrt." Summers Erklärung stimmte den Kleinen nicht um.

"Aber Summi, ich habe Papas Namen gehört. Auch wenn ich alles andere nicht verstanden habe, so hat sie doch immer wieder Papas Namen gesagt. Summi, die Frau ist böse und ich will, dass du sie wegmachst." Sein niedliches Gesicht verzog sich und in seinen wunderschönen dunklen Augen sammelten sich Tränen.

Summer lächelte und strich Leo über seinen dunklen Kopf, der sie sofort wieder an Liam erinnerte. Da die Frau koreanisch gesprochen hatte, konnte auch Summer nur wenig von den Worten verstehen, aber genau wie Leo wusste sie, dass die Frau sich nicht in der Tür geirrt hatte.

Mit Leo auf dem Arm ging sie zurück ins Wohnzimmer und setzte ihn neben sich auf die Couch.

"Wollen wir deinen Papa anrufen und fragen, wer die Frau ist?"

Leo nickte heftig. Scheinbar wollte er die männliche Unterstützung für seine Summi sichern. Summer wählte die Nummer, die Liam ihr für den Notfall gegeben hatte und bereits nach zwei Mal Klingeln war er am Apparat.

"Yeoboseyo?" Seine tiefe, samtene Stimme jagte einen wohligen Schauer über ihre Haut.

"Liam?" vergewisserte sie sich.

"Summer, sprich, ich habe ein Meeting. Was gibt es?" Obwohl er vermutlich in diesem Moment nicht allein war, klang seine Stimme ruhig und nicht gehetzt.

"Liam, hier steht eine merkwürdige Frau vor deiner Haustür und verlangt lautstark nach dir. Sie scheint sowohl wütend als auch traurig zu sein. Leo ist recht verängstigt und ich weiß nicht, wie wir sie wieder loswerden können."

"Stelle den Fernseher an und gucke eine Sendung zusammen mit Leo – in höherer Lautstärke. Um den Rest kümmere ich mich." Er hatte aufgelegt, ehe sie noch etwas sagen konnte.

Sie griff nach der Fernbedienung für den Fernseher und schaltete ihn wie vorgeschlagen an. Nach kurzem Suchen fand sie eine Zeichentrickserie, die altersgerecht für Leo zu sein schien und beide versuchten, das laute Hämmern an der Tür bestmöglich zu ignorieren. Bereits nach fünf Minuten kehrte plötzlich wieder Stille ein.

"Ich gehe schnell nachsehen, ob die Frau jetzt gemerkt hat, dass sie an der falschen Tür geklopft hat, ja Leo? Schau ruhig weiter." Leo nickte abwesend und beobachtete weiter mit großen Augen die gezeichneten Traktoren auf dem Bildschirm. Summer sprintete zur Eingangstür und konnte über die Türkamera gerade noch sehen, wie zwei uniformierte Personen links und rechts die wild kreischende Frau untergehakt hatten und zum Aufzug zerrten.

Zwei Minuten später klingelte Summers Handy und sie sah, dass es Liam war.

"Hat die Security sie abgeholt?" fragte er ohne Einleitung.

"Wenn die beiden Männer vom Sicherheitsdienst waren, dann ja. Liam, wer war die Frau? Sie wirkte beängstigend. Wieso stand sie vor deiner Tür und war so böse?"

"Eine Sasaeng, ein verrückter, aufdringlicher Stalker-Fan. Ein echtes Problem hier in Korea. Wenn es die Frau ist, die ich meine, dann war sie etwa vierzig Jahre alt, hatte aufreizende Kleidung an und war sehr stark geschminkt, oder?" Summer überlegte kurz.

"Ja, so sah sie in etwa aus. Also kennst du sie?" Liam lachte wenig erfreut.

"Wohl eher nicht. Sie ist die Ehefrau eines reichen Mannes und verfolgt mich bereits seit einigen Jahren. Sie bildet sich ein, dass sie eine Affäre mit mir hat und schafft es immer wieder, zu meiner Wohnung vorzudringen. Wirklich lästig. Allerdings weiß ich, dass sie im Oberstübchen auch nicht ganz richtig tickt. Ihr Mann hatte sie bereits mehrmals in eine Psychiatrie eingewiesen und da geht sie vermutlich jetzt auch wieder hin. Manchen ist leider nicht zu helfen, aber es gibt auch andere Sasaeng, die ganz normal sind und mich dennoch obsessiv verfolgen. Das bringt es leider mit sich, wenn man hier in Korea berühmt ist. Also, das ist auch ein Grund mit, warum Leo niemals der Öffentlichkeit als mein Sohn bekannt gemacht werden darf. Es wäre viel zu gefährlich für ihn."

Summer war schockiert, als sie diese Dinge hörte. Sasaeng? Stalker Fans? Gab es auch so etwas in Deutschland? Ja, bestimmt, nur hörte man von diesen eher selten.

"Danke Liam, dass du uns geholfen hast. Ich will dich nicht weiter bei deiner Arbeit stören." Summer legte auf.

Leo saß noch immer neben ihr und starrte fasziniert auf den Bildschirm. Nicht auszudenken, was diese Stalker Fans vielleicht machen würden, wenn sie von seiner Existenz wüssten, dachte Summer und strich Leo liebevoll über die Wange. Noch ein Grund mehr, ihn komplett in meine Obhut zu übergeben und ihn zusammen mit mir nach Deutschland gehen zu lassen.

Am Nachmittag wurden erst die erwarteten Pakete geliefert und kurze Zeit später klingelte es erneut an der Tür. Dieses Mal öffnete sie jedoch der Gast selbst und Summer atmete auf, als sie das bekannte Gesicht des Fahrers wiedersah, der sie am Flughafen abgeholt und zu Liam gebracht hatte.

Freundlich grüßte er sie und sie ahmte seine Begrüßung nach. Wortlos ging sie mit ihm und Leo zusammen zum Aufzug und fuhren hinunter in die Parkgarage, die direkt unter dem Apartmentkomplex war. Der Chauffeur öffnete Summer und Leo die Tür zum Rücksitz und ließ beide einsteigen. Sie hatte sich zuvor das Ziel ihrer Fahrt auf einen Zettel in ungeübten Hangul aufgeschrieben und zeigte es nun ihrem Fahrer. Sie würden wie Leo versprochen einen Tag am Han Fluss verbringen, denn an diesem Nachmittag schien die Sonne verlockend vom Himmel und spiegelte sich verführerisch an der Oberfläche des Hauptstadt-Flusses.

Zu Summers Überraschung war es an der Promenade des Wassers recht belebt und so hielt sie Leo fest an ihrer Hand während sie spazieren gingen. Als ein kleiner Spielplatz in Flussnähe zu sehen war, riss sich Leo aufgeregt von seiner Patentante los und bat flehend darum, spielen zu gehen. Summer lächelte und machte ihm ein Zeichen, dass er loslaufen sollte. Ohne ihn aus den Augen zu lassen, ging sie etwas gemächlicher hinter ihm her und beobachtete, wie er bereits kurze Zeit nach seiner Ankunft auf dem Spielplatz trotz der Sprachhürde Freunde gemacht hatte und zusammen mit zwei weiteren Jungs auf der Rutsche spielte.

Summer setzte sich auf eine Bank und behielt ihren Kleinen fest im Blick. Unauffällig sah sie sich auf dem Spielplatz um und betrachtete die anderen Eltern, die ebenfalls ihre Kinder beim Spielen beobachteten. Selbstverständlich hatte man sie bemerkt, jedoch allein ihre hellblonden Haare und ihre offensichtlich europäische Herkunft hielten die anderen Mütter davon ab, sie anzusprechen. Vermutlich trauten sie sich nicht, ihre Englischkenntnisse anzuwenden oder sie wollten einfach keinen Kontakt zu einer Frau, die nicht aus ihrem Kreis kam.

Summer fühlte sich in diesem Moment sehr einsam und seufzte leise. Plötzlich setzte sich jemand neben sie und sah hinüber zu den Kindern, während er sie ansprach.

"Sie kommen aus Europa?" Es war ein junger Mann, der sich endlich getraut hatte, sie anzusprechen. Sie hatte ihn bereits aus den Augenwinkeln gesehen, wie er am Rande des Platzes stand und zögerte, ob er zu ihr herüberkommen sollte. Jetzt sprach er, während er seinen Blick nicht direkt auf sie richtete. Wie süß, er war ganz offensichtlich schüchtern.

Summer hatte keine Probleme, ihn direkt zu betrachten. Vermutlich war das einfach ihr deutsches Gen, denn so offen jemanden anzusehen galt in Korea eher als unhöflich.

"Aus Deutschland, um ganz präzise zu sein", antwortete sie lächelnd.

Überrascht wandte der junge Mann seinen Kopf und sah sie nun offen an. Er war wirklich hübsch, wie Summer fand. Sein Gesicht war ebenmäßig mit einer geraden, schmalen Nase, die Augenbrauen dunkel und die Augen blickten neugierig und offen. Er trug ein tief ins Gesicht hinein gezogenes Basecap, das seine Schönheit jedoch nur betonte und nicht verdeckte. Seine vollen Lippen verzogen sich zu einem Lächeln und er öffnete dabei den Mund und zeigte eine Reihe gerader schneeweißer Zähne. Er war recht groß, was noch durch eine übermäßig schlanke Figur betont wurde. Allerdings hatte er auch breite Schultern und machte insgesamt einen sehr trainierten Eindruck.

"Ich bin in Deutschland aufgewachsen, bis ich mit 17 Jahren hierher gezogen bin", erklärte er stolz und sprach dabei in ihrer Muttersprache.

"Oh, Ihr Deutsch ist wirklich noch ausgezeichnet. Darf ich fragen, wie lange sie schon wieder hier in Korea wohnen?" Interessiert beugte sie sich vor und versuchte, das Alter des jungen Mannes zu schätzen. Er war ganz eindeutig wesentlich jünger als sie, aber genau konnte sie es nicht sagen.

"Ich bin seit sieben Jahren zurück", erklärte er und schnell rechnete Summer. Er war also sieben Jahre jünger als sie.

"Ah, dann war ich in der Mittelstufe, als Sie gerade erst eingeschult wurden." Wenn man es so ausdrückte, war es wirklich ein großer Altersunterschied, dachte sie schmunzelnd.

"Sind Sie wirklich eine Noona? Sie sehen so jung aus, dass ich dachte, wir sind in etwa im gleichen Alter. Wann sind sie geboren?" Summer sah ihn verdutzt an. War es hier üblich, so direkt nach dem Alter einer Frau zu fragen? In Deutschland ein Ding der Unmöglichkeit.

"Ich bin sieben Jahre älter als Sie." Interessiert betrachtete sie ihn und wartete auf seine Reaktion. Er lachte jedoch nur laut auf.

"Das glaube ich Ihnen nicht. Sie sehen so jung aus, dass ich Sie höchstens für Mitte zwanzig einschätzen würde." Sein Blick wanderte von ihrem Gesicht über ihren Oberkörper hinunter zu den nackten Beinen, die unter dem kurzen Rock zu sehen waren. "Sie sind wirklich wunderschön, Noona", flüsterte er plötzlich verlegen und räusperte sich. Summer lachte geschmeichelt bei seinen Worten.

"Was bedeutet Noona?" wunderte sich Summer und war neugierig.

"So nennen wir eine ältere Schwester oder eine Frau, die etwas älter ist, als man selbst. Allerdings sagen das nur Männer zu Frauen und niemals umgekehrt. Wenn ich älter wäre, dann würden Sie mich 'Oppa' nennen." Als er das erklärte, leuchteten plötzlich seine Augen, als wäre das Wort ein Kosename für ihn.

Während des Gesprächs hatte sie immer wieder auf Leo acht gegeben und bemerkte, dass er unter den anderen Kindern mit einem Jungen ganz besonders gut auskam. Gemeinsam kamen die Kinder zu ihr gelaufen, als sie ihre Blicke sahen.

"Summi, das hier ist Seon-Jae. Er ist genauso alt wie ich und mein Freund. Wir wollen jetzt immer zusammenspielen." Leo nahm ganz aufgeregt die Hand seines neuen besten Freundes in seine und dieser umfasste sie ebenfalls.

"Ist das Ihr Sohn, Noona?" Summer blickte von Leo zu dem jungen Mann neben sich und versuchte von seinem Gesicht abzulesen, was er wohl dachte.

"Ja, das ist mein Sohn. Noch ist Leo mein Patenkind, aber bald bin ich seine richtige Mutter." Der junge Mann sah von Leo zu Summer und wieder zu Leo.

"Ehrlich gesagt verstehe ich das nicht ganz." Plötzlich schien ihm ein Licht aufzugehen. "Ah, Sie wollen den Vater heiraten und dann wird dieser Junge ihr eigenes Kind?" In seiner Stimme klang leichte Enttäuschung mit. War es, weil er sie für eine Singlefrau gehalten hatte?

Summer grinste. Leos Vater heiraten wollte sie ganz bestimmt nicht, aber es würde zu weit führen, einen Fremden über ihre häusliche Situation aufzuklären.

"Leo ist im Herzen mein Sohn." Der junge Mann nickte und schien mit dieser Erklärung vorerst zufrieden zu sein.

"Seon-Jae ist mein Neffe. Meine Schwester hat ein Arbeitstreffen und kann nicht auf ihn aufpassen. Deshalb sind wir beide in dieser Woche zusammen, nicht war Seon-Jae?" Der angesprochene Junge guckte seinen Onkel mit großen Augen an, da dieser in der gleichen Sprache gesprochen hatte wie der fremde neue Junge, der jetzt sein Freund war.

"Mein Name ist Choi Ji-Hoo. Wenn unsere Jungs schon Freunde sind, wollen wir es dann nicht auch werden, Noona?"

Der junge Mann sah Summer mit blitzenden schelmischen Augen an und in diesem Moment hatte sie das Gefühl, sie hätte gerade einen sehr großen Welpen aus dem Tierheim mitgenommen.

"Summer Laner", stellte sie sich vor und reichte Ji-Hoo die Hand, die dieser sofort ergriff und wesentlich länger hielt, als es angemessen war.

Vorsichtig versuchte Summer, sie ihm wieder zu entziehen, doch Ji-Hoo hielt sie weiterhin fest. Vielleicht war er doch kein Welpe, sondern ein Wolf im Schafspelz, mutmaßte Summer und spürte überrascht, wie ihr Herz plötzlich schneller zu schlagen begann. Der Junge war interessant.

"Kinder, wollen wir alle zusammen ein Eis essen gehen?" Fragte Ji-Hoo in zwei Sprachen und natürlich waren die beiden kleinen Jungs sofort Feuer und Flamme.

Summer musste dem wohl oder übel zustimmen und gemeinsam gingen sie weiter am Han Fluss entlang, bis sie vor einem Eisstand anhielten und bestellten. Seon-Jae und Leo hüpften übermütig auf und ab und so kam, was kommen musste. Die Eiskugel aus Leos Tüte rutschte heraus und fiel zuerst auf sein T-Shirt und anschließend auf den Boden. Der kleine Junge sah bestürzt und mit Tränen gefüllten Augen auf das Eis, das schnell dahin schmolz – genau wie Summers Herz, als Ji-Hoo in die Hocke ging und dem weinenden Jungen sein eigenes Eis anbot, das er noch nicht angerührt hatte. Überglücklich nahm Leo die Tüte entgegen und hatte sofort seine gute Laune wiedergefunden.

"Ich wohne in der Nähe. Wollen Sie mitkommen und Leo waschen? Das klebrige Eis ist überall auf ihn verteilt. Ich habe noch Ersatz Shirts von Seon-Jae daheim, die meine Schwester für alle Fälle zurückgelassen hat."

Summer wollte zuerst dankend ablehnen, doch als sie sah, wie Leo an seinem T-Shirt rieb, um die Flecken auszuwischen, überlegte sie es sich und nahm das freundliche Angebot des bis vor kurzem noch völlig Fremden dankbar an.

Kapitel 13

Zu Summers Überraschung fuhren sie weder mit einem Taxi noch mit der U-Bahn zur Wohnung des jungen Mannes, sondern er führte sie zu einem Parkplatz, auf dem ein sehr teurer Sportwagen geparkt war. Auf dem schmalen Rücksitz des Autos war der Kindersitz von Seon-Jae, und wie Summer erleichtert feststellte, gab es auch einen zweiten Kindersitz für Leo.

"Manchmal nehme ich noch die Freunde aus der Kita von Seon-Jae mit", erklärte er unaufgefordert und grinste sie an.

Beide Ersatzeltern schnallten die Kinder auf den Rücksitzen fest und stiegen anschließend auf Fahrer- und Beifahrersitz ein. Summer fragte sich, wie sich ein 24-jähriger Mann ein solch teures Auto leisten konnte und bewunderte die exklusive Ausstattung des italienischen Herstellers. Vermutlich war Ji-Hoo der Sohn reicher Eltern oder hatte etwas geerbt. Aber eigentlich war es ihr auch völlig egal und ging sie nichts an, denn sie waren Zufallsbekannte, die die Kinder zusammengebracht hatten.

Ji-Hoo fuhr sicher durch den Großstadtverkehr und überrascht blickte Summer aus dem Autofenster, als er in die gleiche Wohnanlage einbog, in der auch das Apartment von Liam war.

"Hier wohnen Sie?" fragte sie erstaunt und Ji-Hoo lächelte etwas stolz.

"Überrascht?" Die Wohngegend galt als eine der exklusivsten in ganz Seoul und war entsprechend teuer.

"Naja, Leo und ich sind hier ebenfalls für drei Monate wohnhaft. Ich wusste nicht, dass wir Nachbarn sind." Jetzt lachte Ji-Hoo.

"Nachbarn? Hier wohnen bestimmt über 1.000 Menschen und die meisten von ihnen legen allergrößten Wert auf ihre Privatsphäre. Es ist schon ein Wunder, wenn man einmal im Jahr die gleiche Person zweimal sieht." Dann erinnerte er sich an etwas, was sie zuvor gesagt hatte. "Warum bleiben sie nur drei Monate? Ich dachte, sie würden hier heiraten? Wenn ich Leo sehe, dann muss ihr Zukünftiger ein Koreaner sein." Er blickte kurz in den Rückspiegel und sah, wie die beiden Jungs sich nach wie vor trotz ihrer Sprachhindernisse blendend verstanden.

"Wer hat gesagt, dass ich heiraten will?", konnte sich Summer nicht verkneifen zu fragen.

"Nicht? Aber ich dachte wegen dem Jungen ..." Er ließ den Satz unbeendet und blickte hinüber zu Summer.

"Leo ist mein Patenkind. Seine Mutter war meine beste Freundin und ist leider viel zu früh verstorben. Sein Vater ist der Mann, bei dem ich zurzeit mit Leo lebe, um alles wegen der Vormundschaft zu klären. Ich bin also eine freie Frau und demnächst eine alleinerziehende Mutter."

Ji-Hoos Gesichtsausdruck wechselte plötzlich und sie sah ein Blitzen in seinen Augen. Scheinbar hatte sie etwas für ihn Wichtiges gesagt.

"Sie sind eine freie Frau?" Ah, dachte Summer schmunzelnd, daher wehte der Wind.

"Das bin ich tatsächlich. Außer, dass ich Verantwortung für Leo habe, kann ich machen, was ich möchte." Sie wusste, dass er sie verstanden hatte und er wusste, dass sie seine Gedanken erraten hatte.

"Was halten Sie davon, wenn ich Sie heute Abend auf ein Date einlade?", fragte er nun direkt, und alle Schüchternheit, die sie auf dem Spielplatz zuerst bei ihm bemerkt hatte, hatte er abgelegt. Alles oder nichts schien seine Devise zu sein. Summer spürte, wie ihr Körper zu prickeln begann. Sein Blick sagte mehr als seine Worte und er wartete gespannt auf ihre Antwort.

"Ich kann das Haus nicht verlassen. Leo wäre allein und das geht nicht."

"Und wenn ich zu dir komme, Noona?" Er gab nicht so schnell auf und Summer bewunderte seine Forschheit.

"Um acht Uhr schläft Leo." Sie griff in ihre Handtasche und holte einen Zettel heraus, auf dem sie ihm die Apartmentnummer schrieb und legte ihn in die Mittelkonsole des Autos.

Ji-Hoo warf einen Blick auf den Zettel und lächelte. Er hatte nicht erwartet, dass sie auf seine Avancen so schnell eingehen würde. Aber man sagte ja, dass westliche Frauen schnellem Sex nicht abgeneigt wären und das wollte er heute gerne nutzen. Wie praktisch, dass sie auch noch in seiner Anlage wohnte und scheinbar hatte sie überhaupt keine Ahnung, wer er war.

Er parkte seinen Wagen in der Tiefgarage seines Hauses und half seinem Neffen beim Aussteigen, während Summer ihren Sohn abschnallte. Gemeinsam gingen sie zum Fahrstuhl und während sich die Kinder einen Spaß daraus machten, immer wieder den Rufknopf zu drücken, betrachtete Ji-Hoo die schöne blonde Frau vor sich.

Sie hatte eine wahnsinnig tolle Figur. Lange, schlanke Beine, große Brüste, eine schmale Taille und lange, volle blonde Haare, die allem Anschein nach echt waren. Aber ob sie das wirklich waren, würde er dann sehen, wenn sie nackt vor ihm lag, und das sollte sie auf jeden Fall. Er hatte bemerkt, wie sie im Auto einen Blick auf seinen Schritt geworfen hatte, als würde sie prüfen wollen, ob sich ein Date mit ihm wirklich lohnte. Er hätte ihr versprechen können, dass sie voll auf ihre Kosten kommen würde, aber das er wollte er sie selbst herausfinden lassen. Mutter Natur hatte es gut mit ihm gemeint und er wusste das Geschenk auch gut einzusetzen.

Endlich kam der Fahrstuhl und Ji-Hoo drehte sich von den anderen etwas weg. Peinlich, er hatte tatsächlich in Anwesenheit der Kinder einen erigierten Penis. Wie ein Schuljunge, schämte er sich und gleichzeitig war er erstaunt, dass ihn allein der Gedanke an diese Frau so erregte. Er hatte wohl zu lange keine Frau mehr gehabt.

Er grübelte kurz. Ah, ja, das letzte Mal nach dem Konzert. Da war diese kleine Schlampe, die sich jedem anbot. Er hatte sie gefickt, da er nach dem Auftritt wirklich frustriert gewesen war. Die Choreografie war sehr schwer und Dean hatte sie verpatzt. Der hatte vor dem Auftritt noch damit geprahlt, dass er die kleine Groupie-Schlampe gevögelt hatte und wahrscheinlich hatte ihn das die Konzentration gekostet. Aus diesem Grund hatte er die Bitch nach dem Auftritt gesucht und es ihr ebenfalls besorgt, ohne auf sie Rücksicht zu nehmen. Sie war sowieso nur geil darauf, möglichst viele Stars zu ficken. Ob sie dabei selbst zum Abschluss kam, war ihr und auch den meisten ihrer Partner egal. Ja, dachte Ji-Hoo, das war das letzte Mal, dass er eine Frau hatte. Jetzt sagte ihm sein Schwanz, dass er die Gelegenheit heute auf keinen Fall vorübergehen lassen sollte.

Als sie in seinem Apartment ankamen, entschuldigte er sich kurz von den anderen und verschwand im Badezimmer. Summer blieb mit den beiden Kleinen zurück und sah sich in dem aufgeräumten Apartment um, das vom Schnitt her dem von Liam ähnlich war. Allerdings hatte es nur eine Etage, dafür aber mehr Zimmer, wie sie mit einem Blick in den Flur feststellte.

Sie setzte sich auf die Couch, während Seon-Jae Leo an die Hand nahm und in sein Spielzimmer zog, das Ji-Hoo extra für seinen Neffen eingerichtet hatte. Alleine zurückgeblieben fragte sich Summer, was ihr Gastgeber gerade tat und wo er blieb.

Ji-Hoo brauchte nicht lange und kam nach kurzer Zeit sichtlich erleichtert aus dem Bad zurück. Das Handtuch, mit dem er sich abgewischt hatte, lag auf dem Fußboden und würde in Kürze fürchterlich kleben, dachte er grinsend. Summer saß auf dem Sofa und sah ihm lächelnd entgegen.

"Die Kinder sind im Spielzimmer", erklärte sie unschuldig.

Ji-Hoo lächelte und dachte an sein eigenes Spielzimmer, das er ihr etwas später ebenfalls zeigen wollte. Er stellte sich die vielen verschiedenen Spielzeuge vor, die dort aufgereiht in den Regalen standen oder lagen und freute sich darauf, ihr diese Dinge zu zeigen. Sein Grinsen wurde breiter und er versuchte, sich zusammenzureißen, damit er nicht wieder allein im Badezimmer verschwinden musste.

"Ich suche das T-Shirt für Leo heraus und lege es dir raus. Du kannst ihn im Bad waschen." Seine Stimme hatte keinen festen Klang, aber es schien der Blondine nicht aufzufallen.

"Eigentlich ist das gar nicht nötig, oder? Lass die beiden zusammen spielen, dann gehe ich zurück in mein Apartment. Ich wohne schließlich ganz in der Nähe und dann bade ich Leo." Als sie die Worte sagte, spürte er Enttäuschung in sich aufkommen. Hatte er ihre Signale missverstanden?

"Wie du meinst", sah er sie mit einem traurigen Welpen-Blick an. Plötzlich erhellte sich seine Mine. "Möchtest du vielleicht eine Hausführung?" Er wusste nicht, warum er seinen vorherigen Gedanken, ihr alles später und in Ruhe zeigen zu wollen, wieder verworfen hatte. Vielleicht, weil er aufgeregt war und einfach ihre Reaktion sehen wollte, oder weil er sichergehen wollte, dass er sich nicht in ihr getäuscht hatte?

"Gerne, wenn es dir nichts ausmacht."

Summer nickte und Ji-Hoo öffnete die erste Tür für sie. Es war sein kleines Tonstudio und er hatte diesen Raum bewusst gewählt, um damit anzugeben. Eventuell beeindruckte es sie genau wie die anderen Mädchen, wenn sie wusste, dass er ein Idol war.

"Du bist Musiker?", fragte sie erstaunt und Ji-Hoo schlug sich innerlich an die Stirn. Sie hatte wirklich keine Ahnung, dachte er und gleichzeitig fand er den Gedanken sehr anregend. Eine Frau, die ihn als Mann sah und nicht als berühmten Star.

"Ja, das bin ich."

Er zog sie in den kleinen Raum hinein und sie konnte nun Fotos sehen, die an den Wänden hingen und ganz offensichtlich eine K-Pop Band zeigten, die sich über Preise bei Verleihungen freuten. Summer sah genauer hin und erkannte Ji-Hoo auf einem der Bilder.

"Das bist du", sagte sie das offensichtliche.

"Tadaa, das bin ich", erklärte er nicht ohne Stolz.

Summer lachte. "Hier in Korea ist wohl jeder hübsche Mann Mitglied einer K-Pop Gruppe oder er war es, stimmt's? Gibt es noch andere Jobs, wenn man gut aussieht und Geld verdienen möchte?"

Ji-Hoo sah sie verwirrt an. Was meinte sie? Warum machte sie sich über Idols lustig? Sein Job war hart und das Geld, das er verdiente, war ihm nicht ohne Talent und Mühe in die Tasche geflossen. Wusste sie überhaupt, wie viel Blut, Schweiß und Tränen in seinem Beruf steckte? Als sie seinen beleidigten Gesichtsausdruck bemerkte, wurde ihre Mine weich.

"Hey, ich meinte das nicht böse. Ich kenne nur noch ein weiteres Idol, das ebenfalls sehr gut aussieht und verdammt erfolgreich viel Geld verdient hat. Das scheint wirklich eine sehr gute Möglichkeit zu sein, um reich und berühmt zu werden und ich war nur neugierig", versuchte sie ihn zu beschwichtigen. Diese Männer waren aber wirklich empfindlich, wenn es um ihre Berufswahl ging, fand sie.

"Ist dir Geld wichtig?" fragte er nun und war beinahe enttäuscht, dass sie genauso auf Geld und Ruhm aus sein könnte wie alle anderen.

Kurz dachte sie nach, dann schüttelte sie ihren Kopf, so dass ihre blonden Haare um die Schultern wehten.

"Nein, mir ist Geld nicht wichtig. Solange ich meinen Bauch mit gutem Essen füllen kann, ein Dach über dem Kopf und etwas Warmes zum Anziehen habe, bin ich zufrieden. Ach, und Leo darf es an nichts fehlen. Geld macht nicht glücklich, weißt du? Außerdem wäre ich lieber arm und glücklich als reich und ich würde ständig dem Glück hinterherlaufen."

Er sah sie überrascht an. Ihre Worte sickerten ihm unter die Haut und hinterließen kleine Narben. Sie hatte recht, denn obwohl er so viel Geld zur Verfügung hatte, dass er es in seinem Leben vermutlich nicht alleine ausgeben konnte, war er nicht wirklich glücklich. Dank seines Erfolges war er auch sehr einsam. Freunde von früher neideten ihn seinen Status, eine ehrliche Beziehung war stets getrübt von seinem Gefühl, ausgenutzt zu werden. Außerdem stand sein straffer Terminplan dem Aufbau einer Freundschaft stets im Wege. Die einzigen, mit denen er reichlich Zeit verbrachte, waren seine Bandkollegen und die Mitarbeiter seiner Agentur. Aber gerade unter ihnen fühlte er sich oft sehr allein gelassen und einsam. Niemals zeigte er ihnen seine ehrlichen Gefühle und Gedanken. Die Gefahr, Opfer zu werden, war viel zu groß und so war er für seine Fans und seine Arbeitskollegen der stets gut gelaunte Ji-Hoo.

"Lass uns weitergehen", forderte er sie nun auf und schob sie gezielt zu seinem Spielzimmer, da er auf andere Gedanken kommen wollte.

Das Zimmer war mit einem Schloss gesichert, das sich nur durch seinen Fingerabdruck öffnete. Er legte seinen Daumen auf den Scanner und die Tür sprang auf. Neugierig ging Summer hinter ihm in den Raum und war gespannt, welche Geheimnisse sich hier verbargen.

Sie unterdrückte einen kleinen Schrei, als Ji-Hoo das funzelige Licht einschaltete, um den ansonsten tiefschwarz gestrichenen, fensterlosen Raum ein wenig zu erhellen. In der Mitte des Zimmers stand dominierend ein riesiges, rundes Bett, das mit roter Seide bezogen war. Der ganze Raum sah aus wie einem klischeehaften Sado-Maso Roman entsprungen und Summer unterdrückte ein Lachen.

"Das kommt dabei heraus, wenn man einem Innendesigner seine Wünsche mitteilt, die er nach seinen Vorstellungen ändert. Ich wollte einen schalldichten Raum, der gesichert ist und in dem das Bett dominant ist." Er drehte sich wieder zu ihr um. "Das Zimmer wurde noch nie benutzt." Er zwinkerte ihr zu. "Aber ich habe alles hier, was man benötigt, um Spaß zu haben."

Er ging an ihr vorbei und öffnete einen Schrank, der vollgestopft war mit Dildos und Vibratoren in allen Größen, Formen und Farben.

"Ich wollte diese Dinge schon immer ausprobieren, aber bislang habe ich noch nie jemanden mit nach Hause gebracht. Was meinst du? Wollen wir anstatt das Date bei dir zuhause abzuhalten, nicht alle vier heute hier bleiben und sehen, ob etwas Schönes für dich dabei ist? Die Kinder können zusammen in Seon-Jaes Zimmer schlafen und wir beide bleiben hier, wo uns niemand hören oder stören kann. Was meinst du?"

Sein Blick auf ihr war um Zustimmung bettelnd und der Gedanke, eine heiße Nacht mit diesem attraktiven Typen zu haben, war verlockend und ohne weiter zu überlegen oder zu zögern, stimmte sie ihm zu. Ji-Hoo konnte sein Glück nicht fassen und Summer musste beim Anblick des jungen, aufgeregten Musikers beinahe lachen. Es würde interessant werden.

Die Kinder spielten noch bis zum Abendessen und danach brachten sowohl Summer wie auch Ji-Hoo die beiden ins Bett. Bereits nach kurzer Zeit waren die Jungs eingeschlafen und Ji-Hoo schien nur auf diesen Moment gewartet zu haben. Aufgeregt packte er ihre Hand und zog sie hinter sich her zu seinem speziellen Zimmer. Er öffnete die Tür mit seinem Fingerabdruck und schloss sie schnell wieder. Aufgeregt zog er sie zum Spielzeugschrank und präsentierte ihr die verschiedenen Geräte, die er hier übersichtlich aufgereiht hatte.

Summer schluckte schwer. Ji-Hoo hatte Vibratoren, Dildos und noch verschiedene andere Toys, deren Nutzung Summer bei einigen nicht einmal kannte, und sie betrachtete sie mit leicht geröteten Wangen. Neugierig sah der hübsche junge Mann sie an und wartete gespannt, wofür sie sich interessieren mochte. Er selbst hatte einen ganz klaren Favoriten und er war gespannt, ob sie sich für ihn entscheiden würde. Unschlüssig, was von ihr erwartet wurde, griff sie unbewusst nach einem riesigen Dildo, der dem menschlichen Penis nachgebildet war und sah ihn sich genauer an.

"Ah", Ji-Hoo trat ganz nah an sie heran und nahm ihr Ohrläppchen in den Mund, "ich wusste, dass du es gerne etwas härter und größer magst." Seine leisen Worte flüsterte er in ihr Ohr und ein wohliger Schauer rannte über ihren Körper. Schnell legte sie den Dildo zurück in den Schrank und drehte sich um.

"Ich glaube, wir sollten uns erst einmal etwas besser kennenlernen, Ji-Hoo." Sie wollte sich von ihm wegdrehen, und schnell packte er ihr Handgelenk und hielt sie auf.

"Wir können uns doch auch beim Sex besser kennenlernen, oder? Die Kinder schlafen und schau, was du mit mir machst." Er zog ihre sich sträubende Hand herunter und legte sie auf den Schritt seiner Hose, wo sich eine deutliche Beule abzeichnete. "Hilf mir bitte, ihn wieder klein zu machen."

Er rieb ihre Hand auf seiner Erektion und sie hörte auf, sich zu wehren. Ihr Atem wurde ebenfalls schneller und er sah im schwachen Licht, dass sich ihre Brust stärker hob und senkte.

"Es erregt dich, oder? Wie heiß wirst du denn?" Er ließ ihre Hand los, die auf seinem Penis lag und schob sie nun unter ihren Rock, bis er den Rand ihres Höschens berührte. Zärtlich fuhr er am Bündchen entlang, bis er in etwa mittig war und seine Finger unter den Slip schob. Langsam strich er immer tiefer und teilte mit seinen Fingern ihre Schamlippen. Summer sog die Luft ein und öffnete ihre Schenkel leicht für ihn.

"Ah, du bist schon ganz heiß und feucht", stellte er mit Genugtuung fest.

Seine Stimme klang rauer vor Erregung und sein Atem war schwer. Als er seinen Mittelfinger in die Spalte gleiten ließ und ihre Klitoris berührte, zuckte sie zusammen. Ein Feuerstoß schoss durch ihren Unterkörper und sie stöhnte vor Wollust auf. Ji-Hoo hielt inne und sah sie mit ernstem Blick an.

„Hör jetzt genau zu: ich mag es gerne etwas härter und habe auch spezielle Vorlieben. Wenn es dir zu viel wird, dann sag das Wort 'Teddybär' und ich höre sofort auf. Wenn du aber eine ganz neue Erfahrung machen möchtest, dann lass es einfach geschehen."

Seine Worte ließen sie kurz innehalten, doch da er wieder begonnen hatte, ihre Klitoris kreisend mit seinem Daumen zu reiben, warf sie alle Bedenken über Bord und wollte nur noch vögeln. Seit wann war sie eine solche sexbesessene Frau, dass sie bereitwillig ihre Beine für jeden sexy Kerl öffnete, der mit ihr schlafen wollte? Seit sie festgestellt hatte, dass sie ihren Spaß daran hatte und niemanden eine Erklärung schuldig war, dachte sie und schaltete ihr Denken im nächsten Moment aus, denn Ji-Hoo rieb immer heftiger an ihrer empfindsamsten Stelle und genoss sichtlich ihr Stöhnen.

"Du kannst hier so laut sein, wie du willst. Niemand wird dich hören. Lass dich einfach gehen." Das musste er ihr nicht zweimal sagen. Als er seine Finger tief in sie stieß, schrie sie auf und zog seine Hand noch weiter in sich hinein.

"Soll ich jetzt den großen Freund von vorhin dazu holen?", lockte er sie und Summer nickte erst etwas widerstrebend, dann immer heftiger.

Ji-Hoo lachte und sprang vom Bett auf. Er war noch immer in voller Kleidung und sie selbst hatte bislang lediglich ihren Slip eingebüßt. Ihr Rock war über die Hüften hochgeschoben und legte ihren Unterkörper frei. Man musste Prioritäten setzen, schien sein Motto zu sein.

Er griff sich den riesigen Dildo und eine Tube mit Gleitcreme und kam zurück zum Bett, auf dem Summer mit weit gespreizten Beinen lag und auf das wartete, was er ihr versprochen hatte. Ji-Hoo blieb einen Moment vor ihr stehen und genoss den Anblick der weit geöffneten Vagina, die ihm gehörte. Er warf den Dildo aufs Bett und zog sich in wenigen fließenden Bewegungen nackt aus. Sein großer Penis hatte zwar nicht die gleichen Maße wie sein Plastikpendent, aber er war dennoch überdurchschnittlich und versprach ihr Vergnügen. Summer zuckte vor Verlangen, als sie seinen muskulösen durchtrainierten Körper sah.

"Na los, worauf wartest du? Komm endlich zu mir", forderte sie ihn auf. Ji-Hoo schmunzelte wegen ihrer Ungeduld und umfasste seinen Schwanz.

"Meinst du meinen, oder ihn hier?" Er griff nach dem Plastikpenis und hielt ihn hoch.

"Egal, mach einfach was", forderte sie ihn ungeduldig auf.

Ji-Hoo legte den Dildo zur Seite und kniete sich zwischen ihren Beinen. Er setzte seinen eigenen Schwanz an und sie spürte die große Eichel, die an ihre Schamlippen stieß. Auffordernd hob sie die Hüften und Ji-Hoo gab nach. Mit einem tiefen fließenden Stoß drang er komplett in sie ein und sie schrie vor Lust laut auf. Ihr war es egal, dass sie diesen Mann noch nicht einmal 24 Stunden kannte, denn sie wollte nur Fühlen. Seine Stöße waren tief und zu Beginn langsam, so dass sie sich an ihn gewöhnen konnte. Er hatte sich neben ihren Kopf aufgestützt und beobachtete ihr Gesicht bei jeder seiner Bewegungen und änderte immer wieder die Geschwindigkeit und Tiefe ab.

"Gefällt es dir?" fragte er nach einer Zeit etwas atemlos vor zurückgehaltener Begierde und sie nickte heftig.

"Ja, mach weiter. Hör nicht auf!", feuerte sie ihn an. Obwohl sie ihn bat, weiterzumachen, zog er sich plötzlich aus ihr raus und sie hatte das Gefühl, man hätte sie betrogen.

Enttäuscht öffnete sie die Augen und sah ihn an. Er war doch nicht etwa außerhalb von ihr gekommen? Sie blickte auf seinen Schwanz, der nach wie vor steinhart war und dann sah sie, was er vorhatte. Er hatte, obwohl sie vor Feuchtigkeit beinahe überlief, den Dildo mit Gleitcreme beschmiert und setzte ihn jetzt zwischen ihren Beinen an.

"Soll ich ihn auch mit einem Stoß in dich schieben?" Fragte er und betrachtete interessiert den großen Dildo, der ihr zartes Fleisch gleich teilen würde. Langsam begann er, ihn ein wenig in sie hineinzudrücken. Summer schüttelte entsetzt den Kopf, als sie merkte, wie groß das Ding wirklich war.

"Nein, mach langsam, der zerreißt mich. Er ist viel zu dick", wehrte sie ihn ab und blickte an sich herunter. Ji-Hoo saß zwischen ihren Schenkeln und streichelte liebevoll den Gummischwanz. Er war vermutlich 30 cm lang und hatte einen Durchmesser von fünf Zentimeter. Unmöglich würde dieses Monsterding in sie reinpassen.

"Aber nein, meine Süße, er wird dich nur besonders stark dehnen und ausfüllen. Schau, den Kopf schiebe ich jetzt in dich rein. Ist doch gar nicht so schlimm, oder?"

Summer hatte das Gefühl, sie würde auseinandergerissen werden, als er begann, den Riesendildo Stück für Stück in sie hineinzudrücken. Immer wieder zog er ihn etwas zurück und bei jedem neuen Einführen schob er ihn ein wenig tiefer in sie. Nach und nach gewöhnte sie sich jedoch an seine Größe und stolz verkündete er, dass er ihn bereits zur Hälfte in ihr versenkt hätte. Dann begann er, den Gummischwanz zu bewegen und sie glaubte, sie würde innerlich zerreißen. Das Gefühl war unglaublich und mit jedem Mal schob er den Dildo etwas weiter in sie hinein. Er beobachtete sie dabei und schien ihren Gesichtsausdruck zu genießen, wenn sie beim Einführen stets etwas zusammenzuckte. Sie wollte, dass er damit aufhörte, aber gleichzeitig genoss sie es, so voll ausgefüllt zu sein. Er lachte, als er ihr das Ding beim nächsten Mal gar nicht mehr vorsichtig in sie hinein stieß. Machte es ihm Spaß, wenn sie Schmerzen litt? War es das, was ihn wirklich anmachte und wovor er sie gewarnt hatte? "Teddybär", schrie sie innerlich, doch das Safeword wollte ihr nicht wirklich von den Lippen gehen. Genoss sie es etwa, benutzt und ausgeliefert zu sein?

"Ja, so ist es gut. Nimm ihn hin, du kleine Schlampe. Nimm ihn tief in dir auf und schreie, wenn du kommst. Ich will dein Gesicht sehen, wenn du deinen Orgasmus hast. Soll ich ihn noch ein wenig härter stoßen. Ja? Willst du das? Macht dich das noch mehr an?" Ji-Hoos Stimme war provozierend und hart und es schien ihn sehr zu erregen, welche Macht er über sie ausüben konnte.

"Kommst du gleich, die Schlampe? Ja? Schrei es heraus, wenn du kommst. Na los, komm für mich!" Er feuerte sie an und beobachtete ihre wechselnden Gesichtsausdrücke und ihre geröteten Wangen.

Sie spürte, wie es sich tief in ihr immer mehr zusammenzog und darauf hatte Ji-Hoo gewartet. Er zog den Dildo aus ihr heraus und ersetzte ihn durch seinen eigenen Schwanz. Als sie ihn selbst in sich spürte, begann sie, wie wild ihre Hüften zu bewegen, und kam seinen Stößen entgegen, bis sie nach kurzer Zeit pulsierend heftig zu zucken begann. Laut schrie sie ihren Orgasmus heraus und Ji-Hoo pumpte nun wie ein Besessener in sie hinein, ehe er nach kurzer Zeit ebenfalls mit heftigen Zuckungen tief in ihr mit einem lauten Stöhnen kam.

Erschöpft fiel er nach seinem Höhepunkt neben ihr aufs Bett. Seinen Schwanz ließ er tief in ihr stecken und sie spürte, wie er langsam immer kleiner wurde, ehe er letztendlich aus ihr heraus glitt.

"Das war so gut, Noona. Ich hatte schon lange nicht mehr so einen heftigen Orgasmus wie heute. Ich habe dir bestimmt einen Liter Samen in deinen Bauch gespritzt. Sorry, dass ich nicht an ein Kondom gedacht habe. Du machst doch was, damit du nicht schwanger werden kannst, oder?"

Etwas spät, mein Freund, dachte Summer. "Ich nehme die Anti-Baby-Pille." beruhigte sie ihn. Sie war selbst erschrocken, dass sie mit ihm ohne Kondom geschlafen hatte. Und dann fiel ihr ein, dass auch Liam keines benutzt hatte. Wie leichtsinnig sie doch war.

Kapitel 14

"Noona, darf ich dich gleich noch einmal lieben, wenn ich wieder kann? Ich möchte so gerne noch ein anderes Spielzeug ausprobieren." Seine Augen blickten sie bettelnd an.

War sie sein Versuchskaninchen? Allerdings spürte sie tatsächlich, dass sie bei dem Gedanken daran, dass er sie wie eine Sex Puppe benutzen wollte, schon wieder erregt wurde.

"Noona, ich kann dich so lange, bis ich wieder bereit bin, noch ein wenig verwöhnen, was meinst du?"

Sein Verhalten, wenn er sie nicht gerade vögelte, war so ganz anders. Es schien tatsächlich so, als trage er zwei Gesichter. Eines des lieben jungen Welpen, der es ihr recht machen wollte und eines des wilden Wolfes, der sich gnadenlos holte, was er wollte. Er war unterwürfig und dominant zugleich und das verwirrte Summer ungemein.

Er stand nun auf und lief nackt zum Spielzeugschrank. Summer betrachtete seine schöne Kehrseite und fragte sich, wie aus diesem Welpen beim Sex ein wilder Wolf werden konnte. Er wirkte so aufgeregt, als er im Schrank nach etwas für ihre Befriedigung suchte, als hätte er nicht gerade einen brutalen Monsterdildo für sie verwendet. Kurze Zeit später kam er mit einem niedlichen pinkfarbenen Vibrator zurück, den er nach eingehender Untersuchung anstellte.

"Schau mal, es gibt verschiedene Stufen. Ich möchte die höchste Stufe ausprobieren. Mal sehen, wie lange du brauchst, um wieder zu kommen." Er kniete sich zwischen ihre Beine und zog ihre Schenkel auseinander, so dass sie weit geöffnet vor ihm lag.

"Du bist richtig geschwollen, Noona. Tut es weh?" Er berührte sie zart und sie zuckte etwas zusammen. "Ich muss ihr eine besondere Behandlung zukommen lassen", meinte er eifrig und lächelte.

Er legte den brummenden Vibrator auf ihre Spalte und sah ihr dabei zu, wie sie bereits nach kurzer Zeit versuchte, die Position zu wechseln, um der Vibration zu entgehen. "Nein, Noona, du musst das aushalten. Ich werde mal das Programm wechseln." Er stellte um und drückte den Vibrator fester in sie. Als sie einen weiteren Orgasmus hatte, nahm er dieses mit einem zufriedenen Grinsen zur Kenntnis. Ihm zuliebe hatte sie ihn auch laut herausgeschrien und bemerkt, dass ihn dieses am meisten antörnte.

"Du kommst wirklich schnell, Noona. Ich glaube, jetzt kann ich auch wieder. Hilfst du mir ein wenig?" Er hielt ihr auffordernd seinen noch halb erigierten Penis entgegen und sie verstand. Tief nahm sie ihn in ihrem Mund auf und saugte an ihm, bis er wieder hart war. Ji-Hoo lief erneut zum Spielzeugschrank und kam mit einem neuen Toy zurück. Es war ein kleines, flaches vibrierendes Ei, das er nun in sie einführte.

"Na, wie ist es?", fragte er neugierig, aber da sie zuvor den großen Vibrator in sich gehabt hatte, spürte sie es kaum. "Du wirst dich wundern, wenn ich in dir bin. Ich glaube, das wird wirklich gut." Er drang mit einer fließenden Bewegung in sie ein und stöhnte vor Wonne auf. "Oh man, ich spüre es. Magst du es, wie ich es dir besorge?"

Er pumpte in sie und schien sich ganz seinem eigenen Genuss hinzugeben. Irgendwann zog er sich aus ihr heraus, wechselte die Position und befahl ihr, sich auf allen vieren vor ihm hinzuknien. Nachdem er sich hinter ihr platziert hatte, stieß er ohne Vorwarnung tief in sie und vögelte sie in einem schnellen Tempo weiter. Er nahm jetzt keinerlei Rücksicht mehr auf sie, sondern stieß nach seinem Belieben so fest zu, dass sie einen Schmerzensschrei unterdrücken musste.

Ganz offensichtlich hatte Ji-Hoo auch Vergnügen daran, allein seiner Befriedigung nachzugehen und wenig Rücksicht auf die Bedürfnisse seiner Sexpartnerin zu nehmen. Vielleicht hatte er aus diesem Grund so viele Spielzeuge vorrätig, damit er wenigstens in der Zeit, wo er nicht gerade wie verrückt in sie hineinpumpte, sie damit befriedigen wollte. Summer biss die Zähne zusammen und versuchte, sich auf das Reiben in ihr zu konzentrieren. Wieder wechselte er die Position und legte sie auf den Rücken. Ihre Beine nahm er in seine Hände und drückte sie neben ihren Kopf.

Sie lag weit offen für ihn und rücksichtslos rammte er seinen Schwanz wieder in sie hinein. Sein Gemächt klatschte an ihre Hinterbacken und sie konnte sein Gesicht sehen, das voller Konzentration war. Er war wunderschön - selbst jetzt, wo er in einer rasenden Schnelligkeit seine Hüften hob und senkte. Er hatte sich regelrecht in einen Rausch gesteigert und als er endlich kam, war sie so erleichtert, dass sie beinahe geweint hätte. Ji-Hoo packte ihre Brüste und quetschte sie fest zusammen, als er sein Sperma nicht endend wollend in sie hinein verströmte. Sein Gesicht hatte einen Ausdruck reinen Vergnügens und der absoluten Befriedigung.

"Boa, das war so geil. Ich könnte dich jeden Tag so ficken. Du bist so heiß und sexy." Er saß auf der Bettkante und wischte sich mit einem Tuch sauber. Plötzlich drehte er sich zu ihr um und sah sie voller Erwartung an. "Was meinst du? Du wohnst doch auch hier. Wollen wir die Kinder nicht öfter zusammen spielen lassen und uns in dieser Zeit hier in meinem Zimmer vergnügen?"

Er sah sie wieder so an, wie der niedliche Welpe, den sie zuerst in ihm entdeckt hatte, ehe er zum reißenden Wolf wurde. Er war rücksichtslos, wenn er sie vögelte, und er schien mit jedem Mal heftiger zu werden. Wollte sie ihn öfter treffen? Sie hatte festgestellt, obwohl er sie nahm, ohne auf ihr Vergnügen zu achten, sie dennoch das Gefühl hatte, es würde ihr irgendwie gefallen. Lag es daran, dass er zwischen den Kopulationen immer wieder so lieb zu ihr war? Oder lag es daran, dass es sie schlicht und einfach erregte, wenn sie wie ein Stück Fleisch benutzt wurde?

Vermutlich, denn es hatte sie in gewisser Weise total angetörnt, dass er sich in ihr befriedigte und sie nichts weiter tun musste. Sie fand es lästig, wenn sie im Bett die Führung übernehmen musste. Lieber ließ sie sich sagen, was sie tun sollte und gehorchte. Und dieser junge Wolf gehörte ganz sicher zu den Männern, die sich das nahmen, was sie wollten. Ji-Hoo beobachtete ihr Gesicht, auf dem sich ihre Gefühle scheinbar gut lesbar für ihn widerspiegelten. Er ließ sich mit einem undeutbaren Grinsen auf das Bett zurückfallen und sah sie an.

"Es macht dich an, wenn ich dich benutze, stimmt's? Du bist im Bett gerne unterwürfig, ja? Bei mir bekommst du das, das kann ich dir versprechen. Aber ich kann dir nicht garantieren, dass es immer schön für dich ist." Seine Andeutung ließ sie zusammenzucken. Sie ahnte, welche Fantasie er wirklich hatte und das war etwas, an das sie nicht einmal in ihrer dunkelsten Vorstellung gedacht hatte. Aber es gab für alles ein erstes Mal, doch diesen Schritt wollte sie nicht gehen. Oder?

Nach wie vor hatte sie das Safeword nicht gesagt und sie merkte, dass sie begann, sein Spiel zu genießen und mitzuspielen.

Ohne zu antworten, stand sie auf, nahm den Slip vom Boden und zog ihn wieder an. Obwohl er sie mehrmals gevögelt hatte, hatte er ihr außer diesem kein weiteres Kleidungsstück ausgezogen. Ganz offensichtlich war ihm außer ihrem Unterleib auch nichts anderes wichtig – zumindest in diesem Raum.

"Ich weiß nicht, ich denke, wir belassen es bei dem heutigen Tag. Nachdem Leo aufgewacht ist, werde ich mit ihm zurück in unser Apartment gehen. Wenn wir uns zufällig noch einmal über den Weg laufen sollten …"

Sie ließ den Satz offen, denn sowohl sie als auch er wussten, dass er ihre Adresse in der Mittelkonsole im Auto liegen hatte. Und auch, dass sich die Kinder mit Sicherheit wieder zum gemeinsamen Spielen verabreden wollten.

"Du weißt aber schon, dass du hier nur rauskommst, wenn ich dich lasse? Auch von innen ist dieser Raum mit meinem Fingerabdruck gesichert. Ich lasse dich gehen, wenn ich dich zu Ende gefickt habe."

Sein Grinsen wurde gemeiner und Summer lief ein leichter Schauer über den Rücken. Hatte sie mit ihrer Vermutung Recht?

"Was soll das heißen?", fragte sie atemlos. "Willst du mich hier festhalten? Die Kinder sind nebenan und werden bald aufwachen."

Ji-Hoo sah auf seine teure Armbanduhr. "Es sind noch etwa vier Stunden, ehe sie wach werden. Vier Stunden, in denen wir noch schön zusammen spielen und viel ausprobieren können, Noona. Meinst du nicht?"

Er griff an sich herunter und rieb seinen Penis, der tatsächlich wieder steif wurde. Mein Gott, konnte dieser Mann immer? Vermutlich erregte ihn der Gedanke, dass er sie nun dahin dirigieren würde, wo er sie gerne haben wollte.

"Schau, ich mag es nun einmal, mir das zu holen, was ich will. Wenn du einfach deine Beine breit machst, dann übernehme ich den Rest."

Sie hatte recht mit ihrer Vermutung gehabt. Alles vor diesem Moment war nicht echt gewesen. Er wollte gar nicht, dass sie einen Orgasmus hatte. Er wollte sie besinnungslos vögeln, ohne dass sie auf ihre Kosten kommen sollte. Das war es, was er wirklich wollte. Aber irgendwie machte es sie auch an, dass er sie benutzte und sie war gespannt, was er jetzt vorhatte.

Ji-Hoo stand auf und ging mit erigiertem Penis zu seinem Schrank. Er kam mit zwei Dingen zurück, die sie auf den ersten Blick überhaupt nicht zuordnen konnte.

"Leg dich hin und spreize deine Beine", befahl er ihr. Sie schüttelte den Kopf.

"Spinnst du? Du lässt mich jetzt sofort hier raus und ich werde mit Leo nach Hause gehen." Ihr Protest war nicht echt, hörte sich aber für Ji-Hoo so an. Sie hatte das Safeword immer noch im Kopf, doch dann siegte ihre Neugier. Sie würde sich der neuen Erfahrung stellen. Ji-Hoo schien ihre Weigerung weiter zu erregen.

"Das glaube ich nicht. Habe ich vergessen, dir zu verraten, dass ich hier Kameras habe und ich deine liebevolle Hingabe gefilmt habe? Jetzt kommen wir erst zum richtigen Spaß und ich habe dir gesagt, dass du dich hinlegen sollst und mir deine Fotze zeigst. Sofort!" Er griff nach ihr und schubste sie zurück aufs Bett. Nervös blickte sie sich um und suchte nach den von ihm genannten Kameras. Das hatte sie nicht erwartet. Wenn er sie beim Sex gefilmt hatte, dann könnte das für ihren Vormundschaftsantrag schlecht aussehen und das würde der ganzen Situation eine andere Note geben. Sie war ihm wirklich ausgeliefert.

"Ich sage dir nicht noch einmal, dass du die Beine spreizen sollst", befahl er nun ungehalten.

Seine Stimme war scharf und ließ keinen weiteren Widerspruch zu. Summer gab auf und öffnete ihre Schenkel für ihn. Er kniete sich zu ihr aufs Bett und legte seine Beine auf ihre Oberschenkel. Mit einem Ruck zog er ihr den Slip von den Hüften und bohrte ihr einen Finger tief in sie hinein.

"Ich mag meine Frauen lieber etwas trockener." Prüfen sah er auf seinen Finger, dann griff er nach dem ersten "Spielzeug", das er aus dem Schrank genommen hatte – eine Salbe. Er drückte eine kleine Kugel aus der Tube heraus.

"Was ist das?" Ängstlich wollte sie ihre Beine schließen, doch seine Knie verhinderten das.

"Betäubungscreme", antwortete er knapp, dann rieb er die Creme auf ihre Klitoris.

"Verdammt, was machst du?" Er grinste beinahe diabolisch und nahm seine zweite Überraschung zur Hand. Sie sah aus wie eine Art Hütchen. Er platzierte dieses ebenfalls über ihrer Klitoris und fixierte es mit Klemmen, die er in ihren Schamlippen befestigte.

"So, jetzt bist du beschnitten und wir wollen mal sehen, ob du immer noch so eklig feucht bist, dass ich kaum etwas von dir spüre. Habe ich dir eigentlich erzählt, dass ich es liebe, wenn die Schlampe unter mir laut schreit – gerne auch, weil es ihr unangenehm ist und nicht, weil sie kommt? Das möchte ich heute mit dir ausprobieren. Bist du schon einmal mehrere Stunden lang gefickt worden, ohne dass du gekommen bist? Frustrierend, stimmt`s? Aber genau die Erfahrung wirst du gleich machen. Die Creme müsste bereits wirken und ehrlich gesagt glaube ich, dass ich gleich platze, wenn ich ihn nicht endlich in dich schieben kann."

Er schob seine Finger in sie hinein und stellte mit einem zufriedenen Lächeln fest, dass sie tatsächlich nicht mehr feucht war. Scheinbar hatte er sie mit seinen Worten verängstigt und nicht erregt. Am liebsten hätte er sie bereits am Abend zuvor ohne Vorwarnung gevögelt - eigentlich sollte man eher vergewaltigt dazu sagen. Das war etwas, was er gerne tun würde, sich aber nicht zugestand.

Ein Typ aus seiner Boygroup praktizierte dieses jedoch das eine oder andere Mal. Er hatte sogar eine Chatgruppe, in der er die Filme und Fotos seiner Vergewaltigungen teilte. Es gab immer wieder Gelegenheiten, wenn ihm sein spezieller Agent Mädchen zuführte. Meistens waren es Fans von ihm, aber manchmal auch einfach Frauen, die er sexy fand und ficken wollte. Er ließ die Mädchen, die nicht freiwillig mitkommen wollten, unter Drogen setzen und in einem Hotelzimmer abliefern. Dann machte er sich über die bewusstlosen Dinger her und filmte sich sogar dabei. Ji-Hoo hasste den Kerl wie die Pest, aber er war immer noch ein Mitglied seiner Band und daher konnte er ihn nicht verraten. Dieser Scheißkerl liebte es, wenn sie noch Jungfrau waren und seine Manager gaben den so entehrten Mädchen Geld, damit die armen Opfer ihren Mund hielten. Diese Praxis war ekelhaft und obwohl man ihm selbst auch schon Mädchen angeboten hatte, würde er sie niemals gegen ihren Willen vergewaltigen.

Sein Blick fiel nun auf Summer, die halbnackt vor ihm lag und ihn mit unsicherem Blick ansah, aber dennoch nicht das Safeword nannte. Diese Schlampe hier, die bereitwillig mit zu ihm nach Hause gekommen war und sich von ihm hatte vögeln lassen, hatte in der ersten Hälfte der Nacht ihr Vergnügen gehabt. Jetzt würde er endlich seinen Fetisch ausleben und sie würde nur noch nehmen und für ihn bereit sein - die Schmerzen fühlen.

Mit einem bösen geilen Lächeln zog er ihre Schenkel weit auseinander und bohrte seinen großen Schwanz tief in sie hinein. Sie schrie, wie er erwartet hatte, jedoch nicht vor Freude, sondern vor Schmerz. Einen kurzen Moment wartete er, ob sie das Safeword sagen würde, doch sie blieb stumm. Vielleicht fand sie es gar nicht so schlimm, so hart dran genommen zu werden? Er spürte, dass sein Schwanz immer härter in ihr wurde und begann, sie langsam und konstant zu stoßen. Sie wandte sich unter ihm und er genoss es, dass sie jetzt so eng war und sich immer enger um ihn schloss. Er würde es lange, sehr lange durchhalten, und immer dann, wenn sie Gefahr lief, wund zu werden, nahm er etwas Gleitcreme und schmierte sie ein wenig. Nicht zu viel, denn sie sollte ja nicht glauben, dass er sie schonte und er wollte das Gefühl, dass er die volle Macht über sie hatte. Er nahm immer nur so viel, dass sie keine Verletzungen davontrug. Wie eine Maschine fickte er sie jetzt und sie hatte irgendwann aufgegeben, sich gegen ihn zu wehren. Ihr Blick war leer und doch ließ sie es klaglos über sich ergehen. Irgendwann drehte er sie auf den Bauch und zog ihre Schenkel weit auseinander, so dass er einen guten Blick auf ihr malträtiertes Fleisch hatte, ehe er wieder in sie eindrang und sie weiter mit brutalen Stößen quälte.

Er griff in ihre langen Haare und wickelte sie sich um seinen Arm. „Schrei, du Hure. Schrei wenn du meinen Schwanz spürst!".

Seine Hüften knallten klatschend auf sie und er stöhnte geil und röchelnd. Dieser Ritt war genau das, was er wollte: eine geile Blondine bis zur Bewusstlosigkeit rammen. Plötzlich spürte er, dass er keine Gleitcreme mehr nehmen musste. Die geile Bitch wurde von allein feucht und schien es zu genießen. Ungläubig sah er auf sie hinunter und als sie tatsächlich unter ihm zu Zucken begann, stieß er beinahe wütend ein letztes Mal in sie, ehe er sich auf ihrem Hintern ergoss.

Enttäuscht drehte er sich zur Seite. Sie hatte seine Fantasie zerstört, aber trotzdem hatte er es unendlich genossen. Sie hatte zu Anfang sicher keine Freude verspürt, aber dass er es geschafft hatte, sie dennoch kommen zu lassen, war merkwürdigerweise etwas, auf das er stolz war.

Er zog sie eng in seine Arme und obwohl er sie zuvor sehr schlecht behandelt hatte, kuschelte sie sich beinahe vertrauensvoll an ihn und schlief sofort ein. Nachdenklich betrachtete er ihr schönes Gesicht und strich vorsichtig eine Strähne ihres hellen Haares von ihrer Stirn. Unerwartete Zärtlichkeit stieg in ihm hoch und überraschte ihn selbst. Sie hatte sich klaglos dem ergeben, was er mit ihr gemacht hatte, aber jetzt, mit Beginn des neuen Morgens, fragte er sich, ob sie wohl ihre Nacht wiederholen würde. Vermutlich war sie aber so geschockt von ihm, dass sie ihn nie wiedersehen wollte. Unerwartetes Bedauern beschlich ihn und er begann zu bereuen, dass er sie bereits bei ihrem ersten Treffen mit seiner dunklen Seite konfrontiert hatte.

Vorsichtig, um sie nicht aufzuwecken, drückte er ihr einen zarten Kuss auf die Stirn und trug sie aus seinem Spielzimmer hinüber in das freundliche Gästezimmer. Dabei beschlich ihn das Gefühl, dass er sie vermutlich nie wieder in diesen Raum würde einladen dürfen, und er fragte sich, wie er das ändern könnte. Mit ihr zusammen hatte er sich wenigstens für eine Nacht nicht so einsam gefühlt.

Kapitel 15

Sie wollte nicht mehr frühstücken und sich nach dem Aufwachen nur noch Leo schnappen, um zurück in ihr Apartment zu gelangen und damit möglichst viel Abstand zwischen sich und Ji-Hoo bringen. So war zumindest ihr Plan, bevor sie am Morgen die Augen aufgeschlagen hatte. Zu ihrer Überraschung lag sie nicht mehr in dem düsteren, schwarzen Raum mit den roten Laken, sondern in einem hübsch eingerichteten Schlafzimmer, das ganz offensichtlich für Gäste vorgehalten wurde. Ji-Hoo musste sie am frühen Morgen ohne ihr Wissen hier hinüber getragen haben und hatte ihr sogar ein bequemes T-Shirt angezogen. Zu ihrer weiteren Überraschung schmerzte es zwischen ihren Beinen nicht so sehr, wie sie befürchtet hatte, denn offensichtlich hatte er eine Wundcreme für sie aufgetragen.

Als sie aufstand, um im angrenzenden Bad zu duschen, lagen hier eine saubere Jogginghose, ein Sweatshirt und sogar ein neuer Slip und BH. Nachdem sie sich angekleidet hatte und ihre andere Wäsche in einem bereitgelegten Wäschesack verstaut hatte, putzte sie sich die Zähne mit der Gäste Zahnbürste und kämmte sich die Haare. Sogar etwas Schminke war im Bad vorbereitet und sie fragte sich, ob Ji-Hoo schon öfter einen ähnlichen Übernachtungsgast in seinem Zuhause gehabt hätte. Er hatte zwar gesagt, dass das nicht der Fall gewesen sei, aber dennoch machte sie die sorgfältige Planung für den Tag danach misstrauisch.

Vorsichtig öffnete sie die Zimmertür und lugte in den Flur. Wieder wurde sie von ihrem Gastgeber überrascht, als sie aus dem geteilten Wohn-Esszimmer das Lachen von zwei kleinen Jungs hörte und ihr der leckere Duft von gebratenem Speck in die Nase drang.

“Guten Morgen”, begrüßte sie alle drei etwas verschämt und ging in die Knie, als ihr Patenkind mit lautem Gebrüll auf sie zugelaufen kam und ihr förmlich um den Hals sprang.

“Summi! Guten Morgen! Guck mal, Samchon (*Onkel) hat uns Eier gebraten und ein Gesicht drauf gemacht!”

Der kleine Mann packte ihre Hand und zog sie hinter sich her an den Esstisch, an dem Seon-Jae bereits saß und die blonde Frau mit großen Augen anstarrte, dann sagte er etwas auf koreanisch zu seinem Onkel, was Summer nicht verstand. Als Ji-Hoo lachte, forderte sie ihn auf, für sie beide zu übersetzen.

“Mein Neffe hat gefragt, ob du mit mir auch eine Übernachtungsparty gemacht hast und ob es dir Spaß gemacht hat?”

Frech grinste er sie an und seine Augen blitzten vor Übermut. Er sah nun so ganz anders aus als der dominante Mann, der sie in der Nacht hatte schreien lassen. Summer errötete etwas. Schnell beugte sie sich zu ihrem eigenen Kind herunter, um ihm aus Verlegenheit einen Kuss auf die Wange zu geben. Ji-Hoo lachte herzhaft und gab seinem Neffen eine Antwort, die dieser wohl befürwortete.

“Summer, Seon-Jae und ich wollen jetzt jeden Tag zusammen spielen. Geht das?”

Wieder lachte Ji-Hoo laut.

"Ja, Noona, geht das? Wollen wir dann auch zusammen spielen?"

Seine für die Kinderohren harmlose Frage sorgte jedoch bei Summer dafür, dass sich ihre Wangen noch heftiger röteten. Ji-Hoo unterließ es, weitere zweideutige Anspielungen zu machen und bat seine Gäste an den Tisch. Tatsächlich hatte er schon am Morgen eine Suppe gekocht, Reis vorbereitet und Spiegeleier gebraten. Und wie ihr Patenkind festgestellt hatte, hatten die Eier sogar niedliche Gesichter und brachten sie zum Schmunzeln.

Ji-Hoo war wieder der süße Welpe, den sie auf dem Spielplatz am Han Fluss kennengelernt hatte und sie spürte beinahe etwas wie Bedauern, dass sie ihn nie wiedersehen würde. Eines hatte sie nach dieser Nacht für sich entschieden. Ji-Hoos Geschmack und Vorlieben entsprachen nicht ihren. Diese nächtliche Erfahrung war etwas, das sie nicht wiederholen wollte.

Nach dem Frühstück zogen die Erwachsenen die beiden kleinen Jungs an und gingen gemeinsam mit ihnen zur Tür.

"Noona, ich werde dich zu eurem Apartment bringen. Es gibt hier in der Anlage zwar überall Schilder, aber man kann sich trotzdem schnell verlaufen. Ich muss noch kurz etwas holen, dann bin ich bei euch." Er flitzte zurück in seine Wohnung, während sie mit den beiden Jungs zusammen im Vorflur blieb und ihnen dabei half, ihre Schuhe anzuziehen.

Währenddessen plapperten sowohl Seon-Jae als auch Leo einige Worte in der ihnen jeweils fremden Sprache und lachten sich gegenseitig aus, wenn sie sie falsch aussprachen. Aber jeder gab nicht auf und Summer stellte fest, dass die Kinder untereinander scheinbar die besten Lehrer waren, die man sich vorstellen konnte, denn sowohl der kleine koreanische als auch der kleine, in Deutschland aufgewachsene Junge, sprachen bereits kurze Sätze in der Fremdsprache.

Ji-Hoo kam nach kurzer Zeit zurück und hatte einen Flyer in seiner Hand, den er Summer nun reichte.

"Hier, das ist die Vorschule, in die Seon-Jae geht. Es ist hier in der Nähe, da meine Schwester auch in diesem Viertel lebt. Wenn du willst, dann kann ich dort anrufen und um einen Platz für Leo bitten. Meine Schwester ist im Vorstand und kann bestimmt etwas machen. Es wäre doch schön, wenn Leo hier andere Kinder zum Spielen hätte und gleichzeitig die Sprache lernen würde. Immerhin bleibt ihr doch hier, oder?"

Seine jetzt sanften braunen Augen betrachteten sie fragend und bittend. Wenn Leo in den gleichen Kindergarten gehen würde wie Seon-Jae, dann würde es auf jeden Fall weitere Berührungspunkte zwischen ihnen geben, darüber war sie sich im Klaren. Allerdings konnte sie das auf keinen Fall selbst entscheiden und eigentlich wollte sie es nicht, auch wenn es Leo gegenüber vermutlich egoistisch war.

Außerdem gab es eine weitere Hürde, denn der einzige Erziehungsberechtigte von Leo war sein Vater und ob Liam dem zustimmen würde, war fraglich. Liam, dachte sie plötzlich mit einer gewissen Aufregung. Was würde er von ihr denken, wenn er wüsste, dass sie die Nacht mit einem völligen Fremden verbracht hatte? Würde es ihm etwas ausmachen? Vermutlich nicht.

Ji-Hoo zog nun die Tür hinter sich zu und gemeinsam gingen sie zum Aufzug. Die Erwachsenen schwiegen, während die Kinder wieder ausgelassen in einem Wechsel zwischen den Sprachen versuchten, sich zu unterhalten. Ehe die Stille zwischen den Erwachsenen unangenehmer werden konnte, kam endlich der Lift und sie stiegen ein. Ji-Hoo zog Summer an sich heran und als die Kinder nicht her sahen, suchten seine Lippen ihr empfindliches Ohrläppchen und er flüsterte ihr leise ins Ohr

"Ob du's glaubst oder nicht. Ich bin schon wieder so scharf auf dich. Bitte, lass uns nachher treffen, ja? Ich werde auch dieses Mal viel braver sein, versprochen."

Sein Ton war eindringlich, beinahe flehend und seine Worte sorgten dafür, dass sich ihre Härchen im Nacken aufstellten. Schnell trat sie einen Schritt von ihm zurück.

"Ji-Hoo, ich denke nicht, dass wir uns noch einmal privat treffen sollten. Ich muss mich auf meinen Sohn konzentrieren und stehe unter Beobachtung seines Vaters. Wenn die Kinder zusammen spielen wollen, dann können wir uns gerne auf einem Spielplatz verabreden oder irgendwo sonst in der Öffentlichkeit. Bitte hab Verständnis, dass ich in erster Linie an Leo denken muss."

Ji-Hoos Gesicht verdüsterte sich kurz und sie sah den Schatten des Mannes, der er in der Nacht gewesen war. Er hatte definitiv andere Vorstellungen davon, wie sie sich in Zukunft begegnen sollten.

"Denk daran, dass ich die Aufnahmen habe, Noona. Was sagt der Vater von Leo dazu, wenn er dich so sieht?"

Ji-Hoo war sich bewusst, dass er gerade zu einem Mittel griff, das unfair war, aber er war nicht bereit, kampflos aufzugeben. Heute Morgen am Frühstückstisch hatte sie so wunderschön ausgesehen, so perfekt in seiner Welt, dass er sie nicht gehen lassen wollte. Zumindest noch nicht.

Summer entwich alle Farbe aus dem Gesicht und sie starrte ihn ungläubig an. War das tatsächlich ernst gemeint, dass er sie beide in diesem Dungeon gefilmt hatte und die Aufnahmen Liam zeigen würde?

"Das meinst du nicht ernst, Ji-Hoo. So etwas tust du mir nicht an, denn du weißt, wie viel mir mein Sohn bedeutet."

Die Panik in ihrer Stimme war deutlich herauszuhören und sie spürte, wie Angstschweiß über ihren Rücken lief. Die Lifttüren hatten sich längst geöffnet und die Kinder waren bereits heraus gerannt, so dass Leo zum Glück nicht mitbekam, wie seine Patentante Angst hatte. Ji-Hoo legte seine Hand auf ihr rundes Hinterteil und schob sie ebenfalls hinaus.

"Ob ich es ernst meine oder nicht, kannst du nicht wissen. Gib mir deine Zeit, Noona, mehr will ich nicht."

"Das heißt, du willst mich sehen und es geht hierbei nicht ausschließlich darum, das fortzuführen, was wir heute Nacht begonnen haben?" Ihr Atem beruhigte sich ein wenig und jetzt sah sie ihn irritiert an. Was wollte er genau?

"Ich möchte dich treffen. Wie ein Mann eine Frau trifft. Date mich, Noona. Ich bin verrückt nach dir und möchte möglichst viel Zeit mit dir verbringen."

Er hatte wieder den Hundeblick in seinen Augen und seine Stimme klang aufrichtig. Summer schüttelte ungläubig den Kopf. Dieser Mann war bipolar, keine Zweifel. Er wollte sich mit ihr wie jeder andere Mann verabreden. Zusammen essen gehen? Ins Kino? Oder wie sollte sie es verstehen?

“In zwei Wochen habe ich zusammen mit meiner Band ein Konzert hier in Seoul. Komm mit mir dahin!”

Summer ging neben ihm her und sah auf die Rücken der beiden Jungs, die fröhlich auf dem Gehsteig vor ihnen hüpften. Ein Konzert? Ach ja, er hat etwas davon erzählt, dass er in einer Band war. Einer K-Pop Gruppe.

“Was soll ich mit Leo machen? Ich kenne hier niemanden und natürlich kann ich ihn weder mitnehmen noch allein lassen. Also, wie stellst du dir das vor?”

“Was ist mit seinem Vater? Kann er nicht auf seinen Sohn aufpassen?”

Die Frage war zwar berechtigt, aber völlig abwegig. Liam und Leo hatten bislang so gut wie keinen Kontakt und allein waren die beiden auch noch nie miteinander gewesen. Außerdem wusste sie nicht, wie Liam dazu stand.

“Ich denke nicht, dass das geht, Ji-Hoo. Liam und ich haben eine etwas ... “, hier stockte sie.

Was hatten sie? Eine Beziehung? Nein. Ein Verhältnis? Bestimmt nicht. Eine geschäftliche Vereinbarung? Ja, so konnte man es nennen. Heute würde sie ihm antworten müssen, ob sie den Vertrag mit ihm einging, oder nicht. Der Vertrag, der eine sexuelle Beziehung beinhaltete.

Abrupt blieb sie stehen. Ji-Hoo war nicht der Einzige, der versuchte, sie zu erpressen, um mit ihr zu schlafen. Liam tat es ebenfalls.

“Was ist?”

Ji-Hoo war ebenfalls stehen geblieben und sah sie fragend an. Die Kinder hatten einen zur Anlage gehörigen Spielplatz entdeckt und rannten darauf zu. Summer setzte automatisch ihre Füße wieder in Bewegung und ging hinter den Kleinen her.

“Mir ist eben etwas eingefallen, was ich völlig vergessen habe”, antwortete sie.

“Was ist das?” Ji-Hoo betrachtete sie neugierig.

“Der Vater von Leo und ich werden in den nächsten drei Monaten eine Art Beziehung führen.”

“Wie bitte?” Ungläubig zog Ji-Hoo die Augenbrauen hoch. “Was soll das heißen?”

Summer lachte humorlos.

“Ich werde von ihm genauso erpresst wie von dir. Ist das nicht toll? Ich kann mich zwischen Cholera und Pest entscheiden.“

Ihr Lachen wurde immer hysterischer und Ji-Hoo packte plötzlich ihre Arme.

“Ich erpresse dich nicht, Noona. Ich möchte lediglich mit dir zusammen sein.”

“Ach”, schnaufte sie, “Und was ist mit den Aufnahmen, von denen du gesprochen hast und die du Liam zeigen willst?” Ihre Augen füllten sich mit Tränen und ihre Lippen bebten.

“Verdammt, Noona. Das war ein Spaß! Ich habe uns nicht gefilmt. Auf so etwas stehe ich nicht. Du weißt doch, was mich anmacht und damit habe ich nicht hinter den Berg gehalten. Aber ich kann auch ganz normal sein, ehrlich. Wenn dir das zu hart war, dann kann ich auch ein ganz lieber braver Freund sein, der dich jedes Mal zum Orgasmus bringt.”

“Ji-Hoo!” Erschrocken sah sich Summer um, ob jemand sie gehört haben könnte, doch sie waren allein auf dem Spielplatz. Vermutlich passen Kinder nicht in das schicke Konzept der teuren Anlage. Ihre beiden saßen gerade auf der Rutsche und hörten ebenfalls nichts. Ji-Hoo lachte leise.

“Aber darüber reden, das mag ich trotzdem, Noona.”

Erleichtert lehnte sich Summer zurück und schlug ihre Beine übereinander.

“Wie zum Beispiel, dass deine nackten Beine meinen Schwanz schon wieder knallhart gemacht haben und ich ihn am liebsten wieder tief in dich reinhämmern würde.”

Er hatte ihr die Worte ins Ohr geflüstert und Summer merkte, wie sie über und über rot wurde. Es war eine Sache, in einem eigens eingerichteten Raum über solche Dinge zu reden – aber auf einem öffentlichen Spielplatz, wo sie jederzeit auf andere Menschen treffen könnten ...

“Leo, komm, es ist Zeit, dass wir zurückgehen.” Sie stand schnell auf und wankte plötzlich, da sich ihre Knie wie Wackelpudding anfühlten.

"Siehst du! Auch dich macht es an. Also, Noona, komm bitte mit zu meinem Konzert. Ich möchte dir so gerne stolz zeigen, was ich mache." Er griff nach ihrer Handtasche, die auf der Bank lag, und zog ihr Telefon heraus. "Das ist meine Nummer. Du kannst mir auf KakaoTalk schreiben oder mich jederzeit anrufen. Ich werde immer rangehen, wenn du das bist. Wenn dieser Liam nicht auf seinen Sohn aufpassen will, dann kann die Nanny, die ich für Seon-Jae morgen habe, auch auf beide Jungs ein Auge haben. Das ist für sie mit Sicherheit kein Problem. Bitte, sag mir Bescheid, ja? Ich würde mich sehr freuen."

Seine wunderschönen, großen braunen Augen blickten sie bittend an und Summer begann zu schwanken. Ji-Hoo war außerhalb des Schlafzimmers ein wirklich angenehmer und freundlicher Mensch und vielleicht war er ja wirklich nicht so übel.

"Na gut, ich werde sehen, wie das bei Liam ankommt. Ich verspreche dir nichts, Ji-Hoo, aber ich versuche es, okay?", sagte sie seufzend und kam sich in diesem Moment vor, als hätte sie ihrem kleinen Bruder versprochen, bei seiner Schulaufführung anwesend zu sein.

"Noona, das ist toll!" Jubelnd zog er sie eng in seine Arme und verlegen wollte sich Summer von ihm wegdrücken, doch er hielt sie weiterhin fest. "Spürst du meinen Schwanz, Noona? Er freut sich auch!" Er rieb unauffällig seinen Unterkörper an sie und wurde in diesem Augenblick wieder zum Wolf.

"Summi, magst du Samchon auch so wie ich Seon-Jae mag?"

Leo kam zusammen mit seinem Freund angelaufen und sah strahlend seine Tante an, die sich schnell aus der Umarmung befreite. Ji-Hoo trug einen langen Mantel, den er nun umsichtig vor seinem Körper schloss. Harmlos lächelte er erst Summer und anschließend die beiden Jungs an.

"Deine Tante mag mich wirklich sehr, Leo. Sie hat mich zum Schreien gern."

Leo lachte und hinterfragte nicht den komischen Satz, den sein neuer Onkel gerade gesagt hatte, sondern lief zusammen mit seinem Freund wieder hüpfend vor den Erwachsenen in die Richtung, in der ihre Bleibe für drei Monate war.

Und auch dorthin, wo ein wütender Liam vor der Eingangstür stand und ihnen ungeduldig entgegen sah.

Kapitel 16

"Das ist der Vater von Leo?", fragte Ji-Hoo ungläubig und Summer nickte.

Zu spät fiel ihr ein, dass Liam auf absolute Geheimhaltung gepocht hatte und gerade hatte sie gegenüber diesem jungen Mann, den sie kaum kannte, zugegeben, dass Leo sein Sohn war. Es blieb nur zu hoffen, dass sie sich nicht gegenseitig bekannt waren.

"Choi Ji-Hoo" begrüßte Liam den jungen Mann und zog eine Augenbraue hoch. "Ich wusste nicht, dass du auch in dieser Anlage wohnst."

Ji-Hoo blieb vor Liam stehen und machte eine tiefe Verbeugung.

"Sunbae, also bist du der Vermieter von Noonas Wohnung?"

Summer blickte von einem Mann zum anderen und trat unwillkürlich einen Schritt aus der Gefahrenzone zurück. Direkt beim ersten Blickkontakt sprühten zwischen ihnen die Blitze und es fehlte nur ein Funke, um alles um sie herum in Brand zu stecken.

Beide Männer waren in etwa gleich groß, beide waren unglaublich attraktiv und beide waren dominante Alphatiere. Liam war älter als Ji-Hoo und auch ein wenig breiter gebaut. Die Gesichtszüge von beiden Männern zeigten eine deutliche Spannung und sie musterten sich, wie es vermutlich Tiger in der Natur tun würden, die sich zum ersten Mal begegneten und die Schwäche des Gegners versuchten auszumachen. Der starke ältere Tiger, dem das Revier gehörte, und der mutige freche junge Tiger, der es übernehmen wollte. Beide lauerten und warteten, bis der andere seine schwache Stelle zeigen würde. Dann griffen sie an.

"Du hast also einen Sohn, Sunbae?"

Liams Blick schnellte zu Summer und war wie ein Dolchstoß. Seine Augen bohrten sich in sie, um sie zu töten. Was hatte sie Ji-Hoo preisgegeben?

"Meinen Sohn und meine Frau hast du also bereits kennengelernt?"

Überrascht blickte Ji-Hoo zu Summer, die von dem ganzen Gespräch nichts verstand, da es in koreanisch geführt wurde.

"Sie sagte nicht, dass sie deine Frau ist, Sunbae. Sie sagte, sie sei ungebunden."

Ironisch lächelnd zog Liam eine Augenbraue hoch.

"Sie war eine freie Frau. Jetzt nicht mehr, denn sie gehört mir. Und du wirst dich nicht in mein Revier drängen, Ji-Hoo. Such dir ein anderes Spielzeug. Ich weiß, dass du Frauen benutzt und wegwirfst, wie andere Leute Klopapier. Also lass die Finger von ihr und wir bleiben weiter gute Kollegen."

Er trat einen Schritt näher an den Jüngeren heran.

"Du hast sie gefickt, stimmt's?" Das Grinsen des Jüngeren bestätigte seine Vermutung. "Das wird das einzige und letzte Mal gewesen sein. Sie gehört mir und ich dulde keine anderen Männer, außer ich lade sie persönlich ein. Und dich würde ich ganz sicher nicht dazu auffordern." Er trat wieder einen Schritt zurück.

"Wir kommen zusammen zu deinem Konzert, Ji-Hoo. Ich wünsche dir einen schönen Auftritt und denke daran, dass ich danach die echte Party haben werde, denn sie liegt dann in meinem Bett. Verstanden!" Liam kniff die Augen zusammen und zischte ein letztes Wort der Warnung.

"Denk nicht einmal im Traum daran zu verraten, dass Leo mein Sohn ist. Vergiss nicht, was ich weiß, Ji-Hoo. Ich würde aus dem Ganzen mit einem Riss im Segel herauskommen. Du würdest mit deinem ganzen Schiff und der Mannschaft untergehen. Also, das war meine einzige und letzte Warnung und nun geh brav zurück und drehe dich nicht mehr um. Wir sehen uns beim Konzert!"

Ohne ein weiteres Wort griff Liam nach Summers Handgelenk und nahm seinen Sohn auf den Arm. Seon-Jae rief Leo noch etwas hinterher zum Abschied und als Summer sich noch ein letztes Mal umdrehte sah sie, wie Ji-Hoo vor dem Gebäude stand und seine Hände zu Fäusten geballt hatte. Sein Gesicht war wutverzerrt und machte ihr in diesem Moment regelrecht Angst. Was hat Liam nur zu ihm gesagt?

"Sag Leo, dass er einen Moment in seinem Zimmer spielen soll. Wir haben etwas zu besprechen." Liams Stimme ließ keinen Widerspruch zu. Gehorsam tat sie, was er gesagt hatte und Leo lief hinauf in sein Zimmer.

“Setz dich”, forderte Liam sie auf, auf der Couch Platz zu nehmen. “Willst du was trinken?” Als sie den Kopf schüttelte, holte er sich ein Glas Wasser und ließ sich neben ihr auf das Sofa sinken.

“Wie bist du ihm begegnet?” Seine Frage war in einem neutralen Ton gestellt, als würden sie sich zufällig auf einer Party unterhalten und nette Konversation betreiben. Tatsächlich brodelte es vor Eifersucht in Liam, wie noch nie zuvor in seinem Leben.

“Gestern am Han Fluss. Die Kinder haben sich auf einem Spielplatz getroffen und angefreundet. Seon-Jae geht hier auch in einen Kindergarten. Wir könnten ...”

“Nein”, unterbrach er sie scharf, ohne dass sie den Satz beendet hatte.

“Nein?”, wiederholte sie und wartete auf eine Erklärung.

“Er wird nicht in den gleichen Kindergarten gehen wie der Neffe von Ji-Hoo. Wir können ihm einen anderen heraussuchen, wenn du das möchtest, aber er wird nicht weiter Kontakt zu Seon-Jae haben.”

“Ich verstehe nicht, Liam. Die beiden mögen sich und es hat doch nichts mit mir zu tun, wenn sie die gleiche Tagesstätte besuchen”, versuchte sie Leos Vater zu überzeugen. Leo tat ihr leid, denn er schien an dem kleinen Koreaner einen Narren gefressen zu haben und es würde schwer werden, ihn von ihm abzulenken.

“Ich will das nicht und damit ist jetzt Schluss der Diskussion.”

Seine Stimme ließ keine Widerworte zu. Entnervt verdrehte Summer die Augen.

“Warum hast du mit Ji-Hoo gevögelt?” Ehe er seine Worte zurückhalten konnte, waren sie schon aus seinem Mund und Liam verfluchte sich dafür. Er wollte vor ihr nicht erbärmlich klingen, aber er war so genervt und wütend über die Tatsache, dass sie mit jemand anderem geschlafen hatte, dass er es wissen musste.

“Weil ich geil war.” Sie wusste, dass sie unnötig derb sprach und es entsprach auch nicht der Wahrheit.

Ji-Hoo war charmant und hat sie verführt. Es hatte einfach gepasst und dazu war sie gerade dabei, ihre eigene Sexualität zu entdecken. Sie war Anfang dreißig und hatte bislang so wenig Erfahrung in dieser Hinsicht, dass sie einfach die

Gelegenheit wahrgenommen hatte. Immerhin war sie in keiner Beziehung und musste niemanden Rechenschaft ablegen. Aus diesem Grund provozierte sie Liams Frage mehr, als sie es für möglich gehalten hätte.

"Bist du jetzt auch geil? Soll ich es dir jetzt besorgen, bevor du dich wieder von jemand Fremden vögeln lässt?" Er griff ihre Worte auf und war wirklich böse.

"Liam, ich denke, du bildest dir ein, weil auch wir beide eine Nacht miteinander verbracht haben, dass du Ansprüche stellen kannst. Aber du irrst dich. Ich bin frei. Ich kann tun und lassen, was ich will. Ich benötige deine Zustimmung nicht, wenn ich mit jemandem schlafen will. Leo hatte eine schöne Zeit mit seinem neuen Freund und ich hatte eine interessante Nacht mit einem schönen Mann. Es gibt nichts, wofür ich mich schämen muss oder rechtfertigen."

Liam betrachtete sie nach ihrer kleinen Rede und verschränkte die Arme vor seiner breiten, muskulösen Brust.

"Da magst du zwar Recht haben, aber du stehst immer noch auf dem Prüfstand, ob du als Mutter für meinen Sohn gut genug bist oder nicht. Eine Frau, die durch die Betten hüpft, ist ganz sicher nicht geeignet, einen Jungen ordentlich aufzuziehen. Ich denke, dass wir alles vergessen. Deine Antrage zerreiße ich und du fliegst zurück nach Deutschland." Er machte eine kleine Pause, in der er vermutlich ihr Herz hören konnte, das heftig vor Panik schlug. "Allein natürlich."

Summer wurde kreidebleich und Tränen sammelten sich in ihren Augen.

"Es sei denn", setzte er wieder an und Summer hielt den Atem an. "Es sei denn, du unterschreibst zuerst einen anderen Vertrag mit mir, dann gebe ich Leo frei, wenn dieser erfüllt wurde."

"Wo ist der Vertrag?" Summer war aufgesprungen und fiel vor Liam auf die Knie. "Ich unterschreibe ihn. Blind, wenn du willst."

Sie war erbärmlich, aber sie würde alles tun, wenn sie Leo behalten durfte. Der Gedanke, den er ihr zuvor eingepflanzt hatte, nämlich dass sie allein nach Hause fliegen sollte, hatte sie dermaßen erschreckt, dass sie nun bereit war, jeden noch so verrückten Vertrag zu unterschreiben, solange es ihr die Übertragung des Sorgerechts garantierte.

Liam lachte, als er sie vor sich auf den Knien sah. Er spürte, dass er innerlich wieder etwas ruhiger wurde, auch wenn seine Eifersucht immer noch heftig in ihm kochte. Nie wieder wollte er ihr die Gelegenheit geben, fremdzugehen, schwor er sich.

"Das ist eine schöne Position, aber dafür haben wir gerade keine Zeit. Leo ist oben und wir werden gleich zum Mittagessen in die Stadt fahren."

"Lass mich erst den Vertrag unterschreiben, ja?" flehte sie, da sie die Chance sah, Liams Unterschrift nach drei Monaten wirklich und wahrhaftig auf den Dokumenten zu erhalten. Liam stand auf und ging zum Esstisch, auf dem eine Dokumentenmappe lag. Er klappte sie auf und schob sie zu Summer herüber, die ihm in die Küche gefolgt war.

Mit großen Augen begann sie zu lesen, was der Vater ihres Patenkindes in dem Vertrag festgehalten hatte. Ungläubig schüttelte sie den Kopf, doch als Liam ihr einen Stift in die Hand drückte, unterschrieb sie ihn, ohne zu zögern. Liam nahm ihr die Vertragsmappe mit einem zufriedenen Lächeln auf seinem Gesicht aus der Hand.

"Ich fasse zusammen: Du hast dich hiermit für die nächsten drei Monate verpflichtet, mir jederzeit als Partnerin zur Verfügung zu stehen. Du wirst außerhalb des Hauses als meine Verlobte vorgestellt werden und dich ebenso wie Leo mit der koreanischen Sprache und Kultur vertraut machen und sie erlernen. Du wirst alle meine Wünsche erfüllen und nicht hinterfragen. Das betrifft insbesondere auch meine sexuellen Wünsche. Du wirst meinen Anordnungen in der Erziehung ohne Fragen Folge leisten. Du wirst mit niemandem über unsere Vereinbarung reden.

Solltest du mich innerhalb dieser vereinbarten drei Monate als fähige Mutter für Leo nicht überzeugt haben, oder ich mit deinen sexuellen Leistungen nicht zufrieden sein, verlängert sich der Vertrag automatisch um weitere drei Monate. Dieses gilt, bis ich unserer Beziehung überdrüssig bin oder kein Interesse mehr an einer Verlängerung habe oder ich den Vertrag als erfüllt sehe. Ich bin als einziger berechtigt, den Vertrag vorzeitig zu kündigen. Solltest du in der Vertragszeit fremdgehen, andere Männer treffen, oder Sex mit Männern haben, die nicht von mir autorisiert wurden, wird der Vertrag gebrochen und ich werde die Dokumente zur Übertragung der Erziehungsberechtigung und Adoption vernichten. Du wirst dann auf der Stelle alleine nach Deutschland zurückkehren und weder Leo noch mich jemals wiedersehen."

Er machte eine kleine Pause und lächelte, während er das Dokument zurück in die Hülle schob.

"Du hast unterschrieben, ehe ich dich fragen konnte, ob du alles verstanden hast oder Änderungen wünschst, aber jetzt ist es eh zu spät. Der Vertrag hat sofortige Gültigkeit."

Erst jetzt begriff Summer, was sie getan hatte. Sie war zur willigen Gespielin von Liam geworden. Als dieser ihren Gesichtsausdruck sah, verstand er, dass ihr gerade erst aufgegangen war, auf was sie sich eingelassen hatte. Er lachte etwas schadenfroh und zog sie am Hinterkopf zu sich heran. Seine heißen Lippen drückten sich auf ihre und er schob seine Zunge um Einlass bittend über ihre Lippen. Sie öffnete den Mund und sofort vertiefte er den Kuss.

Schwer atmend ließ er von ihr ab. "Sealed with a kiss", flüsterte er und ließ die immer noch perplexe Summer in der Küche zurück, während er summend die Treppe in das obere Stockwerk hinauf lief. Er hatte endlich bekommen, was er wollte.

Sie fuhren zu einem gemeinsamen Mittagessen in ein schickes Restaurant und es war das erste Mal, dass alle drei zusammen aus waren. Leider war das Essen ein wenig unbeholfen, da Leo und Liam sich nicht wirklich unterhalten konnten, aber Leo hatte dank seines kleinen koreanischen Freundes ein paar Wörter und Sätze aufgeschnappt, die er zur Freude seines Vaters nun plapperte. Die Stimmung kippte jedoch schnell wieder, als das Essen aufgetragen wurde.

"Ich mag das nicht. Ich will Pommes, Summi. Der Reis ist so doof", jammerte das Kind und Summer bemerkte, dass Leo scheinbar nicht nur wählerisch beim Essen war, sondern auch sehr müde. Dies sagte sie Liam, der zu Summers Überraschung sofort aufstand und seinen Sohn auf den Arm nahm.

"Wir fahren nach Hause, Leo, wenn du das Essen dort lieber magst. Wir fahren jetzt dorthin und dann kannst du ein wenig mit deinem Teddy im Bett kuscheln."

Summer übersetzte die Worte für Leo und der kleine Mann schlang dankbar seinem Vater die kleinen Ärmchen um den Hals.

"Gomawoyo, appa", bedankte er sich zur Überraschung der Erwachsenen auf koreanisch. Liam strich seinen Sohn vorsichtig über die Haare und Summer konnte sehen, dass ihn die Worte seines Kindes glücklich machten.

Nach dem Essen fuhr Liam wieder zurück in seine Entertainment Company und Summer saß allein auf dem Sofa und sah einen deutschen Film, während Leo ein Stockwerk höher seinen Mittagsschlaf machte. Der Nachmittag verlief ruhig, bis sie eine Nachricht von Liam erhielt, dass in Kürze die Lehrerin für Koreanisch bei ihnen erscheinen würde. Er sandte ihr noch ein Foto von der Frau, als es bereits an der Tür klingelte und sie die kleine, freundliche Frau mittleren Alters herein bat.

Frau Kang war viele Jahre in Deutschland gewesen und mit ihrem Mann erst vor Kurzem zurück in ihr Heimatland gekommen. Um nicht den ganzen Tag zu Hause zu sein, bot sie ihre Fähigkeit als Lehrerin an. Leo war sofort begeistert von der netten Frau und auch Summer fand Gefallen am mütterlichen Typ von Frau Kang. Die erste Lehrstunde war viel schneller beendet, als gedacht, und die ältere Frau verabschiedete sich, jedoch nicht ohne beide Schüler noch Hausaufgaben aufzugeben. Sie würde drei Mal in der Woche vorbeikommen und erwartete von ihnen, dass sie in der Zwischenzeit fleißig lernten.

Leo war am Abend völlig erschöpft und schlief bereits beim Abendessen ein. Summer trug ihn nach oben ins Bett und deckte ihn zu. Sein Gesicht war so klein auf dem großen Kissen und er sah so entzückend aus, dass ihr beinahe die Tränen bei seinem Anblick kamen. Niemals würde sie auf ihn verzichten, schwor sie sich. Niemals! Liam würde die Papiere unterzeichnen, dafür würde sie alles geben!

Kapitel 17

Die weiteren Tage verliefen ohne Aufregung. Summer und Leo verbrachten sie damit, gemeinsam zu essen, zu spielen und sich Geschichten zu erzählen. Liam meldete sich täglich am Telefon bei ihnen oder kam für ein paar Stunden vorbei, um Zeit mit seinem Sohn zu verbringen. Die beiden verstanden sich immer besser, denn langsam machte sich der Unterricht von Frau Kang bemerkbar und trug Früchte. Summer stellte fest, dass Liam sehr wohl ein Händchen für den kleinen Jungen hatte und dieser auch immer mehr Vertrauen seinem Vater entgegen brachte und seine Patentante immer öfter fragte, wann endlich sein Papa nach Hause komme.

Zu Summers Verwunderung verbrachte Liam die meisten Nächte jedoch nicht mit ihnen zusammen im Apartment. Er verließ sie oftmals direkt nach dem Abendessen und war über Nacht nicht da. In Hinblick auf den von ihm mit Summer geschlossenen Vertrag fand sie es merkwürdig, dass er keinerlei Anstalten machte, mit ihr zusammen zu sein und war auch ein wenig enttäuscht.

Als Liam ihr an diesem Nachmittag am Telefon mitteilte, dass Frau Kang am Abend Leo zu einer Übernachtung bei ihr zuhause abholen würde, war sie plötzlich nervös. Irgendetwas war anders. Warum sollte sein Sohn das Haus verlassen? Hatte er etwas vor? Wollten sie ausgehen? Unruhig blickte Summer am frühen Abend immer wieder auf die Uhr, als es bereits anfing dunkel zu werden.

Frau Kang kam pünktlich zum angekündigten Zeitpunkt und holte Leo, den sie sehr ins Herz geschlossen hatte, zu seiner Pyjama Party ab. Ungern verabschiedete sich Summer von dem kleinen Jungen, der ihr fröhlich beim Gehen zuwinkte und blieb allein in dem großen Apartment zurück. Liam hatte nichts davon gesagt, ob sie das Haus verlassen würden. Also wartete sie nervös in ihrem Zimmer auf ihn.

Wenig später hörte sie, wie das Türschloss betätigt wurde und ihr Gastgeber nach Hause kam. Summers Herz schlug vor Aufregung, als sie seine Stimme zusammen mit einer anderen männlichen hörte. Er war tatsächlich in Begleitung! Sie lugte über den Rand der Empore und erhaschte einen Blick auf einen sehr gut aussehenden, großen, dunkelhaarigen Mann, der zusammen mit Liam die Wohnung betreten hatte.

"Summer, komme herunter und begrüße Do-Jin. Er ist mein bester Freund und Mitglied unserer Band."

Gehorsam stieg Summer die Stufen hinunter in den Wohnraum und sah sprachlos auf den weiteren Mann, der vor ihr stand. Er war etwa genauso groß wie Liam und mindestens genauso hübsch wie er. Seine Augen leuchteten erfreut auf, als er die Blondine sah, und scannten sie blitzschnell von oben nach unten. Was er zu sehen bekam, schien ihn sehr zu erfreuen.

"Hallo Summer, freut mich dich kennenzulernen. Liam hat dir bereits von mir erzählt?"

Seine Stimme war tief und sanft und sorgte dafür, dass sich ihre Härchen auf den Unterarmen leicht aufstellten. Er war ganz und gar nicht das, was sie befürchtet hatte. Ganz im Gegenteil. Do-Jin hatte eine starke erotische Ausstrahlung und diese spürte sie bis in die Knochen.

"Ich weiß nicht, was soll er denn erzählt haben?" fragte sie nun unsicher. Sprach er etwa davon, gemeinsam mit Liam und ihr Sex zu haben?

"Ich weiß nicht, sagst du es mir?" Seine Stimme war erotisch und voller Andeutungen. Verunsichert sah Summer zu Liam, der jedoch nur grinste.

"Sprichst du davon, dass du es mit Summer tun willst?" fragte Liam direkt und sein Grinsen wurde noch breiter.

"Wenn ihr beide nichts dagegen habt, dann würde ich das wirklich gerne. Ich habe schon eine ganze Zeit nicht mehr eine so attraktive Frau gesehen, wie du es bist, Summer. Und ehrlich gesagt", er grinste nun ein wenig verlegen, "hatte ich auch schon eine sehr lange Zeit keinen Sex."

Unsicher sah Summer von Liam zu Do-Jin und wieder zurück zu Liam. Meinte er das ernst? Bot er sie tatsächlich seinem, wenn auch attraktiven, Freund an, um mit ihr zu schlafen? Liam imitierte plötzlich mit seinem Finger einen Stift, als würde er Papiere unterzeichnen und blickte wieder auf Do-Jin. Ja, er verkaufte sie tatsächlich an seinen Freund.

"Vielleicht darf ich mit euch beiden zusammen spielen, Do-Jin. Das wird Summer entscheiden, nicht wahr?" Do-Jin riss seine Augen weit auf und auf sein Gesicht kam ein wissendes Lächeln. Also waren sich die beiden in dieser Hinsicht einig und es war vermutlich auch nicht das erste Mal, dass sie darüber sprachen.

"Wollen wir vielleicht erst einmal etwas zusammen trinken?"

Do-Jin deutete auf das Sofa und ließ Summer den Vortritt. Etwas unsicher setzte sie sich und schlug ihre Beine übereinander. Sie kam sich vor wie eine Prostituierte, die gerade von ihrem Zuhälter an einen Freier verkauft wurde. Dennoch spürte sie eine leichte Aufregung in sich. Do-Jin nahm neben ihr Platz und reichte ein Glas Rotwein an sie weiter, das Liam bereits für sie parat gestellt hatte.

Liam setzte sich auf die andere Seite von Summer und hob sein Weinglas zum Anstoßen. Zögerlich prostete Summer erst ihm und anschließend Do-Jin zu. Immer noch war sie verunsichert und wusste nicht genau, was sie von der Situation halten sollte. Bislang waren beide Männer angenehm zurückhaltend und unterhielten sich über allgemeine Themen.

"Summer, ich finde, dass du eine wirklich wunderschöne Frau bist und ich freue mich, dass ich heute Abend von Liam eingeladen wurde, um dich besser kennenzulernen. Ich hoffe, dass auch du mich sympathisch findest?"

Die Blondine nickte und die Stimmung unter ihnen änderte sich plötzlich. Was zuvor eine leichte, unverfängliche Konversation war, wurde nun intimer. Do-Jin begann ihr Komplimente über ihre langen Beine zu machen, und dass er noch niemals eine europäische Frau so erotisch gefunden hätte wie sie. Als wäre das der Startschuss für mehr, legte Liam nun seinen Arm um Summers Schulter und seine Hand schob sich von oben unter ihren Pullover. Seine langen Finger fanden den Weg unter ihren BH und rieben über ihre Brustwarze.

"Ah, meine Süße, deine Brüste können nicht verbergen, dass dich unsere Aufmerksamkeit heiß macht. Do-Jin, willst du nicht mal nachsehen, ob sie auch woanders schon bereit ist?"

Als hätte dieser nur auf die Aufforderung und das Okay seines Freundes gewartet, legte er seine warme Hand auf ihren Oberschenkel und schob sie zwischen ihre Beine. Summer hatte einen Rock angezogen und fragte sich, ob sie ihn im Unterbewusstsein gewählt hätte, damit die wichtigen Stellen schneller zugänglich sein würden. Do-Jin hatte genau wie Liam lange Finger und diese berührten nun vorsichtig schüchtern ihre Scham.

"Öffne deine Beine für ihn", säuselte ihr Liam ins Ohr und gehorsam spreizte sie ihre Schenkel. Do-Jins Blick brannte sich heiß in ihre Haut, und er schob seine Finger nun noch höher, während er den störenden Slip zur Seite zog. Vorsichtig tauchte ein Finger in sie ein.

"Ah, sie ist so feucht wie der Ozean", antwortete Do-Jin mit rauer Stimme und rieb ihn nun an ihrer geschwollenen Klitoris. "Du hattest Recht, Liam, sie wird es genießen, wenn wir beide sie die ganze Nacht verwöhnen. Wenn sie schon so heiß ist, wo wir noch gar nicht angefangen haben, dann wird sie wahrscheinlich zerfließen, wenn sie zum ersten Mal kommt."

Liam drehte ihren Kopf zu sich herum und presste nun seine Lippen auf ihre. Seine Zunge schob sich in ihrem Mund, genau wie Do-Jins Finger in ihre Scham. Beide Männer stimulierten sie gleichzeitig und sie hatte das Gefühl, sie würde in jedem Moment platzen.

"Du bist jetzt schon so bereit und erwartungsvoll. Lässt du uns dich lieben, Summer?"

Liam gab ihr eine letzte Möglichkeit zum Rückzug. Seine Stimme war rau und klang etwas atemlos. Sie nickte wortlos, gefangen in den unglaublichen Gefühlen, die die erotische Aufmerksamkeit der beiden Männer in ihr auslöste. Liam nickte seinem besten Freund zu, der nun den Slip herunter zog und den Rock herauf schob. Er spreizte ihre Beine weit und während Liam sie weiterhin tief küsste und ihre Brustwarzen streichelte und an ihnen zog, beugte sich Do-Jin zwischen ihre Schenkel und begann an ihr zu saugen und zu lecken und sie mit der Zunge zu penetrieren. Als sie das erste Mal kam, schluckte Liam ihren Schrei und Do-Jin genoss ihr Zucken.

"Ah, jetzt sind wir dran, findest du nicht?"

Liam legte sich auf das Sofa, so dass Summer sich über ihn beugen konnte und seinen Schwanz in den Mund nehmen sollte. Brav öffnete sie ihre Lippen und während Liam seinen Penis in ihren Mund einführte, drang Do-Jin vorsichtig von hinten in sie ein. Summer, die nicht damit gerechnet hatte, wollte sich anfangs instinktiv dagegen wehren, doch Liam hielt ihren Kopf fest und Do-Jin setzte seinen Weg fort und stieß mit einem gutturalen Aufstöhnen weiter in sie hinein, bis er sie vollständig ausfüllte. Er verharrte so einen Moment in ihr und ließ ihr Zeit, sich an ihn zu gewöhnen.

"Scht, Liebes, genieße es. Millionen Mädchen würden dafür alles tun, auch nur mit einem von uns zu schlafen und du bekommst uns beide", schmeichelte Liam, während er ihren Kopf festhielt, damit sie ihn weiter in ihrem Mund behielt.

Tatsächlich spürte sie Do-Jins großes Glied intensiv in sich und die Lust übermannte sie. Liam schwoll in ihrem Mund immer weiter an und Do-Jin pumpte mittlerweile mit rhythmischen Bewegungen seiner Hüften in sie. Seine Stöße waren schnell und tief und er wurde nicht langsamer und hielt das Tempo bei. Hart stieß er in sie hinein und zog sich wieder heraus, um sich anschließend wieder mit aller Macht bis zum Anschlag in ihr zu versenken. Scheinbar genoss er das Gefühl, seinen Penis in einer heißen feuchten Umgebung zu bewegen, so sehr, dass er es nicht beenden wollte.

Liam jedoch kam zum Ende. Seine Bewegungen in ihrem Mund wurden schneller und plötzlich spritzte er seine Ladung Sperma tief in ihren Hals. Summer wollte würgen, doch Liam befahl mit einem kurzen "Schluck es" und sie tat, wie ihr geheißen. Währenddessen pumpte Do-Jin nach wie vor in sie hinein und Liam grinste beim Anblick seines Freundes, der rhythmisch immer wieder in seiner Freundin versank und dabei klatschende Geräusche machte. Do-Jin hatte konzentriert seine Augen geschlossen und gab sich ganz seinem Rhythmus hin.

"Er macht es dir gut, oder? Sein Schwanz ist genauso groß wie meiner, aber ich glaube, meiner ist dicker, oder? Do-Jin, wechsle mal die Stellung. Ich will zugucken, wenn du sie fickst."

Während seiner gleichmäßigen heftigen Stöße nickte er und ohne diese zu unterbrechen, zog er Summer hoch und vögelte sie nun von hinten so weiter, dass sie auf seinen Oberschenkeln saß und Liam einen ungehinderten Blick darauf hatte, wie der Schwanz seines Freundes in ihr versank und wieder herausgezogen wurde. Das gleichmäßige harte Tempo befriedigte Summer nicht und sie wünschte sich, Do-Jin würde endlich zum Abschuss kommen, doch er schien noch weit davon entfernt zu sein. Liam schien das Dilemma zu bemerken.

"Do-Jin hatte so lange keine Frau mehr, dass er es einfach auskosten möchte. Aber ich denke, wenn er so weitermacht, dann braucht er noch ewig und du bist in der Zwischenzeit trocken wie die Wüste. Do-Jin ist unter uns Member für seine Ausdauer bekannt – in jeder Hinsicht."

Liam legte sich auf den Bauch und brachte sich nahe an die Stelle, an der der Schwanz sie penetrierte.

"Ich werde dir helfen, Summer." Er begann, seinen Daumen auf ihre Scham zu legen und zu stimulieren, gleichzeitig schob er einen Finger in die bereits stark strapazierte Höhle und krümmte ihn. Do-Jin stöhnte als erster auf und seine ehemals gleichmäßigen Bewegungen wurden plötzlich schneller und unkontrollierter. "Ja, so ist es gut. Mach sie nicht kaputt, Do-Jin, wir sind noch nicht fertig und die Nacht ist lang."

Endlich, und ohne Vorwarnung, explodierte sein Freund mit einem gutturalen Stöhnen in ihr und zog seinen Schwanz langsam aus ihr heraus. Er beugte sich vor und gab der Blondine einen beinahe liebevoll zarten Kuss auf die Lippen.

"Danke, Summer, dass du meinen ersten Sex nach Monaten ausgehalten hast. Ich verspreche dir, der nächste wird etwas ruhiger und du wirst bestimmt besser auf deine Kosten kommen. Sorry", murmelte er entschuldigend und wirkte fast ein wenig geknickt.

Summer nickte wortlos und ihre Hand fuhr zwischen ihre Beine, wo es sie nun brannte. Do-Jin hatte sie tatsächlich so lange bearbeitet, bis sie fast nichts mehr gespürt hatte und sie hatte trotz Liams Hilfe dieses Mal keine endgültige Befriedigung erhalten.

"Darling, es tut mir leid, dass es dir nicht gekommen ist. Ich werde es jetzt für dich ändern."

Liam küsste sie und begann vorsichtig ihre malträtierte Scham zu streicheln und dann zu reiben. Nach und nach reagierte sie wieder und als Liam einen Finger in sie schob, war dieser wieder so feucht wie gewohnt.

"Süße, ich will dich noch einmal. Ich werde dafür sorgen, dass du dieses Mal nicht zu kurz kommst, ja?" Do-Jin küsste sie tief und streichelte ihre Brüste, während Liams Finger an ihrer Scham weiterhin ihr betörendes Spiel fortsetzten. Summer öffnete ihre Beine weit. Es war ihr egal, wer von den beiden Männern in sie eindringen würde, solange sie ihre Lust befriedigen würden.

Ohne ihre Antwort abzuwarten, nahm Do-Jin tatsächlich wieder seine Position zwischen ihren Schenkeln ein. Dieses Mal lag sie auf dem Rücken und er kniete zwischen ihren Beinen. Ehe er sie penetrierte, rieb er ihre Klitoris vorsichtig und beugte sich hinab, um sie weiter zu küssen. Sein Penis drang wieder in sie ein, doch nun waren seine Stöße ganz offensichtlich nicht nur auf sein eigenes Vergnügen ausgerichtet, sondern auch darauf, ihr Freude zu bereiten. Er führte genau wie Liam zuvor einen zusätzlichen Finger in sie ein und berührte ihren G-Punkt, während sein Schwanz langsam in ihr hin und her schob und dieses Mal spürte sie, wie sich bereits nach kurzer Zeit alles in ihr zusammenzog und sie kurz davor war zu kommen. Gerade, als sie die Zuckungen willkommen heißen wollte, zog Do-Jin seinen Penis aus ihr heraus und tauschte die Position mit Liam.

“Oh nein, du wirst jetzt noch nicht fertig. Erst dann, wenn ich in dir bin und es dir erlaube, darfst du kommen, hörst du!” Liam liebte sie vorsichtig und bedacht und anders als bei Do-Jin sah sie bereits nach kurzer Zeit Sternchen vor ihren Augen. “So ist es richtig, Jagiya. Heute Nacht wirst du von uns beiden verwöhnt.”

Liam änderte plötzlich die Position und legte sich hinter sie. Er hob ihr Bein an und stieß nun von hinten in sie. Do-Jin hockte vor ihr und betrachtete das Paar, dann streckte er seine Hand aus und begann zart, ihre Scham zu streicheln, während Liam weiter in sie stieß.

“Na los, komm für mich”, flüsterte Do-Jin und sie spürte, wie Liam in ihr anschwoll, sich dann jedoch überraschend aus ihr herauszog. Sofort nahm den Platz wieder Do-Jin ein. Sie gönnten ihr nicht eine Minute Ruhe und schienen sie wirklich bis zur totalen Erschöpfung lieben zu wollen.

“Was hältst du davon, wenn Liam dazu kommt?” hauchte ihr Do-Jin ins Ohr, während er sie vögelte. Summer schüttelte den Kopf und doch war der Gedanke, dass beide Männer sie zur gleichen Zeit penetrierten, aufregend.

“Bist du dazu bereit, Summer?” Seine Stimme war rau vor Erregung.

Summer schüttelte den Kopf, doch als sie Liams Blick sah, nickte sie gehorsam. Do-Jin griff nach etwas, das er in Vorbereitung neben dem Sofa deponiert hatte. Er zog sich aus ihr heraus und sie spürte plötzlich, wie sich etwas Glitschiges, Dünnes an ihrem Hintern zu schaffen machte.

"Entspanne dich, Summer. Du wirst es bestimmt genießen", hörte sie seine tiefe, samtene Stimme lockend an ihrem Ohr.

Ein Finger glitt in ihr enges Loch und begann es zu dehnen. Liam beobachtete Summer genau, während sein Freund sich an ihrer Hintertür zu schaffen machte. Er war bereit, jederzeit alles zu beenden, sollte Summer dieses wünschen. Doch er hoffte sehnlich, dass sie es nicht tun würde.

"Wir sorgen dafür, dass es dir nicht weh tut, Summer. Du wirst sehen, dass es wunderschön ist, wenn wir beide in dir sind", versprach nun Do-Jin und bearbeitete sie weiter vorsichtig in Vorbereitung auf etwas viel Größeres.

Immer noch wollte Summer sich wehren, doch plötzlich kam ein neues Gefühl in ihr auf. Es war nicht unangenehm, sondern nur ungewohnt, wie der Finger sich forschend in ihr bewegte, sie dehnte und erkundete. Dann spürte sie, wie Do-Jin einen weiteren in sie einführte und sie weiter vorbereitete. Da von ihr keine Ablehnung kam, wurden beide Männer mutiger. Liam begann damit, wieder ihre Klitoris zu bearbeiten, da es ihm als das sicherste Mittel erschien, sie noch mehr zu erregen. Gleichzeitig küsste er sie innig und sog ihr Stöhnen mit seinem Mund auf. Während Do-Jin einen dritten Finger in sie einführte, stieß Liam seine eigenen von vorne in sie hinein. Von beiden Männern derartig tief berührt zu werden, machte sie fast verrückt. Sie wandte sich zwischen ihnen, da es ihr irgendwann nicht mehr genug war und bat wortlos um mehr.

Als erstes drang Liam von vorne in sie ein und blieb ruhig und bewegungslos in ihr. Sein Atem war schwer, seine Brust hob und senkte sich vor Anstrengung, aber er schien auf etwas zu warten. Als sie an ihrem Hintern plötzlich den steifen Schwanz von Do-Jin bemerkte, der die Position der Finger einnehmen würde, verkrampfte sie. Liam begann wieder ihre Klitoris zu reiben und schob sich leicht in ihr rauf und runter. Do-Jin hatte seinen Penis reichlich mit Gleitcreme eingerieben und begann nun, ihn vorsichtig Stück für Stück in sie einzuführen. Zu Summers Überraschung war das Gefühl angenehm und Do-Jin schob sich ermutigt immer weiter in sie hinein.

"Oh mein Gott, Do-Jin, sie wird hier vorne immer enger, weil du auch drin bist!", stöhnte Liam und begann sich nun langsam in ihr zu bewegen. Summer keuchte atemlos, wegen dem unbeschreiblich ungewohnten Gefühl, vorne und hinten derart ausgefüllt zu sein. Es war einfach unglaublich. In ihr bewegte sich nun Liam mit immer energisch werdenden Stößen, während er ausdauernd ihre Klitoris rieb, und hinten war Do-Jin in ihr, der nun ebenfalls angefangen hatte, sich stärker, wenn auch immer noch vorsichtig, zu bewegen.

Nach kurzer Zeit konnte Summer nicht mehr an sich halten und begann, wie von beiden Männern versprochen, einen ihrer heftigsten Höhepunkte zu erleben und dieses vor Wonne laut hinauszuschreien. Die Männer grinsten sich an und stießen wenige weitere Male in sie hinein, ehe sie sich ebenfalls in ihr ergossen.

Nach einigen Minuten nahm Liam die erschöpfte Summer auf seine Arme und trug sie nach oben in sein Bett. Liebevoll legte er die junge Frau ab und deckte sie zu. Sowohl er als auch Do-Jin legten sich jeweils links und rechts von ihr und beide legten ihre Arme über ihren flachen Bauch, der sich im Schlaf tief hob und senkte. Sie war völlig erschöpft von den vielen neuen Eindrücken und Liam gab ihr einen zärtlichen Kuss auf die Stirn, ehe er selbst einschlief.

Liam wurde vor den beiden anderen wach und betrachtete die Schlafenden. Summer lag ohne Decke auf dem Bauch und hatte ein Bein verführerisch angewinkelt, so dass er einen ungehinderten Weg dahin hatte, wo er jetzt gerne sein wollte. Er schob sich leise und vorsichtig von hinten an sie heran, während er einen Blick zu seinem Freund hinüber warf, der immer noch tief zu schlafen schien.

Summer war vom Schlaf warm und er führte vorsichtig seinen Finger in ihren Hintern. Die Gleitcreme war noch vorhanden und er war kurz versucht, dort in sie einzudringen. Doch das kam ihm wie ein Verrat vor und so schob er vorsichtig ihre Schenkel weiter auseinander und begann sie dort zu streicheln, wo er wusste, dass es ihr besonders gut gefiel. Als die gewünschte Flüssigkeit seine Finger benetzten, glitt er problemlos in sie hinein, worauf sie mit einem leisen Stöhnen antwortete. Liam beugte sich vor und hielt ihr leicht die Hand über den Mund, aber erst, als seine Stöße immer intensiver wurden, wachte Summer vollends auf. Sie reagierte instinktiv, indem sie ihre Beine wie ein Frosch anzog, damit er tiefer in sie eindringen konnte. Nach wenigen weiteren Bewegungen erreichte er zusammen mit ihr seinen Höhepunkt. Leise rollte er sich von ihr herunter und nahm sie zärtlich in die Arme. Er sah hinüber zu Do-Jin, der nicht wirklich geschlafen hatte und nun erwartungsvoll zu ihnen hinüber sah. Liam schüttelte den Kopf und zog Summer in einer besitzergreifenden Geste enger an seinen Körper. Do-Jin hatte verstanden und drehte sich auf die andere Seite. Vermutlich war er enttäuscht, aber Liam war heute Morgen nicht bereit, die schöne Frau in seinem Arm zu teilen.

Er wusste, dass Do-Jin viel Nachholbedarf hatte, denn vor ein paar Monaten hatte er mit seiner Freundin Schluss gemacht, weil sie ihn mit einem anderen betrogen hatte. Seitdem hatte Do-Jin alle Frauen gemieden und erst, als Liam ihm von Summer erzählte, war wieder Leben in ihn gekommen. Liam war froh, dass Summer sich nicht gegen den Gedanken, auch von seinem besten Freund geliebt zu werden, gewehrt hatte. Es hatte ihn unendlich erregt, ihr dabei zuzusehen, wie sie von jemand anderem genommen wurde und das war ein völlig neues Gefühl. Seltsamerweise war ihm aber nach dieser einen Begegnung die Neugierde genommen worden und bei dem Gedanken, sie heute Morgen noch ein weiteres Mal mit Do-Jin zu teilen, sträubte sich etwas in ihm und er spürte plötzlich aufkommende Eifersucht.

Do-Jins und Liams gemeinsame Fantasie hatte vermutlich begonnen, als sie erst als Trainees und später als Bandkollegen zusammen mit den anderen Mitgliedern ihrer Band in einer Gemeinschaftsunterkunft ohne Privatleben gewohnt hatten. Fernab jeder Möglichkeit des sexuellen Ausprobierens und voller Neugierde auf das andere Geschlecht waren gerade Themen wie Liebe und Sex etwas, das sie miteinander austauschten. Natürlich sprachen sie auch über sexuelle Vorlieben und da hatten sie beide gemerkt, dass es ein gemeinsamer Traum von ihnen war, sich als Freunde eine Frau in dem intimsten Moment zu teilen.

In den Tagen, wo sie abends nicht ganz so erschöpft nach dem Training oder einem Auftritt zusammen auf ihrem Zimmer in Hotels oder ihrem Dorm waren, hatten sie sich öfter einen Porno angesehen und immer dann, wenn sie einen Dreier sahen, hatten beide Jungs es ganz besonders aufregend gefunden. So war ihre Idee entstanden, irgendwann eine Frau zu finden, die dem nicht abgeneigt wäre. Aufgrund ihres Promi-Status kam allerdings hierfür nicht irgendeine Frau in Frage. Als Summer in Liams Leben trat, war die Gelegenheit plötzlich da.

Die Nacht war etwas ganz Besonderes gewesen und er hatte es wirklich genossen. Genau wie Summer, die er mittlerweile gut genug kennengelernt hatte, um zu wissen, dass sie neuen Erfahrungen durchaus nach einigem Winden aufgeschlossen gegenüberstand.

Natürlich wollte er sie nicht für immer mit Do-Jin teilen, denn Liam sah in Summer mittlerweile mehr als nur seine Vertragspartnerin. Er würde entscheiden, wann er Do-Jin zum nächsten gemeinsamen Abenteuer einladen würde. Vielleicht auch nie mehr, denn je öfter er mit Summer zusammen war, umso mehr wollte er sie an sich binden - und vielleicht in Zukunft für sich allein besitzen. Als sie von ihrer gemeinsamen Nacht mit dem Arschloch Ji-Hoo zurückgekommen war, hätte er am liebsten den Kerl verprügelt. Der Gedanke daran, dass er mit ihr geschlafen hatte, machte ihn immer noch fuchsteufelswild.

Wenn sie nach drei Monaten nicht zurück nach Deutschland gehen wollte, dann würde er sie hier behalten und ihr immer wieder etwas Neues bieten. Er würde ihrer vermutlich niemals satt werden, denn sie war eine Frau, die ihn auf allen Gebieten ansprach. Er würde sie vielleicht sogar heiraten. Dann würde sie nicht mehr arbeiten gehen müssen, sondern könnte so wie jetzt für seinen Sohn und für ihn da sein. Er würde jeden Tag mit ihr schlafen können und wenn er wollte auch mehrmals am Tag.

Als er bemerkte, wie seine Gedanken sich immer mehr darum drehten, die schöne Blondine für sich allein zu erobern, wünschte er sich plötzlich, das Do-Jin verschwinden sollte. So fiel ihr gemeinsames Frühstück auch eher knapp aus und er komplimentierte seinen besten Freund recht bald aus seiner Wohnung. Summer schlief noch und hatte sich von Do-Jin nicht verabschiedet.

"Du hast dich in sie verknallt", sagte Do-Jin zum Abschied und sah seinen besten Freund wissend an.

Liam schüttelte vehement den Kopf, doch Do-Jin kannte ihn zu gut und lachte.

"Danke, dass ich diese Nacht bei euch sein durfte. Ich weiß, dass es vermutlich keine Wiederholung geben wird und ganz ehrlich, wenn Summer meine Freundin wäre, dann würde ich auch keinen anderen Mann an sie ranlassen. Sie ist ein Glücksfang, Liam. Halte sie fest, ehre sie und beschütze sie." Er schlug seinem Kumpel auf die Schulter und verschwand, ehe Liam noch etwas erwidern konnte.

Kapitel 18

Nach der gemeinsamen Nacht mit Do-Jin waren einige Tage vergangen. Liam hatte seinen Freund und das, was zwischen ihnen dreien geschehen war, mit keinem einzigen Wort noch einmal erwähnt. Aber seit dieser gemeinsam mit Do-Jin verbrachten Nacht war Liam jeden Abend im Apartment geblieben und hatte Summer in seinen Armen gehalten. Es schien fast so, als wollte er die Erfahrung mit Do-Jin aus ihrem Gedächtnis brennen, denn ihre Nächte waren voller Leidenschaft, Hingabe und Zärtlichkeit.

Tagsüber verbrachte Liam ebenfalls immer mehr Zeit mit ihnen. Er lud seinen Sohn und Summer ein, ihn in seiner Firma zu besuchen. Sie gingen gemeinsam Essen und an einem Tag sogar in einen Indoor-Freizeitpark, wo der staunende Leo zusammen mit seinem Papa Karussell fuhr. Sie machten gemeinsame lustige Fotos und als der Fotograf der "hübschen Familie" die Bilder überreichte, hatte Summer plötzlich einen Kloß im Hals. Wie wäre es, wenn sie wirklich eine Familie wären? Liam, Leo und sie? Die Vorstellung erschreckte und erfreute sie gleichermaßen.

Zwei Wochen waren vergangen und es war der Abend einen Tag vor Ji-Hoos Konzert, zu dem Liam sie mitnehmen wollte. Sie stand im Bad und putzte sich die Zähne, als plötzlich die Tür aufging und Liam in den Raum hinein trat. Bei seinem Anblick klopfte ihr Herz zum Zerspringen, genau wie jedes Mal, wenn sie seiner ansichtig wurde. Er verströmte eine Aura, die sie mit jeder Faser ihres Körpers aufsog und direkt an die richtigen Stellen weiterleitete. Langsam trat er hinter sie und betrachtete sie im Spiegel. Sie trug lediglich einen Slip und ein T-Shirt, unter dem sich die Spitzen ihrer Brüste deutlich abzeichneten.

"Bist du bereit, deinen Vertrag zu erfüllen?" hauchte er erotisch in ihr Ohr.

Sie blickte in den Spiegel direkt in seine dunklen Augen, die sie fixierten. Wie ein Kaninchen in der Falle nickte sie und legte die Zahnbürste auf die Ablage. Liam schob seine warmen Hände unter ihr Schlafshirt und streichelte ihren Bauch. Ihre Bauchdecke zog sich unter der Berührung vor Erwartung zusammen, doch Liams

Hände hatten noch nicht ihr Ziel erreicht. Zärtlich umfasste er ihre großen Brüste und begann sie leicht zu kneten und an den steifen Brustwarzen zu ziehen. Summer entfuhr ein genussvolles Stöhnen und sie drückte ihr Hinterteil an seinen Schritt mit der unausgesprochenen Aufforderung, sie auch dort zu berühren.

"Sag mir, was du willst, Summer", flüsterte er und begann, an ihrem empfindlichen Ohrläppchen zu knabbern.

"Ich will, dass du mich dort streichelst", hauchte sie und legte den Kopf zurück, so dass ihre Kehle entblößt war.

"Wo soll ich dich streicheln, Summer?" Er begann, kleine Küsse auf ihren Hals zu setzen und leckte dabei mit seiner rauen Zunge über ihre Haut.

"Da unten", versuchte sie, ihn zu dirigieren, doch absichtlich stellte er sich unwissend.

"Sag es mir genauer", forderte er sie weiter auf und setzte seine kleinen verführerischen Küsse an ihrem Hals fort.

"Zwischen meinen Beinen", hauchte sie und wurde rot. Wurde sie jetzt verschämt, dachte sie und hätte gekichert, wenn sie nicht so erregt gewesen wäre.

"Meinst du hier?" Seine Hand war über ihren Bauch und Scham hinunter an ihren Oberschenkel geglitten, wo er nun die zarte Haut streichelte.

"Höher", flüsterte sie und öffnete ihre Schenkel für ihn.

"Hier?" Seine Finger glitten über die Spalte und rieben leicht über das feuchte Fleisch.

"Ja", stöhnte sie, als er zwei von ihnen in sie hinein gleiten ließ. "Ja, genau da!"

"Reich dir das?" Er begann ganz langsam seine Finger zu bewegen.

"Nein, mach schneller, bitte", flehte sie.

"Schau, wie erregt du bereits aussiehst." Er schien es selbst auch zu sein, denn seine Stimme war rau und seine Brust hob und senkte sich sichtbar.

Dann forderte er sie auf, sich selbst im Spiegel über dem Waschbecken zu betrachten. Sie konnte nur ihrer beider Oberkörper sehen und so war seine Hand in ihrer Scham nur zu fühlen. Als sie jedoch ihr eigenes Gesicht betrachtete, konnte sie erkennen, dass es vor Erregung bereits stark gerötet war. Ihre Lippen hatte sie geöffnet und ihre Lider bedeckten halb ihre Augen. Liams große Gestalt stand dicht hinter ihr und sie spürte seinen heißen Atem auf ihrer empfindsamen Haut. Sein dunkler Kopf über ihrer Schulter betrachtete ihr Bild ebenfalls. Er hatte ein erotisches Lächeln auf den Lippen und schien zu genießen, dass sie vor Lust bereits am Zerfließen war.

"Willst du, dass ich zu dir komme?" Er hauchte die Worte leise in ihr Ohr und sie nickte heftig.

"Ja, bitte, ich möchte dich spüren."

Ihre Stimme bebte vor Lust. Mit einem tiefen Brummen drehte er sie um und hob sie plötzlich hoch und ließ sie auf dem breiten Rand des Waschbeckens nieder. Er beugte sich nach vorne und suchte ihre Lippen, die er in einem leidenschaftlichen Kuss verschlang. Ungeduldig nestelte Summer an seinem Gürtel und schaffte es endlich, seinen Schaft aus der Hose zu befreien. Groß und hart lag er in ihrer Hand und sie fuhr vorsichtig über das samtene Fleisch, das unter ihrer Berührung zuckte.

"Steck ihn in dich rein, Summer", forderte er sie zwischen zwei Küssen auf.

Sie öffnete ihre Beine weit für ihn und dirigierte sein Glied dorthin, wo er dank ihrer Wärme und Feuchtigkeit ohne Probleme mit einem einzigen Stoß tief in sie hinein gleiten konnte.

"Ahhh, du bist so wundervoll, Summer. Beweg dich nicht, ich will dich einfach nur spüren."

Er verharrte genau dort, wo er war, und sie fühlte sein Glied in sich und hielt es kaum aus, sich nicht enger an ihn zu pressen, um ihn noch tiefer in sich zu spüren.

"Nein, du bewegst dich nicht. Ich bestimme das Tempo."

Er sah sie lächelnd an. Alle Wünsche erfüllen, nichts hinterfragen. Sie biss ihre Zähne zusammen und wartete. Sie trug nach wie vor noch ihr Schlafshirt, das er ihr nun mit einer einzigen fließenden Bewegung über den Kopf zog. Ihre langen blonden Haare flossen über ihren Rücken und ihr Kopf war voller Erwartung ihm zugewandt. Ihr Blick hatte sich an seinem schönen Gesicht festgesaugt. Seine goldene Haut schien von innen heraus zu leuchten und seine wunderschönen dunklen Augen hatten einen undeutbaren Ausdruck, der tief in ihre Seele drang. Er war ihr nie schöner vorgekommen, als in diesem Moment, in dem er sie intensiv betrachtete und sie ihn in sich spüren konnte. Ihr Herz begann plötzlich wie verrückt zu schlagen und sie schloss ihre Augen. Verdammt, dachte sie und hoffte, dass er die Liebe in ihren Augen nicht gesehen hatte.

Endlich beugte er sich hinunter und begann an ihren Nippeln zu saugen, die ihm förmlich entgegen sprangen. Sie stöhnte auf, als angenehme Empfindungen von der Berührung durch ihren Körper strömten. Seine Zunge leckte nun vorsichtig und dann begann er wieder sie etwas fester zu saugen. Wellen schossen durch ihren Körper und sie legte den Kopf in den Nacken, um das angenehme Gefühl weiter auszukosten. Plötzlich hob er seine Hüften und begann sich langsam und sinnlich in ihr zu bewegen ehe seine Stöße härter wurden. Er ließ sich Zeit und nahm sie mit auf eine Reise, die für sie nach einiger Zeit mit einem erlösenden Höhepunkt endete. Er schien ihren Körper besser zu kennen, als sie selbst, denn genau das war es gewesen, was sie gebraucht hatte.

"Hast du schon genug?" Fragte er mit kehliger Stimme und als sie den Kopf schüttelte, lachte er wieder leise. "Du bist ein gieriges kleines Ding."

Er begann nun, seine Hüften etwas härter und schneller zu bewegen und sah ihr dabei tief in die Augen. Sie schlang ihre Beine um ihn und genoss es, ihn in sich zu spüren, bis sie merkte, dass er den Rhythmus veränderte. Sein Gesicht wurde konzentrierter.

"Na los Summer, komm mit mir zusammen", heizte er sie an und schob seine Hand zwischen sie. Sein Daumen rieb ihre empfindsamste Stelle und sie kam genau in dem Moment erneut, als Liam sich tief in ihr verströmte.

Er hob sie vom Waschbecken herunter und zog sie mit sich in die Dusche hinein. Erschöpft standen sie gemeinsam unter dem heißen Wasserstrahl und Summer ließ sich von Liam wie ein Baby waschen. Als er die seifige Hand zwischen ihre Beine führte, hielt sie ihn auf.

"Liam, ich kann nicht mehr. Bitte", flehte sie unehrlich, denn obwohl sie müde und erschöpft war, genoss sie seine Berührungen in allen Maßen.

"Komm, Summer. Denk an den Vertrag. Du musst dich nur führen lassen."

Seine Stimme lockte sie und er begann nun sanft die Seife zwischen ihren Beinen einzureiben und gab sich bei einer bestimmten Stelle besonders viel Mühe. Summer spürte, wie ihr schon wieder trotz ihrer Müdigkeit heiße Schauer über dem Körper rannen und als Liam eines ihrer Beine anhob und mit einem festen Stoß in ihr versank, stöhnte sie bereits bereitwillig auf und ließ sich ein weiteres Mal von Liam zum Höhepunkt treiben.

Nachdem sie sich abgetrocknet hatten, brachte er sie in sein Schlafzimmer und deckte sie zu. Zu ihrem Erstaunen zog er sich selbst an und setzte sich noch einmal auf die Bettkante.

"Ich habe morgen früh einen Termin und ich befürchte, ich würde mit dir im Arm nicht wirklich den Schlaf bekommen, den ich brauche, um vor der Kamera gut auszusehen. Morgen Abend hole ich dich für das Konzert von Ji-Hoos Gruppe ab. Eine Nanny wird auf Leo aufpassen. Er wird sich daran gewöhnen müssen, denn ich habe vor, dich öfter zu Einladungen und Veranstaltungen mitzunehmen. Ich schicke dir morgen über mein Büro ein Outfit, das du zum Konzert tragen wirst. Sei gegen halb sechs bereit."

Er beugte sich noch einmal kurz zu ihr hinunter und gab ihr einen überraschend liebevollen Kuss auf die Stirn, der Summers Herz plötzlich zum Flattern brachte, ehe er sie verließ.

Summer hatte tief und fest geschlafen und fühlte sich tatsächlich am nächsten Morgen ausgeruht und irgendwie zufrieden. Befriedigt, dachte sie grinsend und erinnerte sich wieder lebhaft an die nächtlichen Stunden mit Liam. Dieser Mann überraschte sie bei jedem neuen Aufeinandertreffen aufs Neue. Einmal war er der harte Geschäftsmann, dann der dominante Sexpartner, der zärtliche Freund und der rücksichtsvolle Liebhaber. Aber jedes Mal blieb er sich treu. Er war ein Mann, der wusste, was er wollte, aber nicht unbedingt über Leichen ging.

Ja, er hatte sie einen unsinnigen Vertrag unterschreiben lassen, aber er hätte sie auch einfach so ohne Weiteres in den nächsten Flieger nach Deutschland setzen können, ohne ihr eine Erklärung dafür zu geben. Er war der gesetzliche Erziehungsberechtigte, Leo war in seinem Land und sie hatte als Ausländerin sowieso die schlechtere Ausgangsposition. Alles in allem hätte er sich auf keinen Deal mit ihr einlassen müssen und sie hätte keinen Deal eingehen müssen. Jetzt gab es den Vertrag, der sie allerdings nicht wirklich in eine schlechtere Position brachte. Im Gegenteil, er versprach sogar ihr das Sorgerecht zu übertragen, wenn sie nur drei Monate seinem Willen nachkam. Ansonsten wäre alles wieder zurück auf Anfang.

Nach dem Frühstück spielte sie mit Leo und bereitete ihn darauf vor, dass er am Abend eine Nanny haben würde. Der Kleine fand das gar nicht lustig und begann wütend sein Spielzeug zu werfen.

"Will nicht! Will mit Seon-Jae spielen. Summi, ich will zu Seon-Jae!"

Er weinte herzzerreißend so lange, bis Summer ihn mit einem Eis köderte. Seine Tränen versiegten und zufrieden saß er auf dem Sofa und schlabberte an dem Vanilleeis.

"Wenn heute Abend die Nanny da ist, Leo, dann darfst du eine Folge der lustigen Trecker-Serie aus dem Fernsehen gucken, bevor du schlafen gehst. Ist das ein Deal?"

Leos Gesichtchen strahlte und mit einem Mal war er ganz aufgeregt, wann denn endlich die Nanny kommen würde.

Erst einmal kam Frau Kang, die Koreanisch Lehrerin, am Nachmittag und gemeinsam lernten die beiden die neue Sprache. Leo konnte bereits viele neue Worte sprechen und als Frau Kang ihn dafür lobte, strahlte er über das ganze kleine Gesicht. Ihm fiel es viel leichter Koreanisch zu lernen als Summer, doch auch sie gab sich größte Mühe, damit sie ihrem Patenkind beim Spielen und Kennenlernen neuer Freunde in Zukunft besser helfen und beistehen konnte.

Summer erhielt Ihr Paket mit Kleidung für den Abend über einen Kurierservice und packte es interessiert aus. Was hielt Liam für ein Pop-Konzert für angemessen? Überrascht holte sie ein enges schwarzes Kleid, Stilettos, eine exklusive Tasche und Kosmetik aus dem Paket. Alle Teile waren von einer Luxusmarke aus Paris und mussten einen Wert von einigen 10.000 Euro haben. Vorsichtig berührte sie die

Tasche und die Schuhe und schüttelte den Kopf. Warum gab man nur so viel Geld für Dinge aus, die man auch günstiger bekommen konnte? Sie legte die Teile vorsichtig auf das Sofa und betrachtete sie.

Kleid und Schuhe hatten genau ihre Größe und Summer war erstaunt, dass Liam diese gewusst hatte. Sie nahm das schwarze Kleid in die Hand und prüfte den Stoff und die Verarbeitung, die natürlich ohne Makel waren. Die Namensgeberin des Labels hatte als erste Designerin das "kleine Schwarze" salonfähig gemacht und es galt nach wie vor als ultimativer Allrounder in der High End Fashion.

"Summi, ziehst du heute dich ganz schwarz an? Warum? Willst du Mami besuchen?"

Summer zuckte bei dem Gedanken zusammen. Das letzte Mal hatte sie schwarze Kleidung getragen, als sie auf Delias Beerdigung war. Leo war nicht mitgekommen, aber als er seine Großeltern und Summer in der schwarzen Kleidung gesehen hatte, haben sie ihm erklärt, sie würden zu einer Feier von der Mama gehen, die aber leider nicht dabei sein konnte.

"Nein, Liebling, ich besuche nicht Mami. Du weißt ja, dass sie ganz lange weg ist und wir sie nicht sehen können, weil sie sehr beschäftigt ist. Ich werde heute Abend mit deinem Papa zu einem Fest gehen und dafür habe ich mir hübsche Kleidung gewünscht, die Papa mir geschenkt hat. Wenn du also mit der Nanny eine Party machst, dann feiere ich mit deinem Papa. Ist das okay für dich?"

Leo nickte heftig, da er sich wohl daran erinnerte, dass er mit der Nanny Fernsehen durfte.

"Klar, Summi, wenn du Papa magst, dann kannst du ja öfter mit ihm weggehen. Ich bleibe dann immer bei der Nanny und dann darf ich doch auch Trecker gucken, ja?" Ah, sie hatte ihn also richtig eingeschätzt und grinste ihn verschwörerisch an.

"Ja, das darfst du." Liebevoll strich sie ihm über den dunklen Kopf und sah ihm lächelnd nach, wie er jubelnd durch das Apartment flitzte.

Summer stand im Badezimmer vor dem Spiegel, vor dem sie sich in der vorherigen Nacht von Liam hatte verwöhnen lassen und betrachtete sich. Sie hatte dezentes Make-Up aufgelegt und ihre Haare hochgesteckt. An ihren Ohren baumelten teure Ohrringe, die sie erst beim zweiten Prüfen des Paketes von Liam entdeckt hatte.

Vermutlich kosteten auch diese ein Vermögen, denn sie glitzerten und blinkten und in Anbetracht der teuren Kleidung und Schuhe konnte sie sich nicht vorstellen, dass die Ohrringe nicht echt waren.

Pünktlich um halb sechs stand sie fertig angezogen im Wohnraum und wartete auf Liam. Die Nanny war bereits vor einer halben Stunde gekommen und hatte zum Glück Leo sofort für sich begeistern können. Zu ihrer Überraschung war es die älteste Tochter von Frau Kang, die ebenfalls Deutsch sprach und sich somit problemlos mit Leo verständigen konnte. Sie hatte sich mit ihrem koreanischen Namen bei ihnen vorgestellt, aber als Leo sie nur mit großen Augen ansah, lachte sie über ihr rundliches Gesicht.

“Nenne mich einfach Mia, das ist mein deutscher Name.”

“Ich mag deinen Namen, Mia.”

Leo schmiegte sich an die junge Frau, die aussah wie die jüngere Ausgabe ihrer Mutter. Man konnte sehen, dass beide vom ersten Moment an einen Narren aneinander gefressen hatten. Das beruhigte Summer sehr, denn sie hatte schon befürchtet, dass Leo sie ablehnen würde oder schlimmstenfalls sogar Angst vor seiner Nanny haben könnte. Das war glücklicherweise jedoch nicht der Fall.

Mia hatte Summer erklärt, dass sie studierte und nicht vorhatte, zu heiraten oder eigene Kinder zu bekommen. Sie liebte diese zwar, aber sie wollte in der konservativen und unter Leistungsdruck stehenden Gesellschaft, die Korea in ihren Augen war, kein Kind großziehen. Summer respektierte ihren Wunsch, fragte sich aber gleichzeitig, ob sie später ihre Entscheidung nicht bereuen würde, denn so liebevoll, wie sie mit Leo umging, wäre sie eine fantastische Mutter, da war sie sich sicher. Pünktlich um halb sechs klingelte Summers Telefon.

“Komm hinunter in die Tiefgarage. Ich warte im Auto.”

Seine Aufforderung war in einem neutralen, emotionslosen Ton erfolgt und Summer war beleidigt. Er würde sich nicht einmal die Mühe machen und sie aus dem Apartment abholen? Sie wollte sauer sein, doch dann erinnerte sie sich daran, dass sie nicht seine Freundin, sondern seine Vertragspartnerin war und so zog sie sich ihre hohen Schuhe an, winkte dem abgelenkten Leo zu, der sie nicht einmal mehr eines Blickes würdigte und verließ die Wohnung. Die beiden Männer in ihrem Leben, die derzeit die wichtigsten Rollen spielten, konnten beide wirklich herzlos sein. Wie der Vater – so der Sohn.

Liam wartete in einem schicken dunkelblauen Sportwagen, den Summer zuvor noch nie gesehen hatte. Entweder hatte der Mann so viel Geld, dass er gleich mehrere Autos hatte, oder er tauschte sein Fahrzeug mit seinen Kumpels. Kurz bevor Summer am Wagen ankam, stieg Liam aus und ging um das Auto herum. Er öffnete ihr die Beifahrertür und ließ sie einsteigen. Summer hatte erwartet, dass er etwas zu ihrem Outfit sagen würde, das ihr wirklich wahnsinnig gutstand, aber er hatte nicht einmal mit der Wimper gezuckt, als sie auf ihren zehn Zentimeter hohen Absätzen auf ihn zu gewackelt kam.

Verstimmt saß sie auf dem Beifahrersitz und zupfte den kurzen Rock ihres sündhaft teuren Designer Kleides ein wenig herunter. Sie wollte ihm heute nicht die Freude gönnen, ihre langen Beine zu sehen. Sie war die Anziehpuppe, Fake-Freundin und Vertragssexsklavin des feinen Herrn, dachte sie wieder böse und warf Liam einen verstohlenen Seitenblick zu. Er lenkte unterdessen den Wagen ruhig und gekonnt aus der engen Tiefgarage heraus und fuhr nach dem Verlassen der abgeschotteten Wohnsiedlung auf eine Schnellstraße. Seine schönen Hände lagen entspannt auf dem Lenkrad und sein Blick war wach und konzentriert auf der Straße, wo zu dieser Zeit ein heftiger Feierabendverkehr herrschte.

Summer betrachtete ihn und stellte fest, dass er umwerfend aussah. Auf keinen Fall wollte sie ihm das sagen oder merken lassen, und so blickte sie genau wie er stumm nach vorne und wartete, dass er den ersten Schritt machen würde. Plötzlich spürte sie, wie seine Hand über ihr Knie den Oberschenkel hinauf glitt, von ihrer Haut nur durch die dünne Strumpfhose getrennt, die sie witterungsbedingt heute trug. Es war recht frisch draußen und sie hatte zu ihrem Outfit keine passende Jacke gehabt. So war sie lediglich in dem dünnen Kleid aus dem Haus gegangen und jetzt fror sie in dem Wagen. Das war ihr aber erst bewusst geworden, als sie seine warme Hand berührte und ihr ein kühler Schauer über die nackten Arme lief.

"Dir ist kalt", bemerkte er auch sofort und drehte die Temperatur der Klimaanlage hoch, so dass es schnell wärmer im Auto wurde. "Wir fahren direkt in die Garage vom Stadion."

Er drückte auf die Freisprechanlage seines Wagens und als eine Frau den Anruf entgegennahm, sprach er mit schnellen Worten auf koreanisch mit ihr und wie es sich in Summers Ohren anhörte, waren es keine Wünsche oder Bitten. Er schien böse zu sein und seine Gesprächspartnerin entschuldigte sich mehrmals mit einem unterwürfigen Ton.

"Mit wem hast du gesprochen?" Summer wollte eigentlich gar nicht wirklich wissen, wen er gerade zur Schnecke gemacht hatte, doch sie konnte die Frage nicht unterdrücken, weil sie viel zu neugierig war.

"Meine Sekretärin. Sie hatte die Aufgabe, dir nach meinen Vorgaben ein vollständiges Outfit zu schicken. Ich habe sie nur gefragt, was sie falsch verstanden haben könnte. Im Stadion wird dort ein Mantel auf dich warten, der dich wärmt, auch wenn ich deinen Anblick in diesem sexy Kleid wirklich sehr genieße, will ich nicht, dass du frierst."

Überrascht drehte sie sich zu Liam. Er hatte also doch bemerkt, dass sie wirklich hübsch angezogen war? Warum sagte der sture Kerl das nicht eher, dann hätte sie gleich eine ganz andere Stimmung gehabt. Ein wenig besänftigt, lehnte sie sich jetzt entspannter in den Sitz zurück.

"Wie heißt eigentlich die Band, die wir uns ansehen? Sind sie bekannt?"

"Du hast wirklich gar kein Interesse daran zu wissen, mit wem du es hier zu tun hast, oder? Recherchierst du nicht einmal im Internet und suchst die Namen, wenn du schon weißt, dass sie bekannten Promis gehören? Weißt du denn wenigstens, wie meine Band heißt? Von dem Mann, mit dem du jede Nacht schläfst?"

Dieses Mal schien er wirklich beleidigt zu sein. Tatsächlich hatte sie sowohl ihn als auch Ji-Hoo in der Suchmaschine gesucht, aber ihre Suchergebnisse waren alle auf koreanisch und sie hatte noch nicht herausgefunden, wie sie ihren Standort und damit die Sprache wechseln konnte. Aus diesem Grund hatte sie noch keine Informationen über die Männer gesammelt.

Delia hatte ihr damals mit Sicherheit gesagt, wie die Idol Band hieß, in der Liam Mitglied war. Allerdings hatte sie damals nur mit halbem Ohr zugehört, da sie den Vater des Kindes möglichst nie erwähnen wollte. Jedes Mal, wenn sein Name fiel, wurde Delia traurig und das hatte sie nicht gewollt. Jetzt saß sie neben einem koreanischen K-Pop Star und hatte noch nicht einmal den geringsten Schimmer, wie berühmt oder beliebt er war. Seine Band war schon sehr lange im Geschäft und sehr erfolgreich, das war ihr bekannt, aber da hörten ihre Informationen auch bereits auf.

“Aber bist du nicht in erster Linie Schauspieler?”, fragte sie nun unschuldig und streute damit wohl noch mehr Salz in seine Ego-Wunde.

“Nein, Summer, in erster Linie bin ich Sänger und Mitglied meiner Gruppe. Und wenn du schon weißt, dass ich schauspielere, hast du denn wenigstens ein K-Drama oder einen Film gesehen, in dem ich mitgespielt habe?”

Er gab die Hoffnung nicht auf, dass sie von seinem Ansehen und seiner Berühmtheit stark beeindruckt sein musste, doch langsam glaubte er, dass er wirklich nur ein ganz normaler Kerl in ihren Augen war. Das war ein merkwürdiges Gefühl, da er seit seiner Teenagerzeit als K-Pop Idol verehrt und geliebt wurde. Einfach nur als Mann gemocht zu werden, war eine neue Erfahrung für ihn – aber nicht unbedingt eine schlechte.

“Nö, ich gucke sowas nicht. Meistens schaue ich, wenn dann überhaupt nur ein Liebesfilm von Rosalinde Pülver oder einen alten deutschen Heimatfilm. Kennst du die denn?” Er schien begriffen zu haben, dass sie ihn veralberte.

“Sehr witzig. Hast du dir wirklich noch nie ein K-Drama angesehen? Die gehen doch gerade um die ganze Welt. Ich bekomme Fanpost von jedem Kontinent und unsere Band ist auch schon auf allen Erdteilen aufgetreten. Ehrlich, Summer, du solltest die Fähigkeiten deines Freundes besser kennen.”

“Aber Liam, ich kenne deine Fähigkeiten doch und ich muss sagen, die sind wirklich beeindruckend”, witzelte sie zu seiner völligen Überraschung, denn er trat unerwartet kurz auf die Bremse und warf ihr einen ungläubigen Blick zu.

“Summer, du hast schmutzige Gedanken!”, meinte er gespielt empört und freute sich gleichzeitig, dass sie von sich aus eine solche Anspielung gemacht hatte.

“Und wenn? Du kannst jetzt nichts machen, weil du fahren musst, und dann sind wir gleich bei dem Konzert, also, keine Gefahr für mich!”, kicherte sie belustigt. Liam warf ihr wieder einen Blick zu und bei ihrem strahlenden Gesicht zog sich ihm plötzlich das Herz zusammen, und das machte ihm höllische Angst. Hart räusperte er sich.

"Ji-Hoos Band besteht aus acht Mitgliedern. Ji-Hoo ist der Maknae der Band. Du weißt, was das ist?" Als sie den Kopf schüttelte, seufzte er resigniert. "Also gut. Ich fange mal ganz von vorne an. Koreas Musikindustrie hat in den 80er/90er Jahren angefangen, sich auf ihren eigenen Musikstil zu konzentrieren. Die ersten Agenturen suchten gezielt nach jungen, talentierten und zumeist gutaussehenden jungen Menschen, die sie bereits im Schulalter anwarben und ausbildeten. Sie ließen sich Verträge unterschreiben, die die Schüler lange Zeit an ihre Agentur binden sollten. Das lag zum einen daran, da die Agentur vor dem ersten Profit sehr viel Geld in die Trainees investieren mussten."

Er unterbrach sich kurz und sah zu Summer hinüber. Sie hatte ihm aufmerksam gelauscht und so setzte er fort.

"Danach, also wenn sie als K-Pop Gruppe ihr Debüt hatten, war es auch nicht unbedingt sicher, ob ihre Musik, ihr Style oder ihre Persönlichkeiten das Publikum ansprachen. Wenn eine Gruppe ein Erfolg war, dann brachte sie ihrer Company viel Geld ein. Die Mitglieder erhielten aber zumeist so lange nicht mehr als einen Mindestlohn, bis ihre zuvor verursachten Kosten für Training, Unterkunft, Lehrer, Essen, Kleidung … du kannst die Liste fortsetzen … und wieder eingespielt werden. Plus Zinsen, natürlich. Manche Idols mussten während ihrer Ausbildung und in ihrer Anfangszeit noch zusätzlich Nebenjobs annehmen, um überhaupt etwas zum Essen auf dem Tisch zu haben. Es war für viele Kinder eine sehr harte Lehrzeit. Einige Gruppen zerbrachen daran, einige Idols zerbrachen daran, einige Agenturen zerbrachen daran."

Er unterbrach sich, da er nun von der Schnellstraße abbog. Summer konnte das Stadium bereits von hier aus sehen, in dem das Konzert stattfinden sollte. Es war riesig!

"Wo war ich? Ach ja, wenn du möchtest, dann kann ich dir noch sehr viel mehr davon berichten, aber da wir bald da sind, sollte ich dir wenigstens noch ein klein wenig von Ji-Hoos Band erzählen. Sie hatten vor sieben Jahren ihr Debüt. Du hast gehört, als wir uns begegnet waren, dass er mich Sunbae genannt hat, oder?"

Summer bejahte das.

"Die Bedeutung des Wortes ist, dass ich der Ältere, Erfahrenere bin. Das ist vermutlich so ein koreanisches Ding. Wir reden uns fast nie mit unserem Namen an, sondern mit Höflichkeitstitel. Das kann dir Frau Kang vielleicht mal genauer erklären, da es hier bei uns wirklich wichtig ist. Zurück zu den K-Pop Gruppen. Man unterscheidet sie nach ihrem Debüt Jahr in verschiedenen Generationen. Ji-Hoos Gruppe gehört zur vierten Generation, während meine Jungs und ich zur zweiten Generation gehören. Korea ist ein Land, in dem Respekt vor Älteren sehr wichtig ist. Aus diesem Grund wirst du gleich bemerken, dass mich alle sehr respektvoll grüßen werden. Natürlich hat das auch damit zu tun, dass meine Band viel erfolgreicher ist und war als sie selbst."

Er prahlte und Summer musste ein Grinsen unterdrücken. Sie durfte ihn nicht noch mehr in seiner Eitelkeit kränken.

"Aber wenn Ji-Hoos Gruppe in solch einem Stadion auftreten wird, dann sind sie doch mit Sicherheit auch ziemlich berühmt und beliebt, oder? Wie viele Menschen passen da rein? Das ist riesig!"

Sie waren mittlerweile davor angekommen. Der Verkehr war hier das totale Chaos, aber Liam lenkte den Wagen plötzlich zu einem Tor, das das Stadiongelände vor dem allgemeinen Publikum absperrte. Am Tor standen Wachleute und forderten Liam auf, das Fenster zu öffnen. Er gab ihnen eine Art Karte und mit höflichen Worten winkten die Männer das teure Auto nun auf eine Straße, auf der neben ihnen jetzt niemand anderer mehr fuhr.

"Der Backstage Zugang und die Einfahrt zu den VIP-Garagen", erklärte er knapp. "Du glaubst doch nicht, dass die Gäste, die mehrere tausend Dollar Eintritt zahlen, sich mit dem Pöbel zusammen in den Stau stellen? Eines ist hier in Korea wie in Stein gemeißelt: Wenn du Geld hast, hast du alle Privilegien und fast so etwas wie Narrenfreiheit. Also sei froh, dass du mich kennst."

"Also hast du Geld?", frotzelte sie wieder und Liam grinste dieses Mal.

"Ein wenig", meinte er bescheiden.

Sie lachte über seine Antwort und sah sich nun neugierig um, als sie wieder von einem Sicherheitsteam angehalten wurden. Dieses Mal standen sie vor der Einfahrt in die Garage, die sich unter dem Stadion befand. Hier wurde das gleiche

Prozedere wie zuvor durchgeführt und Liam lenkte nun den Wagen in die erstaunlich große Tiefgarage hinein. Es parkten bereits einige sehr teure Nobelkarossen oder wurden gerade von ihren Fahrern eingeparkt und Liams Auto passte ausgezeichnet zu den anderen. Ihm wurde sein Parkplatz von einem Einweiser zugewiesen und er stellte das Auto neben einen anderen Sportwagen der gleichen italienischen Marke ab. Summer wollte gerade die Tür öffnen, als Liam sie davon abhielt.

"Warte noch einen kleinen Moment. Wir sind trotz des Verkehrs gut durchgekommen und etwas zu früh. Meine Sekretärin hat noch nicht den Mantel für dich liefern lassen, also lass uns noch etwas im Wagen warten. Du hast doch bestimmt noch ein paar Fragen zu heute, oder?"

"Ja, ich habe dich gefragt, wie viele Menschen in dieses Stadion passen? Es scheint wirklich groß zu sein und daher gehe ich davon aus, dass die Band von Ji-Hoo auch sehr beliebt ist."

Liam überlegte kurz. "Ich glaube, hier passen 60.000 Leute bei einem Sportereignis herein. Durch den Bühnenaufbau und die Bestuhlung werden es weniger sein. Mmh, ich schätze, so 35.000 oder 40.000 Menschen sollte es umfassen. Aber ob sie für heute Abend alle Karten verkauft haben, das weiß ich nicht. Vor einigen Jahren ist hier eine Gruppe aufgetreten, die mittlerweile die weltweit erfolgreichste Boyband geworden ist. Sie haben uns alle aus der zweiten Generation überholt und ich kenne viele, die jetzt eine tiefe Verbeugung vor ihnen machen, obwohl sie sie vor einigen Jahren noch belächelt haben. Sie haben es geschafft, einen Rekord hier aufzustellen. Aber das war auch harte Arbeit der sieben Jungs. Ich habe höchsten Respekt vor ihnen, auch wenn ich manchmal ein wenig neidisch auf sie bin." Er sah sie ungläubig an, als sie mit den Schultern zuckte und grinste. "Hast du etwa auch von ihnen noch nie etwas gehört? Das kann ich nicht glauben! Du lebst in einem anderen Universum, oder?" Jetzt lachte sie wegen seines entsetzten Gesichts und stupste ihn übermütig an.

"Hey, ich denke, ich habe schon einmal etwas von ihnen gehört. Obwohl in Deutschland so gut wie gar nicht K-Pop im Radio gespielt wird, ist mir diese Boygroup auch nicht komplett entgangen. Weil die Radiosender immer noch nicht K-Pop als globales Phänomen erkannt haben, ist das vielleicht auch der Grund, warum viele Menschen bei uns, und ich eingeschlossen, noch so gut wie nichts von koreanischer Popmusik mitbekommen haben. Doch ich denke mal, du würdest mir auch keinen einzigen deutschen Sänger, Sängerin oder Gruppe nennen können oder hast in Korea jemals deutsche Musik im Radio gehört. So ist das eben."

Sie grinste ihn an und er musste ihr Recht geben. Er war auf die Musik seines Landes und vielleicht noch amerikanische Musik festgelegt und konnte wirklich nicht sagen, wie sich deutsche Popmusik anhörte. Allerdings hatte er davon gehört, dass es einige Clubs in Hongdae geben soll, die hin und wieder deutsche Musik spielen.

"Ah, ich denke, wir können jetzt deinen Mantel abholen." Er hatte nach seinem Telefon gegriffen und die Nachrichten gelesen. "Bleib sitzen, ich helfe dir aus dem Wagen."

Zuvorkommend öffnete er die Beifahrertür und streckte ihr helfend seine Hand entgegen. Summer nahm sie dankbar an, denn mit ihren mörderischen High Heels und dem kurzen Rock war das Aussteigen aus dem tiefen Auto gar nicht so einfach. Endlich stand sie vor Liam, dem sie mit den hohen Schuhen fast auf gleicher Höhe in die Augen sehen konnte. Liam grinste und sah an ihr hinunter.

"Ich denke, Coco hat damals an dich gedacht, als sie das 'Kleine Schwarze' im Kopf hatte."

Seine Stimme drückte Bewunderung und Stolz auf die schöne Frau an seiner Seite aus. Das Kleid betonte ihre schlanke, wohlgeformte Figur, ohne dabei vulgär zu wirken. Für diese Haute Couture war sie genau die passende Trägerin.

Geschmeichelt lächelte Summer den attraktiven Mann neben sich an. Selbstsicher schritt sie neben Liam her, der ihre Hand auf seinen Arm gelegt hatte und seine schöne Begleitung zum ersten Mal öffentlich präsentieren würde. Bevor sie jedoch die Garage verließen, wartete ein junger Mann auf das Paar und überreichte Liam eine Tragetasche, auf der der gleiche Name des Hauses gedruckt war, wie vom restlichen Outfit.

Liam holte den eleganten Abendmantel heraus und legte ihn um ihre Schultern. Erstaunt hatte sie die Farbe gesehen, den der Mantel hatte. Er war knallrot, sehr elegant und kam durch ihr schwarzes Kleid und den glitzernden Ohrringen noch besser zur Geltung. Er war das I-Tüpfelchen ihrer Ausstattung und Summer dankte Liam für seinen exquisiten Geschmack und das edle Geschenk.

*K*apitel 19

Liams geheimnisvolle Karte, die er bereits den Security Leuten vorgezeigt hatte, schien ihm den Zugang zu allen Bereichen der Konzerthalle zu ermöglichen. Neugierig lief Summer neben ihm her. Er hatte ihr seinen Arm leicht um die Hüften gelegt und für jeden, der sie so sehen würde, musste unmissverständlich klar sein, dass sie zu Liam gehörte.

Wie er vorhergesagt hatte, wurde er überall, wo er auftauchte, mit einer zum Teil 90 Grad Verbeugung ehrerbietig begrüßt. Summer empfand dieses anfangs als etwas unangenehm. In Deutschland war diese Art der Begrüßung eher unüblich und es kam ihr zuerst unterwürfig vor. Aber andererseits stand es ihr nicht zu, über die kulturellen Gewohnheiten und Gebräuche eines anderen Landes zu urteilen. Wahrscheinlich fanden Koreaner die deutsche Sitte, sich die Hand zum Gruß zu geben, auch nicht so prickelnd. Ihr selbst war diese Art der Begrüßung ebenfalls unangenehm, denn der direkte Hautkontakt zu Menschen, die man noch nie zuvor gesehen hatte, war für sie jedes Mal eine Überwindung. Man konnte schließlich nie wissen, wo das Gegenüber zuletzt seine Finger gehabt hatte. Igitt, so manches Mal hatte sie sich geweigert, jemandem die Hand zu geben und eine Erkältung vorgetäuscht.

Summer bemerkte, dass sie sich bereits nach kurzer Zeit mit den Verbeugungen zum Gruß angefreundet hatte und jetzt diese Begrüßung für sich selbst als Geschenk entdeckte. Fast automatisch neigte sie nun bei jedem, dem sie begegnete, den Kopf und lächelte freundlich.

"Wir gehen zuerst zu den Garderoben. Eigentlich sollte der Soundcheck beendet sein, aber ich habe eben einen der Manager von 3Bute gesehen und ich denke, dass sie noch auf der Bühne sind. Oder möchtest du die Gruppe bei ihrer Probe sehen, bevor das offizielle Konzert beginnt?"

185

Summer nickte und so fasste Liam nach ihrer Hand und zog sie durch die Gänge, bis er zu den Türen kam, die ins Stadion führten. Hier konnte man deutlich Musik hören, die aus den überdimensionalen Lautsprechern dröhnte und als sie eintraten, wurde diese Musik noch viel lauter.

Sie brauchte einen Moment, um sich an die Atmosphäre zu gewöhnen und trat staunend in das riesige Stadion ein. Es war viel größer, als sie gedacht hatte, und sie kam sich mit einem Mal so klein und unbedeutend vor, dass sie Liams Hand fester packte. Er beugte sich zu ihr hinunter und schrie ihr fast ins Ohr.

"Komm mit. Du stellst dich dort hin, dann kannst du sie besser sehen. Ich kann leider nicht weiter mit dir gehen, da mich sonst vielleicht einige Fans erkennen würden und das wäre nicht so schön, da wir ohne Bodyguards hier sind. Also gehe allein nach dort vorne und ich behalte dich im Auge!"

Zögerlich ging Summer dichter an die Absperrung vor der Bühne und drehte sich immer wieder zu Liam um. Wenn sie sich hier verlieren würden, wäre sie verloren. Sie hatte nicht so ein Ticket wie Liam, das sie überall hin lassen würde und sie wüsste nicht einmal, an wen sie sich wenden sollte. Doch dann spannte sie ihre Schultern an und dachte daran, dass sie sich auf Liam verlassen könnte. Er würde sie nicht hier stehen lassen und er würde auf sie aufpassen.

Anders als die anderen Fans, die scheinbar eine Karte für den Soundcheck gekauft hatten, oder vielmehr wie Liam ihr später erklärte, die wahnsinnig viel Geld ausgegeben haben, um vor allen anderen die begehrten Stehplätze direkt vor der Bühne zu ergattern, standen hinter ihr. Obwohl sie weder die Band kannte, noch jemals ein Lied von ihnen gehört hatte oder auch nur ein Fan war, stand sie vor allen anderen nur wenige Meter von acht hübschen jungen Männern entfernt, die auf der Bühne in recht gewöhnlichen Straßenkleidung hin und wieder etwas tanzten und manchmal ein wenig sangen.

Summer drehte sich zu Liam um, der sie tatsächlich nicht aus den Augen gelassen hatte. Sie leuchtete in ihrem roten Mantel förmlich und stach mit ihren hellblonden Haaren, die sie heute sexy hochgesteckt hatte, aus der Menge heraus. Beinahe hätte er gelacht, als Ji-Hoo sie ebenfalls entdeckt hatte und fast vor Überraschung über einen seiner Bandkollegen bei der Choreografie gestolpert wäre. Seine Augen wurden groß und sogen sich an Summer förmlich fest.

Sein Verhalten hatte auch die anderen Mitglieder nach und nach auf die Schönheit aufmerksam werden lassen und insbesondere ein Bandmitglied hatte Witterung aufgenommen. Liam kannte ihn gut und wusste, dass Summer genau sein Beuteschema war. Langbeinige Blondinen waren es, die ihn anmachten und vermutlich würde er alles daran setzen, sie für sich zu gewinnen. Sollte das nicht funktionieren, so hätte dieser Mann keine Skrupel, auch mal zu etwas ungewöhnlicheren Methoden zu greifen – Methoden, die nicht legal waren. Aber wie Liam Summer zuvor erklärt hatte, durften die Reichen und Berühmten in Korea fast alles, wenn sie die entsprechenden Gelder hatten, um Augen und Ohren zu verdecken. Und dieser junge Mann hatte beides: Reichtum, denn seine Eltern waren superreiche Entrepreneure und Berühmtheit, weil er ein Mitglied von 3Bute war.

Dean war sein verhasster Feind und Ji-Hoo hatte sich seit seiner Nacht mit Summer in die Reihe derer, die Liam nicht ausstehen konnte, eingereiht. Liam war heute nicht hier, um 3Bute zuzujubeln. Er war hier, weil er etwas endgültig klarstellen musste und um Gerechtigkeit walten zu lassen.

Die Band beeilte sich, ihren Soundcheck zu beenden und Dean sprang zusammen mit Ji-Hoo hinunter vor die Absperrung, sehr zum Vergnügen der Fans, die glücklich schrien und ihre Lieblinge riefen. Doch beide Männer hatten nur Augen für die schöne Blondine und rempelten sich beinahe gegenseitig an, weil jeder sie als Erster erreichen wollte.

Summer sah mit großen Augen Ji-Hoo an, der ihr mit strahlendem Lächeln entgegenkam. Unsicher blickte sie sich um und suchte Liam, den sie aber zu ihrem Entsetzen in diesem Moment nicht mehr sehen konnte. Hatte er sie allein gelassen?

"Noona!" rief Ji-Hoo freudig, sich über das ohrenbetäubende Gebrüll seiner Fans hinwegsetzend. Ehe er ihr jedoch um den Hals fallen konnte, wurde er von seinem Bandkollegen an der Kapuze seines Pullovers zurückgehalten.

"Vergiss nicht, wo du bist!" Zischte ihm Dean zu und der jüngere verzog schuldbewusst das Gesicht zu einem niedlichen schiefen Lächeln. Summers Herz setzte einen klitzekleinen Moment aus, als sie wieder den Welpen vor sich sah, den er gerne seinen Mitmenschen präsentierte.

“Ji-Hoo, annyeong.” Erinnerte sie sich an die Begrüßung, die ihr Frau Kang beigebracht hatte.

“Noona, komm mit nach hinten. Wir müssen uns jetzt schnell etwas frisch machen und unsere Bühnenoutfits anziehen. Wollen wir uns kurz noch vorher unterhalten?”

Seine Augen blitzten aufgeregt und Summer ahnte, dass er eine ganz spezielle Unterhaltung im Sinn hatte. Diese Konversation würde sie nicht mehr mit ihm führen. Sie dachte an ihren Vertrag und den Vertragspartner und ganz besonders war ihr bewusst, dass sie nur noch mit einem einzigen Menschen reden wollte.

“Ich bin mit Liam hier, der auf mich wartet und werde mal schauen, was er vorhat. Ich glaube, er will euch auch noch alles Gute vor eurem Auftritt wünschen.”

Ji-Hoo grinste schief und sah etwas traurig aus, als Summer ihm diesen nicht wirklich überraschenden Korb gab. Obwohl er sie mehrmals angeschrieben hatte, meldete sie sich nach ihrer gemeinsamen Nacht nie wieder bei ihm zurück. Daher hatte er ihre Antwort bereits erwartet und trat sofort einen Schritt von ihr zurück, als sie Liam erwähnte. Die Drohung des Sunbae hatte bei ihrem letzten Treffen vor seinem Apartment einen bleibenden Eindruck hinterlassen.

“Liam? Warum ist er hier?”, hörte sie nun den anderen Sänger fragen, der zusammen mit Ji-Hoo von der Bühne gekommen war und abwartend neben ihnen gestanden hatte. Summer musste ihm nicht antworten, denn Ji-Hoo ging nun Richtung Stadion Ausgang und der andere Musiker folgte ihm, nicht ohne Summer noch einen undeutbaren Blick über die Schulter zuzuwerfen.

Gemeinsam liefen sie zurück zu der Tür, durch die Summer die Arena betreten hatte und da sie nicht genau wusste, wohin sie sich wenden sollte, und Liam immer noch nicht sehen konnte, folgte sie den beiden Musikern. Vielleicht war Liam dort zu finden, wo die beiden von der Band hingingen. Ji-Hoo hatte nicht bemerkt, dass sie ihnen nachlief und eilte mit langen Schritten den Gang entlang. Er war in Eile, denn er hatte nicht viel Zeit, um in sein Bühnenoutfit zu wechseln. Außerdem hatte es ihn mehr verletzt, als er gedacht hatte, dass Summer ihn nicht allein treffen wollte.

Er hatte sich auf den heutigen Abend gefreut und gehofft, dass sie wirklich anwesend sein würde und vielleicht ihre Meinung ihn betreffend geändert hätte. Sie war zwar zu seinem Konzert gekommen, aber leider war sie heute Abend in Begleitung von Liam. Ji-Hoo würde das Risiko, gegen den Älteren anzutreten, nicht auf sich nehmen. Keine Frau der Welt war es ihm wert, dass er seine Karriere aufs Spiel setzte. Dafür gab es zu viele dort draußen, die vermutlich einfacher zu haben wären, oder zumindest ohne Probleme. Dennoch schmerzte es tief in ihm, dass er Summer nicht haben konnte. Wäre sein Gegner nicht Liam, hätte sich ein Kampf vielleicht gelohnt. Während er in Gedanken in Richtung seiner Garderobe lief, hatte er seinen Bandkollegen Dean komplett vergessen.

Der andere Musiker hatte jedoch gesehen, dass die hübsche Blondine hinter ihnen hergelaufen war. Mit einem Mal blieb er auf Höhe einer vom Gang abgehenden Tür stehen und blockierte ihr mit seinem Körper den Weg. Obwohl so viele Menschen hinter der Bühne arbeiteten, waren sie ausgerechnet in diesem Moment ganz allein. Erschrocken blickte Summer den jungen Mann vor sich an und versuchte ein zaghaftes Lächeln.

Er wirkte arrogant und selbstsicher, wie er so breit vor ihr stand und sie ansah. Trotz seines attraktiven Äußeren zuckte sie zusammen, denn ihr bereitete sein gesamtes Auftreten Unbehagen und sie konnte nicht einmal sagen, woran es lag. Er war ausgesprochen hübsch wie alle Idols, die sie bislang gesehen hatte. Außerdem war er groß, sehr schlank und wirkte drahtig. Dabei hatte er ein recht weiches Gesicht, das vermutlich die perfekten Züge mit Hilfe eines medizinischen Experten erhalten hatte. Aber vielleicht waren es seine Augen, die sie nun von Kopf bis Fuß taxierten und sich dann zusammenzogen, als hätte er den Preis bestimmt. Sie wirkten kalt und passten nicht zu seinem hübschen Babygesicht. Er hatte die Lippen zu einem unechten Lächeln ohne Wärme verzogen, das seine Augen nicht erreichte. Sie blieben lauernd auf ihr liegen.

"Du willst aber doch bestimmt mit mir reden, oder? Ji-Hoo hat mir von dir erzählt. Ich weiß, dass du gerne ... sprichst. Ich denke, wir sollten eine Runde zusammen diskutieren." Er grinste anzüglich und starrte auf ihre Brüste, ehe er sich über die Lippen leckte.

Sie trat einen Schritt zurück und sah ihn entsetzt an. Sie hatte ihn trotz seiner Metaphern gut verstanden und überlegte, wie sie ihn so schnell wie möglich loswerden könnte.

"Du musst gleich auf die Bühne. Ich denke, ich suche Liam und dann schaue ich mir eure Show an. Ähm", räusperte sie sich unbehaglich, "kannst du mich bitte vorbeilassen?"

Er sah sich kurz um. Immer noch waren sie alleine auf dem Gang und so packte er plötzlich ihre Oberarme und zog sie eng an sich heran. Überrumpelt ließ Summer dieses geschehen, begann aber sofort, sich in seiner ungewollten Umarmung zu winden.

"Bist du blöd, oder einfach nur sehr langsam? Ich will dich ficken. Jetzt hier auf der Stelle. Sag mir nicht, du bist wählerisch. Ji-Hoo und Liam, du stehst doch auf uns Idols und glaube mir, es soll nicht dein Schaden sein."

Er packte ihre Pobacken und presste seinen Unterkörper an sie. Als er versuchte, sie gegen ihren Willen zu küssen, schrie sie panisch um Hilfe und versuchte sich noch heftiger als zuvor von ihm wegzudrücken. Plötzlich wurde Dean von ihr weggezogen und mit einem gewaltigen Fausthieb durch Liam zu Boden gestreckt.

Wimmernd blieb der jüngere Mann auf der Erde liegen und rieb sich seine Wange, auf der sich bereits deutlich die Spuren von Liams Faust abzeichneten.

"Dean, du Arschloch, dafür, dass du meine Frau angefasst hast, könnte ich dich umbringen. Aber es reicht vermutlich, wenn ich dich einfach der Polizei übergebe."

Liams Stimme bebte vor Wut und mörderische Funken sprangen aus seinen Augen. Seine Brust hob und senkte sich, als wäre er schnell gelaufen und Summer sah, dass er seine Hände zu Fäusten geballt hatte und sich vermutlich mit größter Willensanstrengung zurückhielt, um den am Boden Liegenden nicht weiter zu verprügeln.

Verständnislos zu seinem Sunbae hochblickend, hielt der Jüngere sich die schmerzende Wange.

"Liam, ich wusste nicht, dass sie mit dir zusammen ist. Ehrlich! Dann wäre ich doch niemals auf ihre Anmache angesprungen."

Empört wollte Summer gerade die Situation klarstellen, als Liam sein Handy hochhielt.

"Spar dir deine Worte. Dieses Video von eben und dann die Filme, die ein noch viel schlimmeres Vergehen von dir zeigen, sollten ausreichen, dass du ein Verfahren an den Hals bekommst, das sich gewaschen hat. Abgesehen davon wird kein einziger deiner Fans noch zu dir halten – geschweige denn, wirst du noch weiter ein Mitglied deiner Band oder deiner Company sein. Ich habe dich mehrfach gewarnt, Dean, aber einem Schwein wie dir muss man einfach Handschellen anlegen."

Dean hatte scheinbar den Ernst der Situation begriffen. Er drehte sich auf die Knie und setzte sich auf. Bettelnd die Hände aneinandergelegt, versuchte er, den Eindruck eines reuigen Sünders zu machen.

"Bitte, Sunbae, sieh noch ein einziges Mal darüber hinweg, ja? Es ist doch nichts passiert. Ich hätte doch nichts gemacht, wenn sie mich nicht angemacht hätten. Sie wollten das alle. Mal einen echten Star vögeln. Ich habe Ihnen nur gegeben, was sie sich gewünscht haben. Ehrlich. Bitte, gebe die Videos nicht weiter, ja? Du kannst alles haben, was du willst, aber zerstöre nicht meine Karriere. Zerstöre nicht die Karriere von 3Bute. Ich flehe dich an! Meine Eltern können in deine Company investieren. Wirklich, Liam, das machen sie, wenn ich es will."

Liam lachte trocken auf. "Dean, weißt du, wie satt ich es habe, immer das Gleiche von dir zu hören? Dass du heute versucht hast, meiner Freundin gegen ihren Willen etwas anzutun, das war der letzte Tropfen, den dein Fass noch gebraucht hatte, um überzulaufen. Ich habe deinen Manager und deinen CEO bereits über das Video informiert und nach deinem heutigen Auftritt wird die Polizei dich zum Verhör abholen. Natürlich wird die Presse Wind von deinen Taten bekommen, das ist ja wohl klar. Dean, du hast das letzte Mal ein Mädchen versucht zu vergewaltigen. Denkst du, die Frauen leiden nach deiner Tat nicht? Denkst du, sie fanden es schön, wenn du sie ohne ihren Willen dazu gezwungen hast und dann auch noch die Bilder in deinem ekelhaften Chatroom verteilt und ihre Ehre zusätzlich beschmutzt hast? Wie ihr euch an dem Leid der Opfer auch noch erfreut habt? Du und deine Freunde, ihr seid der letzte Abschaum. Hätte ich die Beweise eher gehabt, wärst du schon vor fünf Jahren für immer verschwunden. Dean, ich hoffe, dass du auf gerechte Richter treffen wirst und das Geld deiner Eltern dieses Mal nichts bewirken kann."

Er sah auf den immer noch knienden Mann, der vermutlich weder die Taten bereute, noch verstand, warum Liam so böse war und konnte den Ekel bei seinem Anblick kaum herunterwürgen.

"Komm, Summer. Wir wollen uns ein letztes Konzert von 3Bute ansehen, bei dem vielleicht noch alle Member dabei sein werden. Die Band wird in Zukunft auf einen ihrer Sänger verzichten müssen. Allerdings denke ich, dass es für alle kein Verlust sein dürfte, da er ihnen nur Schande bereitet hat."

Liam ergriff Summers Hand und wandte sich ab, ohne einen weiteren Blick auf den wie ein Häufchen Elend zusammengesackten Dean zu werfen und führte sie zu ihren VVIP-Plätzen. Erschüttert lief Summer neben ihrem Liebsten und versuchte, das soeben erlebte und gehörte zu verdauen. Bevor sie den öffentlichen Bereich betraten, holte Liam zwei Gesichtsmasken aus seiner Manteltasche und öffnete die Verpackungen für sie.

"Setze sie bitte auf. Wir werden ein kleines bisschen Verstecken spielen, obwohl mit Sicherheit unsere beiden halb verdeckten Gesichter morgen in der Presse zu sehen sein werden – oder auch nicht, da Deans Skandal die Titelblätter aller Zeitungen füllen dürfte."

Ehe Summer sich ihre Maske aufsetzte, holte sie plötzlich aus und boxte Liam mit aller Kraft, die sie aufbringen konnte, in den harten Bauch. Völlig überrumpelt klappte er ein wenig zusammen und ließ mit einem lauten "Uff" die Luft aus seinen Lungen heraus.

"Das habe ich wohl verdient", stöhnte er und rieb sich seinen Magen. "Summer, bitte verzeihe mir. Ich habe dich als Köder benutzt und dir nichts davon gesagt. Ich weiß, das ist unverzeihlich, aber ich würde es trotzdem wieder tun. Dean musste das Handwerk gelegt werden. Ich habe vor ein paar Tagen einen Anruf erhalten, dass er bereits wieder einem Mädchen Gewalt angetan hatte. Nach einer Autogrammstunde hatte er einen weiblichen Fan durch seinen Manager unter Drogen setzen lassen und sie anschließend in einem Hotelzimmer vergewaltigt."

Entsetzt sah Summer ihn an.

"Wie bitte? Dieser eklige Kerl, der vermutlich tausende willige Frauen für sich finden könnte, weil er hübsch und berühmt ist, nimmt sich die, die ihn nicht wollen?" Liam nickte und Summer ballte die Hände zu Fäusten. "Du hättest ihn bewusstlos schlagen sollen und dann kastrieren", schimpfte sie. Liam hielt sich die Hand vor seinen Schritt und grinste sie an.

"Ich hoffe, dass du nie so böse auf mich wirst, dass du genau das mit mir machen möchtest. Wäre doch schade drum, oder?", witzelte er, um die Stimmung wieder ein wenig zu lockern.

"Auf jeden Fall hatte ich schon länger Kenntnis von den Filmen, allerdings hatte ich sie glücklicherweise nie sehen müssen. Durch einen Zufall hatte Dean jedoch sein Handy bei einem Computer versierten Bekannten von mir nach einer Party liegenlassen. Ich gebe zu, dass wir das schon ein wenig eingefädelt haben. Mein Freund hat sich eine Kopie seines Chatverlaufs und seiner Daten gezogen. Zum Glück waren Dean und seine Freunde auch noch so arrogant und sich ihrer selbst so sicher, dass sie nie erwischt werden würden, dass sie es nicht für nötig gehalten haben, ihre Gesichter bei ihren Taten unkenntlich zu machen. Endlich hatten wir die Beweise ihrer Verbrechen, aber ich brauchte noch ein letztes Augenzeugenvideo, damit der Stein wirklich ins Rollen kommen konnte. Die Behörden und Gesetze in Korea ticken leider etwas anders als in Deutschland. Zusätzlich kommt noch das Problem dazu, das natürlich sowohl seine Agentur, als auch alle anderen, die mit der Band Geld verdienen, kein Interesse daran haben, ihn auffliegen zu lassen. Zum Schluss sind dort als letzte Rettung noch seine Eltern, die ihren verbrecherischen Sohn mit ihrem Geld stets deckten und ein Vermögen an Schweigegeldern an die Opfer gezahlt haben."

Summer und Liam waren mittlerweile auf ihren Plätzen. Das Stadion hatte sich mit den normalen Konzertbesuchern gefüllt und es war unheimlich laut. Sie hatten eine hervorragende Sicht auf die Bühne, die jetzt aus dieser Perspektive ganz anders aussah als von unten. Dazu kam, dass es im Stadion in der Zwischenzeit dunkel geworden war und die bunten blinkenden Lichter der Pre-Show alles in aufregende Farben tauchten. Trotz des soeben erlebten war Summer begeistert und sah sich aufgeregt um. Sie wollte in diesem Moment nicht weiter über die schrecklichen Taten von Dean nachdenken und dass Liam sie für das Erreichen seiner, wenn auch löblichen Zwecke, benutzt hatte.

"Bist du mit deiner Band auch vor so vielen Menschen aufgetreten?" wollte sie aufgeregt wissen.

Ihre Frage war ihr herausgerutscht, ehe sie sie zurückhalten konnte und Liam zuckte ein wenig, vermutlich aufgrund gekränkter Eitelkeit als Superstar, zusammen.

"Wenn wir ein Konzert geben, sind bei uns alle Plätze innerhalb kürzester Zeit ausverkauft, da wir nicht mehr so oft gemeinsam auftreten. Die Karten sind auch viel teurer und für unsere Fans ist es ein absolutes Lebens-Highlight, bei einem unserer Konzerte dabei zu sein. Summer, du bist wirklich so unwissend. Ab sofort wirst du dir zuhause Aufnahmen und Konzert Zusammenschnitte von meiner Band und mir ansehen. Ich kann meine Freundin nicht so ignorant lassen", tadelte er halb im Scherz, halb ernst gemeint.

Summer sah sich schnell um, ob sie jemand gehört hatte, aber es war viel zu laut um sie herum, als dass man sie hätte verstehen können. Er hatte sie wieder seine Freundin genannt und das Wort war wie ein warmer Schauer über ihre Haut gelaufen. Sah er sie jetzt so? Als Freundin und nicht als Vertragspartnerin?

"Vielleicht können wir uns die Filme ja zusammen ansehen?", fragte sie schüchtern.

"Pornos oder die Konzerte? Oder erst das eine und dann das andere?", witzelte Liam.

Summer wurde rot und puffte ihn wieder in die Seite, ehe sie sich verschämt die Hände an ihre geröteten Wangen legte. Einen Erotikfilm mit Liam sehen? Warum nicht? Plötzlich wurde es still im Stadion. Über Lautsprecher wurde eine Ankündigung gemacht und da sie leider nur auf koreanisch war, wartete Summer auf Liams Übersetzung.

"3Bute wird heute nur mit sieben Mitgliedern auftreten. Dean ist leider plötzlich erkrankt."

Summer und Liam sahen sich an und grinsten. Wahrscheinlich hatte er eine plötzliche Intoleranz gegenüber Handschellen entwickelt.

Das Publikum begann Fan-Gesänge anzustimmen und Liam erklärte, dass es sich dabei um so etwas wie Genesungswünsche handelte. Arme Fans, dachten beide, wie übel Dean ihr Vertrauen all die Jahre missbraucht hatte – und die armen Opfer, die er vergewaltigt, verhöhnt und hatte leiden lassen. Wenn die Neuigkeiten morgen in den Zeitungen und Medien zu lesen wären, würde ihn die Fangemeinschaft zerfetzen. Koreanische Fans waren sehr nachtragend und Dean würde vermutlich nie wieder in seinem Leben in Korea einen Fuß in die Entertainment Welt, vermutlich noch nicht einmal in die Öffentlichkeit setzen können. Vorausgesetzt, er käme irgendwann wieder frei und wäre nicht mehr im Gefängnis, wo er für viele Jahre hingehörte.

Mit etwas Zeitverzögerung kam endlich 3Bute unter Ohrenbetäubenden Jubel der Fans mit einem spektakulären Intro auf die Bühne. Liam, der Insider und Summers Special Guide für K-Pop Fragen, erklärte und erläuterte ihr Teile der Show und wo die anderen Mitglieder die Choreografie vermutlich schnell für sieben statt acht Personen abgeändert und angepasst hatten. Es konnte immer mal vorkommen, dass ein Mitglied krank wurde oder ausfiel, und aus diesem Grund hatten sie alle eine Ausweich-Choreografie einstudiert. Hin und wieder wurde jedoch nur der Platz von Dean freigelassen, was aber bei den flexiblen und professionellen Tänzern und Sängern gar nicht so sehr auffiel.

Summer beobachtete die Show und insbesondere versuchte sie auf der Bühne Ji-Hoo auszumachen. Leider war es zum einen aufgrund der Distanz zur Bühne nicht immer möglich ihn zu erkennen und zum anderen wechselten sie so oft ihre Positionen, dass sie es irgendwann aufgab und einfach nur noch die Musik und die Show genoss. Und es gefiel ihr wirklich. 3Bute war bereits seit sieben Jahren aktiv und ein eingespieltes Team, das das Publikum mitnahm. Auch ein K-Pop-Neuling wie Summer fühlte sich durchaus von der Perfektion und den Talenten sehr angesprochen. Sie konnte es kaum erwarten, sich jetzt wirklich die Konzertmitschnitte von Liam anzusehen und war gespannt, wie er professionell on stage wirkte. Ob er da auch einen so sexy Hüftschwung machte, wie die jüngeren Männer dort unten auf der Bühne? Ein Highlight würde es vermutlich sein, wenn sie Liam zusammen mit den anderen Member seiner Band einmal live performen sehen könnte.

*K*apitel 20

Nach fast zwei Stunden war alles vorbei und Liam fuhr mit Summer zurück zum Apartment – dachte sie. Scheinbar hatte er jedoch andere Pläne. Es war bereits recht spät, als er vor dem pompösen Entree eines Hotels anhielt. Wortlos stieg er aus und öffnete Summer die Beifahrertür. Den Autoschlüssel übergab er mit wenigen Worten einem wartenden Carboy und dann führte er Summer in eines der luxuriösesten Hotels, das sie jemals gesehen hatte.

"Ich möchte in der Bar noch etwas trinken und mich für heute noch einmal aufrichtig entschuldigen."

Er nahm ihre Hand und gemeinsam durchschritten sie das edle riesige Foyer und bogen in einen Gang zur Linken ein, an dessen Ende die Bar des Luxushotels war. Höflich rückte Liam ihr einen bequemen Sessel zurecht und nahm ihr gegenüber Platz. Er schien hier bekannt zu sein, denn kurze Zeit später kam ein Barmann unaufgefordert und stellte zwei Gläser mit prickelndem Champagner vor sie auf den niedrigen Tisch.

"Summer, ich entschuldige mich noch einmal dafür, dass ich dich in diese Situation gebracht habe. Zu meiner Verteidigung möchte ich aber noch anmerken, dass ich dich die ganze Zeit im Auge hatte und stets bereit war, einzuschreiten." Er hob nun das Champagnerglas hoch und hielt es ihr wie ein Friedensangebot entgegen. "Kannst du mir verzeihen?"

Summer sah ihm tief in die Augen, dann hob sie ihr Glas und stieß mit ihm an.

"Ich denke, der Zweck heiligt manchmal die Mittel. Ich verzeihe dir."

Ein erleichtertes Lächeln trat auf seine Lippen und gemeinsam tranken sie einen Schluck des leicht herb-säuerlichen Getränks. Als sie es geleert hatten, erhob sich Liam und streckte seine Hand aus, um ihr beim Aufstehen behilflich zu sein. Summer ergriff sie und sah ihn fragend an.

"Den Rest der Flasche trinken wir auf unserem Zimmer", flüsterte er und ein begehrliches Blitzen funkelte in seinen Augen.

“Was ist mit Leo? Bleibt die Nanny die ganze Nacht?”

Sie sorgte sich um ihr Patenkind. Auch wenn er bei ihrem Weggehen sehr abgelenkt war, konnte es immer noch sein, dass er in der Nacht wach wurde und nach ihr rief. Würde die Nanny ihn dann trösten können?

“Mache dir keine Sorgen. Mia ist da und hat alles im Griff. Sie hat mir jede Stunde ein Foto vom schlafenden Leo geschickt und ich kann sie dir zeigen, wenn du möchtest.”

Summer war beruhigt und als Liam sie nun in Richtung der Aufzüge führte, merkte sie, dass sie auch gleichzeitig aufgeregt war.

Das Zimmer war wunderschön und edel eingerichtet – zumindest das, was sie kurz sehen konnte. Liam begann bereits im Eingangsbereich der Suite damit, ihr die Kleidung auszuziehen und so lagen ein super teures schwarzes Designerkleid, funkelnde Ohrringe, schwarze High Heels vermischt mit männlicher Kleidung, wild verteilt auf dem Boden.

Ungeduldig zog Liam die Decke vom breiten Bett und riss sie herunter. Eng umschlungen fiel er auf das Kingsize-Bett und begann Summer von Kopf bis Fuß zu küssen. Besonders viel Mühe gab er sich mit ihren Brüsten und als Summer es nicht mehr aushalten konnte, kam er endlich zu ihr und liebte sie mit aller Leidenschaft, die er für sie empfand.

Erschöpft blieben sie beide auf dem Bett liegen. Liam hatte seinen Arm um ihre Mitte gelegt und blickte auf die schlafende Frau neben sich. Eng zog er sie an seinen Körper heran, ehe er auch mit einem Lächeln einschlief.

Im Morgengrauen betrachtete er die schöne Frau, die sich vertrauensvoll und so passend in seine Arme schmiegte. Ihre Haare waren zerzaust und ihr Make Up verschwunden. Sie sah so unschuldig aus, wie sie niedlich im Schlaf einen Schmollmund zog und sein Herz schlug bei ihrem Anblick heftig. Dann sah er hinüber zu dem Schreibtisch, auf dem ein neuer Vertrag lag, den sie in der Nacht bereitwillig unterschrieben hatte. Dieser wäre hoffentlich der letzte, den er jemals mit ihr schließen würde.

Er hatte sich nicht mehr vorstellen können, wie es wäre, wenn sie nicht mehr an seiner Seite sein würde. Nach und nach war sie ihm immer mehr unter die Haut gekrochen und er hatte erkennen müssen, dass diese deutsche Frau genau diejenige war, die ihn in allen Bereichen seines Lebens ergänzte. Er freute sich, wenn er sie sehen konnte. Die Gespräche mit ihr waren anregend und niemals langweilig. Er liebte ihre warme Natur im Umgang mit seinem Sohn und er hatte niemals besseren Sex mit einer Frau gehabt als mit Summer.

Natürlich hatte er vor Summer auch ein erfülltes Sexleben geführt, aber zu seinem eigenen Erstaunen hatte er festgestellt, dass er es genoss, dass seine Partnerin nur eine einzige, nämlich Summer, war. Sie war so willig und versuchte nicht, die Führung zu übernehmen. Er hasste es, wenn seine Partnerin ihm im Bett Befehle gab. Er wollte nicht herumkommandiert werden, denn das wurde er aus beruflichen Gründen, seit er ein Teenager war. Mach dies, übe mehr, hier mehr strecken, dort mehr drehen, schneller, härter, höher ... Diese Worte wollte er im Bett nicht auch noch hören.

Und Summer war sein Pendant. Sie wollte geführt werden und ließ ihn deutlich spüren, dass sie sich seinem Willen gerne unterwarf. Vielleicht war ihr das vor ihrem Zusammentreffen gar nicht bewusst gewesen. Er hatte den Eindruck, dass sie bislang auch nicht ein wirklich ausgefülltes Liebesleben gehabt hatte. Er wollte ihr in jeder Hinsicht ein guter Vertragspartner sein und blickte auf ihre linke Hand. An ihrem Ringfinger blitzte es und er lächelte bei diesem Anblick.

Zärtlich streichelte er leicht über ihre Bauchdecke und beobachtete, wie sich ihre Muskeln unter seiner Berührung anspannten. Er glitt ein wenig tiefer, nämlich dorthin, wo sich ihre Beine trafen, und führte vorsichtig einen Finger in ihre Scham, in dem Bemühen, sie nicht damit aufzuwecken. In ihrem Schlaf schien sie die Berührung dennoch wahrzunehmen, denn sie öffnete willig ihre Schenkel für ihn und stöhnte leise, als er begann, sie dort zart zu reiben. Ja, dachte er wieder, sie war die perfekte Partnerin für ihn und er würde alles tun, um sie davon zu überzeugen, dass es sich lohnte, für immer bei ihm zu bleiben.

Kurz flammte das Gesicht einer anderen deutschen Frau auf, die er vor vielen Jahren kennenlernen durfte und wegen dieser Frau er sich damals geschworen hatte, sein Herz nicht mehr zu verschenken. Diese Frau war viel weitblickender gewesen und rücksichtsvoller, als er es sich damals hätte vorstellen können.

Danke, Delia, dass du Leo, Summer und mir diese Chance gegeben hast. Wir werden dich immer im Herzen tragen. Halte deine schützende Hand über uns, Delia und sieh von da oben aus zu, wie unser Sohn ein großer, starker und ehrenwerter Mann wird und deine Freundin und ich ein liebendes Paar.

Er sah hinunter auf die Frau, die ihn mit ihren großen blauen Augen vertrauensvoll ansah und darauf wartete, dass er sie liebte - und genau das tat er. Von ganzem Herzen mit Leib und Seele.